W0250250

PETITES MORTS
À SONAGACHI

RIJULA DAS

PETITES MORTS À SONAGACHI

Traduit de l'anglais (Inde)
par Lise Garond

ÉDITIONS DU SEUIL
*57, rue Gaston-Tessier, Paris XIXe*

Titre original : *A Death in Shonagachhi*
© by Rijula Das, 2021
By agreement with Pontas Literary & Film Agency.

ISBN 978-2-02-150727-0

© Éditions du Seuil, 2025, pour la traduction française.

Le Code de la propriété intellectuelle interdit les copies ou reproductions destinées à une utilisation collective. Toute représentation ou reproduction intégrale ou partielle faite par quelque procédé que ce soit, sans le consentement de l'auteur ou de ses ayants cause, est illicite et constitue une contrefaçon sanctionnée par les articles L.335-2 et suivants du Code de la propriété intellectuelle.

www.seuil.com

Pour Baba et Dadubhai, premiers amis en ce monde

1

Lalee avait appris le mot « fantasme ». Pour des raisons qu'il ne pouvait expliquer, Tilu en éprouvait une grande jalousie. Tilu Shau, obscur écrivain de romans érotiques, rendait visite à Lalee depuis des mois maintenant, un mercredi sur deux lorsque les ventes de ses livres et autres travaux d'écriture le lui permettaient. C'était un petit homme qui ne payait pas de mine. S'il en avait désormais pris son parti, il lui arrivait encore de repenser à toutes les petites vexations subies à l'école, quand une jolie fille ne daignait pas même l'honorer d'un coup d'œil. C'était particulièrement le cas en ce moment même, tandis que Lalee, adossée au chambranle de sa porte, fumait une cigarette en regardant ailleurs.

Il avait récemment lu un livre sur les mystères de la psyché. Tout, était-il expliqué, trouve son origine dans l'enfance. Et si Tilu ne pouvait reprocher à sa mère plus qu'une occasionnelle tape sur la tête et un vague manque d'attention, il savait à présent qu'il était en droit de lui imputer tous ses échecs d'adulte. Il en avait déduit que ses déboires avaient commencé lorsque sa mère, au terme de deux jours de contractions douloureuses, ne s'était tout simplement pas aperçue que le minuscule corps fripé de son fils, Trilokeshwar Shau, avait été expulsé. Ou plutôt, qu'il avait fait *floc* dans les mains de la plantureuse infirmière aux dents de lapin qui, en plissant le nez, avait glapi d'une voix nasillarde « Hé ! *Ma* ! », avant de le hisser face à sa mère, laquelle avait émis un léger croassement, croyait savoir Tilu. Telle était la musique qui avait accompagné sa venue en ce monde et donnerait le *la* du reste de sa vie. Son père était cependant fier de lui – il était son premier fils tout de même. Si la fierté avait ensuite laissé place à une amère déception, le jour de sa naissance, son père, ému aux larmes, l'avait nommé « Trilokeshwar » – dieu des trois mondes. Le nom de famille, en revanche, on n'y pouvait rien changer. Mais il y avait de nos jours toutes sortes d'avantages à être issu des basses castes. Au moins, Tilu pourrait obtenir un emploi de fonctionnaire quelque part grâce aux quotas, s'était dit son père.

Or non seulement Tilu avait spectaculairement échoué à décrocher ce poste, mais il s'était mis à écrire des histoires coquines. Le jour arriva où il voulut mettre en pratique son savoir théorique. Comme il n'était pas prince, qu'il ne savait pas parler aux femmes et possédait le charme d'un reste de *chapati*, ses tentatives se soldaient le plus souvent par des coups de savate et des volées d'insultes de la part de l'objet de ses désirs et de tous les voyous, *dadas* et vieux papis du quartier. Après plusieurs échecs cuisants, Tilu fit ce que font tous les Roméo ratés de Calcutta. Tôt dans la soirée, vêtu d'un pyjama pendjabi à peu près blanc, il se rendit au temple de Dinatarini Maa Kali et pria tout bas « *Ma, Ma* » en se prosternant trois fois, touchant du front le sol sacré et patiné de crasse. Puis il sortit du temple et se dirigea d'un pas vif vers le guichet automatique de la banque Baroda où il retira un montant raisonnable de liquide, qu'il enfouit subrepticement dans son caleçon. Il regarda autour de lui, mais un homme avec une main dans le pantalon était une scène si commune à Calcutta que personne ne lui prêta attention.

Sa première incursion dans Sonagachi fut un périple semé d'embûches. Le nom véhiculait toutes sortes de sous-entendus que Tilu avait longtemps été trop naïf pour comprendre. Il n'était pas le genre d'homme à s'aventurer d'un pas confiant dans le fameux quartier rouge de la ville. Mais finalement, suivant le flot des malpropres, il avait fini par échouer devant la porte de Lalee et depuis, il n'avait cessé d'y revenir. Cela commençait à faire longtemps maintenant. Et voici qu'à présent, elle lui sortait cette histoire de « fantasme ». C'étaient la forme que prenait sa bouche en prononçant le mot, la manière dont elle baissait le menton puis inclinait la tête selon un angle résolument sexuel, la courbe de ses lèvres, ce demi-sourire fugace barrant une incisive qui laissaient Tilu interdit. Avant de le laisser entrer, Lalee exigea qu'il paie pour ce qu'elle appelait le *fantasy spechaal.*

– Depuis quand ? demanda-t-il.

Après tout, cela faisait des mois qu'il venait. Un mercredi sur deux, réglé comme du papier à musique, et dès qu'il avait une petite rentrée d'argent supplémentaire. Mais ce jour-là, quand il arriva à 19 heures pile, Lalee leva le nez en l'air (le culot de cette femme !) puis tira sur sa cigarette. Et lui dit qu'il devait payer un supplément pour ce qu'il s'apprêtait à faire. C'était un scandale. Lui qui était passé au tarif préférentiel des clients fidèles, il fallait maintenant qu'il paie presque le double ? *La garce !*

– Et pourquoi ? demanda-t-il.

Ce à quoi elle répondit :

– Les fantasmes spéciaux, ça coûte plus cher.

Tilu n'avait pas réalisé jusqu'à présent que ses fantasmes se rangeaient dans la catégorie « spéciale ». Mais Lalee lui donna aussi l'éventail de ses nouveaux tarifs : « fantasmes classiques », « fantasmes spéciaux » et « fantasmes plus-plus ». Il était à peu près sûr qu'elle inventait, mais il n'avait pas envie que sa soirée avec elle vire à la dispute. Il aurait bien aimé savoir ce que comprenait la dernière formule, mais n'osa pas demander, et Lalee en profita pour lui annoncer qu'il lui était redevable, par-dessus le marché, de plusieurs milliers de roupies d'impayés. Tilu fut anéanti. Il avait toujours su que ses poches et son pénis partageaient un lien magique ; dès qu'il était payé – malheureusement trop rarement –, il était évidemment toujours ravi de la voir.

S'ajoutait à cela la fascination béate qui illuminait son regard dès qu'il jetait un œil à son décolleté plongeant – il n'en était pas conscient, mais les femmes ont l'art de remarquer et comptabiliser ce genre de détails pour plus tard. Lalee n'en éprouvait qu'un sentiment exacerbé de pouvoir et de contrôle sur lui ainsi qu'un mépris grandissant. Tilu avait cru que sa loyauté flatterait Lalee. Mais sa dévotion romantique s'était retournée contre lui. À chaque fois qu'ils se voyaient, Tilu se mettait sur son trente et un, ce qui aurait dû lui procurer un traitement de faveur s'il y avait eu un peu de justice en ce monde. Mais il n'y en avait pas. Et Lalee le traitait avec le dédain des puissants envers les faibles. Elle n'avait aucun effort à déployer pour lui plaire. Il lui suffisait de laisser tomber le bout de son sari pour que Tilu se prosterne.

Son indifférence le désespérait. Mais la douleur n'avait jamais été aussi brûlante que ce soir, lorsqu'elle avait exigé sans aucune vergogne le double du tarif habituel en tirant sur sa cigarette. Putain de *fantasy* ! C'était le problème avec ces mots anglais – il suffisait d'en coller un quelque part pour que les prix montent en flèche. Au milieu d'une volée de gifles particulièrement cinglantes, il essaya de penser à autre chose, mais en vain. Tous ces mois de fidélité absolue, et pas même une remise de cinq pour cent. La jalousie s'immisça alors dans son esprit, comme ce fichu robinet qu'il entendait goutter tous les matins et tous les soirs chez lui, dans ce taudis qui lui servait de logement.

– Qui t'a appris ce mot ?

Elle répondit que ça ne le regardait pas.

Ce n'était peut-être pas la réponse la plus adaptée à cet instant précis. Tilu éclata.

– Qui est le fils de pute qui t'a appris ça ?

Esquivant sa question, elle répéta qu'il devait payer pour ce qu'il voulait, que rien n'est gratuit en ce monde. Ajoutant que personne ne le faisait mieux qu'elle. Et elle avait raison. C'était un fait. Mais pourquoi n'en avait-elle jamais parlé avant ? Elle était pourtant d'accord pour faire ce qu'il voulait au prix standard jusqu'à présent. Lalee agrippa ses testicules et serra. Tilu gémit. Il était au bord des larmes, mais Lalee resta de marbre, la moue dédaigneuse. Il ne savait plus s'il pleurait de plaisir ou de douleur. Pourquoi était-il tombé amoureux d'une garce pareille ? Il aurait pu profiter de cet argent autrement. Ce n'était pas comme s'il avait été riche. Quand il pleuvait, il était obligé de déplacer son lit pour éviter les fuites au plafond, dans un local tout juste assez grand pour loger deux lézards. Tilu était le seul à s'apitoyer sur son sort, mais il fallait bien que quelqu'un le fasse, après tout.

– Sale pute ! laissa-t-il échapper, haletant et perdu.

Elle le gifla et lui serra le cou. Fou de rage et de chagrin, Tilu n'en était pas moins fasciné par sa beauté : elle perçait à travers le brouillard de sa douleur.

Elle commença à le chevaucher telle la déesse automnale enfourchant son lion, lui – Trilokeshwar Shau – ce moins-que-rien. Elle était splendide. Il admira ses seins, sa peau marron foncé, ses cheveux brillants qui cascadaient dans son dos. Elle baissa la tête et lui mordit le cou puis serra, de plus en plus fort. Il n'arrivait plus à respirer. Lalee le regarda en souriant, comme si c'était un acte de miséricorde. Elle aurait pu lui déchausser une dent avec la gifle qu'elle lui assena. Le traître qui se logeait en lui murmura alors qu'après tout cela valait bien le double du prix. Dans la douleur et le plaisir, Tilu gémit et soupira. Puis quelqu'un depuis l'autre côté de la cloison se mit à crier, à hurler au meurtre.

*

Lalee sauta de son perchoir plus vite que l'éjaculation d'un puceau. Confus et au bord de l'orgasme, Tilu dut faire un effort pour reprendre son souffle. Elle noua à la hâte un peignoir autour de sa taille et ouvrit la porte. Tilu resta en arrière, nu et sidéré. Puis il aperçut un filet de sang couler doucement vers les pieds de Lalee. Elle se retourna et le poussa.

– Va-t'en ! lui cria-t-elle en pleine figure, la bouche

grande ouverte comme un poisson mort sur l'étal du poissonnier. J'ai dit dégage !

Plusieurs personnes s'approchaient déjà dans le couloir. Tilu attrapa ses vêtements et se précipita hors de la chambre, honteux et terrifié. Nu comme un ver, ses habits en boule contre sa poitrine, il dévala l'escalier et s'enfonça dans les ruelles obscures de Sonagachi.

Que s'était-il passé exactement ? Il avait eu trop peur pour demander. Il avait honte de son manque de courage et de virilité, de son incapacité à faire face aux situations difficiles. Il remarqua alors que bien qu'il eût couru tout nu, en plein quartier des prostituées, après avoir été chassé par une femme qu'il aimait désespérément, il avait encore une terrible érection. Tilu se rendit compte aussi, au fond de son cœur en lambeaux, que si tout cela signifiait que Lalee, d'une manière ou d'une autre, avait des ennuis, il l'avait lâchement abandonnée. Il s'arrêta et se laissa tomber à genoux. Seul et recroquevillé sur lui-même, Tilu Shau éjacula et se mit à pleurer tout bas dans la chaleur moite et suffocante de cette nuit de juin à Sonagachi.

2

Comme beaucoup d'hommes jouissant des pleins pouvoirs sur un univers limité, Samsher Singh prenait plaisir à en faire étalage. Quelques mois après avoir été nommé sergent-chef du commissariat de Burtolla – foyer intermittent des proxénètes, rabatteurs, mères maquerelles et petits voyous qui peuplaient les bas-fonds de Sonagachi –, il s'était fait installer ses propres cabinets. Ils lui étaient strictement réservés. Les autres devaient s'accommoder des vieux graffiti, des mégots et de la puanteur des toilettes collectives. Chaque matin, Samsher tirait sur la porte en tôle qui ne s'ouvrait jamais complètement et se glissait dans l'étroit cagibi.

À peine s'était-il installé que Naskar frappa à la porte. En tant que nouvelle recrue, on lui confiait toujours les tâches les plus ingrates.

– Chef ? appela timidement Naskar d'une voix suave qui aurait mieux convenu à un chanteur de ballades romantiques.

Samsher maugréa. La voix doucereuse de Naskar donnait à chacun de ses mots la consonance d'une invitation.

Et c'était bien la dernière chose que le sergent avait envie d'entendre dans ces circonstances.

– Quoi ? lança-t-il en anglais, pour montrer qu'il était en colère.

– Ah, chef, pardonnez-moi de vous déranger, chef... C'est Balok-*da* qui m'envoie, à propos du meurtre, mais je ne sais pas...

Samsher ferma le robinet.

– Quoi ? Quel meurtre ?

– Il s'agit d'une prostituée, chef.

Samsher tira la chasse d'eau, noyant la voix de Naskar. Puis il essaya de relever le loquet qui avait tendance à se coincer dans les moments les plus inopportuns. Il jura, donna un coup de pied dans la porte et finit par sortir en suçotant son index ensanglanté.

Naskar chercha aussitôt à combler le silence. Il commença par un « hum » prometteur, suivi d'un délicat « chef » remontant légèrement dans les aigus en fin de syllabe. Puis voyant le regard impatient de Samsher, il préféra prendre ses jambes à son cou.

– Je vais chercher l'agent Ghosh, chef ! s'écria Naskar avant de sortir.

*

Balok Ghosh tira une dernière bouffée sur sa *bidi* et écrasa le mégot contre sa semelle.

– Maity est en chemin, chef, dit-il.

– Mais qu'est-ce qui s'est passé, exactement ?

– *Khoon*, chef. Un meurtre.

– Et la victime ?

– *Rendi magi*, chef. Une prostituée. Une des putains du Lotus bleu, vous savez, en face du bureau de l'ONG, là. Catégorie A, le top du top. Une des filles de Madame Shefali.

Samsher connaissait Madame Shefali, pas très bien, mais leurs chemins s'étaient déjà croisés dans le dédale des arrangements et pots-de-vin qui faisaient tourner le petit monde de Sonagachi. La dame en question régnait sur un royaume de cinq étages, connu sous le nom de *Lotus bleu*. Personne ne savait avec exactitude combien de femmes elle y logeait. Dans un quartier où chaque immeuble abritait entre vingt et cinquante chambres et d'innombrables filles, il était difficile de garder le compte. Une chose était sûre, Madame Shefali avait suffisamment huilé les rouages de la machine pour ne pas être inquiétée par la loi. Samsher Singh s'était toujours senti un peu mal à l'aise face à cette femme imposante.

– Catégorie A, ça signifie qu'elle avait un proxénète, non ? Lequel ?

Balok Ghosh écarta les bras et haussa les épaules.

– Ça peut être n'importe qui, Chintu peut-être.

Samsher leva un sourcil. Il avait du mal à mettre un visage sur le nom.

– J'ai appelé Maity : ça pourrait être lui aussi, dit Balok. Toutes les filles ont des smartphones aujourd'hui. Elles prennent des rendez-vous dans le dos de leurs maquereaux et ça crée plein d'histoires, à ce que j'entends dire. Maity est peut-être au courant.

Samsher hocha pensivement la tête. Les téléphones portables avaient changé le paysage de la prostitution. Les filles avaient désormais leur propre fenêtre sur le monde, sans avoir à passer par leur proxénète ou leur entremetteuse, et le business en était bouleversé. Les agences d'escort-girls avaient poussé comme des champignons, n'hésitant pas à recruter directement les filles, ce qui ébranlait le système complexe de pots-de-vin, pourcentages et petits accords sur lequel Sonagachi reposait. Les filles pouvaient maintenant d'elles-mêmes changer de mac, trouver leurs propres clients et conclure des accords avec les policiers.

– Rambo Maity va arriver, chef, dit Balok. Il a un peu la grosse tête en ce moment, mais il aura sûrement quelque chose à nous dire.

*

Inconfortablement assis sur une chaise en bois dur face au sergent Singh, Rambo Maity fixait d'un œil vide le portrait officiel de Gandhi qui lui souriait depuis le mur opposé. Il sortit un paquet de Marlboro de la poche de sa chemise et en offrit une au sergent, en gardant sur le nez ses lunettes de soleil aviateur à monture dorée.

– *Arrey* sergent, pas la peine de s'inquiéter. Tout le monde sait que c'est Salman Khan qui a fait le coup, dit-il avec un sourire mielleux.

Samsher Singh tendit la main vers le paquet de cigarettes.

– La star de cinéma ? Qu'est-ce qu'il a à voir avec ça ?

– Non, sergent. C'est son *babu*. Au début c'était son client, et puis il a entamé une relation avec elle. Pendant un temps, il dealait dans Sudder Street, il vendait de la ganja et des filles aux touristes étrangers. Vous avez dû le voir traîner dans le quartier.

– Non, je ne me souviens pas.

– Je suis sûr que sa tête vous reviendrait si vous le croisiez.

Samsher s'enfonça dans son fauteuil et scruta son interlocuteur. Le proxénète avait le vent en poupe ces temps-ci. Il n'y avait pas si longtemps, ce n'était qu'un ramasse-merde, mais Samsher lui avait toujours trouvé des talents d'informateur, le genre de petit pion suffisamment peu sûr de lui pour fournir volontiers des renseignements. Depuis quelque temps, les affaires semblaient bien marcher pour lui. Son attitude servile avait disparu, comme son éternelle pauvreté. Son catalogue était désormais plastifié, et il se vantait de proposer le plus vaste choix d'étudiantes vierges, d'après ce que Balok Ghosh avait entendu dire lors de ses rondes. Le mois dernier, il s'était même fait imprimer des cartes de visite et lui en avait fièrement présenté une.

Rambo Maity retira enfin ses lunettes. Samsher constata avec satisfaction que la monture bon marché lui laissait une trace verte sur le nez. *Typique*, songea-t-il. *On n'a pas les moyens de ses ambitions, en fin de compte.*

– Écoutez, sergent, reprit Rambo. Ils vont se débrouiller tout seuls. Pas la peine de s'en mêler. Ce genre de choses arrive tous les mois, si vous voyez ce que je veux dire.

Samsher prit soin de ne pas dévoiler ses émotions, mais ces paroles le soulageaient. Il préférait de loin ne pas avoir à mettre son nez là-dedans. Il n'avait tout simplement pas les moyens de s'attaquer à un réseau criminel aussi complexe, et pour y gagner quoi ? Les officiers comme lui comptaient pour du beurre, et tout le monde se fichait bien du commissariat de Burtolla.

– Les affaires marchent bien, à ce que je vois ? dit Samsher en détournant le regard vers la cartouche presque pleine de Marlboro Lights posée sur la table.

– Oh, c'est un cadeau pour vous, *syaar*, répondit Rambo en la poussant vers lui. Je me suis dit : notre sergent-chef, il aime le bon tabac. Si je lui apportais une petite surprise ? Et puis, ça fait tellement longtemps qu'on ne s'est pas vus.

– Vous la connaissiez, cette fille ? demanda Samsher.

L'hésitation se lut sans peine sur le visage de Rambo.

– Vous savez ce que c'est, dans le quartier, tout le monde se croise. C'était une des filles de Madame Shefali. Une jolie fille, catégorie A, comme ils disent, qui rapporte bien. Enfin, jusqu'à l'arrivée du *notebandi*.

– Putain de démonétisation, marmonna Samsher.

La récente décision du gouvernement de bannir les anciens billets de cinq cents et mille roupies faisait mal au porte-monnaie de tout le monde. Mais le sergent ne pouvait pas le dire ouvertement, ou même faire part de ses doutes à ses subordonnés. Comment savoir à quel parti les gens appartenaient et pire, s'ils ne jouaient pas les espions pour l'un d'entre eux ? Au moins, avec les criminels, on n'avait pas ce genre de problèmes.

– Ne vous en faites pas, sergent, j'ouvrirai l'œil. S'il se passe quoi que ce soit, je vous tiens au courant. Mais il ne se passera rien. C'est une affaire classée. Son *babu* a fait une crise de jalousie et l'a tuée, aucun doute là-dessus. Quel homme digne de ce nom supporterait que sa petite copine fasse… fasse ce genre de choses pour de l'argent ?

– À peu près tous les *babus* de Sonagachi. Ils prennent même un pourcentage.

– C'est pas faux, c'est pas faux. En tout cas, je vous tiens au courant, *syaar*, vous pouvez compter sur moi.

*

Une fois Rambo parti, ses lunettes sur le nez, Samsher resta un moment seul à réfléchir. Le sergent n'était pas de la plus grande vivacité intellectuelle, il était le premier à le reconnaître. Il fallait aussi admettre qu'il n'avait jamais eu besoin de réfléchir beaucoup. Mais franchement, à quoi bon se casser la tête pour cette histoire ? Le commissariat n'avait reçu aucun appel, ni aucune consigne de la hiérarchie. Tout le monde s'en fichait, et c'était certainement ce qu'il y avait de mieux à faire. Il se leva et donna un coup de pied au chien errant qui traînait souvent dans le commissariat. L'animal galeux glapit et alla se réfugier derrière une chaise pour lécher ses plaies.

Balok Ghosh frappa doucement à la porte du bureau et passa la tête dans l'embrasure. Il avait écouté la conversation, bien sûr. Samsher n'en était pas surpris, mais ça l'agaçait. Balok toussota de manière théâtrale puis entra.

– De l'acide, chef. Ce fils de pute lui en a vidé toute une bouteille dessus puis lui a enfoncé le goulot dans la gorge.

Samsher se mit à tripoter la boule en verre qui lui servait de presse-papier.

– Pour l'instant c'est calme, reprit Balok. On y est allé tout de suite. Mais il n'y avait rien à voir. Je vous apporte du thé, chef ?

– Balok-*da*, dit Samsher, les yeux dans le vide. Jusqu'où cette histoire peut aller, à votre avis ?

Balok Ghosh regarda droit devant lui.

– Ne vous inquiétez pas pour ça, chef. Ces choses-là finissent généralement par se résoudre d'elles-mêmes.

Le sergent hocha la tête. Il attrapa la cartouche de cigarettes que Rambo avait laissée sur son bureau et inhala profondément. *Sala, ces cigarettes anglaises sentent le fric sans même avoir besoin d'être allumées*, songea-t-il. Il ferma les yeux et sourit en pensant à sa femme et à son ventre arrondi.

3

Mohamaya. C'était son nom. Elle avait vingt-huit ans.

Lalee ferma la porte, elle n'en pouvait plus. Mohamaya avait vécu près d'un an dans la chambre d'à côté. La fille précédente s'était enfuie, et Lalee n'avait jamais su ce qui lui était arrivé. Puis un jour, Mohamaya avait emménagé. Au début, elle parlait peu. Lalee avait compris, d'après les bribes qu'elle avait pu glaner, que Chintu l'avait ramassée aux abords de la gare de Sealdah, suffisamment affamée pour accepter de le suivre jusqu'au Lotus bleu. Elle avait l'air jeune. Lalee avait connu des filles bien plus jeunes encore – de seulement sept ans parfois – mais Mohamaya faisait preuve d'un calme imperturbable déconcertant. On n'osait pas dire trop de grossièretés en sa présence. Mohamaya lui rappelait une jeune mariée de son village, il y avait très longtemps de cela. Elle avait une beauté désuète, des yeux de biche, de longs cheveux et la peau claire. Lalee l'imaginait vêtue de soie rouge et or et parée de bijoux, régnant en douceur sur une demeure prospère. Face à elle, Lalee avait envie de cacher ses mains foncées et son visage anguleux, d'effacer ce petit sourire amer qu'elle gardait toujours au coin de la bouche et de ravaler les vulgarités qui s'en échappaient toujours le plus naturellement du monde.

Mohamaya était gentille avec elle. Elle l'appelait Laal-*didi*, avec une pointe d'affection sincère dans la voix. Lalee poussa un soupir et secoua la tête en repensant à sa voisine par terre, le visage tuméfié, une bouteille cassée enfoncée dans sa gorge, crachant du sang comme un robinet ouvert. Un jour, Mohamaya avait été transférée à l'étage supérieur. Elle ne s'était pas confiée à Lalee, mais tout le monde le savait. C'était un étage spécial, où Lalee n'était jamais allée ; il était réservé à celles qui satisfaisaient les attentes de Madame Shefali. Bien sûr, elle avait croisé Mohamaya de temps à autre dans les couloirs labyrinthiques du Lotus bleu. Mais celle-ci n'avait fait que lui sourire poliment avant de s'éloigner. Lalee avait alors éprouvé une sorte de jalousie – elle n'était pas assez belle pour les luxueuses chambres du dessus, pas assez docile, pas assez femme. Tout ça semblait tellement puéril maintenant. Maintenant que les autres femmes arrivaient par vagues pour s'enquérir de cette fille qui était morte la veille au soir, sans aucune discrétion, allongée dans un bain de sang.

– Mohamaya, Mohamaya, Mohamaya, répétait-elle à toutes celles qui voulaient connaître son nom. On l'appelait Maya.

Lalee n'avait pratiquement pas fermé l'œil depuis qu'elle était entrée dans la chambre de Mohamaya. Sans laisser aux femmes qui étaient accourues le temps de comprendre ce qui s'était passé, Madame Shefali avait fait barricader la pièce. Une cohorte d'hommes avait surgi, les poussant hors de la chambre, elle, Malini, Amina et les autres. Juste avant que la porte ne se referme, Lalee s'était retournée, n'apercevant plus que l'épaisse silhouette de Madame Shefali qui masquait la vue du cadavre.

Lalee était restée dans le couloir avec plusieurs autres femmes, cherchant à savoir ce qui s'était passé. Amina s'était mise à pleurer tandis que Malini, bouillonnante de colère, ne cessait de frapper à la porte restée close.

Au bout d'un long moment, un homme que Lalee n'avait jamais vu – la quarantaine, bien habillé et portant des lunettes – descendit de l'étage et leur demanda poliment de bien vouloir retourner à leurs chambres et de prier leurs clients de quitter les lieux.

– S'il vous plaît, c'est un moment difficile pour tout le monde, alors il faut que chacun garde son calme, d'accord ? avait-il dit avec l'assurance de quelqu'un qui a l'habitude d'obtenir ce qu'il veut.

Malini lui avait jeté un regard noir, mais avait fini par suivre Lalee qui la tirait par le bras.

– On ne peut plus rien faire maintenant, avait chuchoté Lalee.

– Évidemment, avait sifflé Malini. Ils ne laisseront rien qui pourrait nous aider à faire quelque chose. Mais en tant que directrice de la coopérative des travailleuses du sexe, ils auraient au moins dû me laisser entrer dans la chambre. Madame Shefali ne peut pas s'en tirer comme ça. Faire disparaître une fille qu'on vient d'assassiner comme un vulgaire tas de poussière. Attends un peu de voir de quoi je suis capable.

Lalee était sceptique. Maya était morte, on ne pouvait plus rien pour elle. Ce ne serait pas la dernière – d'autres succomberaient, de manière moins visible peut-être, tombant progressivement dans l'oubli jusqu'à ce que plus personne ne se souvienne de leur nom et de leur visage. Lalee aurait aimé avoir la foi de Malini, sa rage indéfectible et son optimisme sans faille, mais elle avait tiré ses leçons de la vie – il n'y avait pas d'espoir, pas d'échappatoire.

Elle s'était mise à faire des allers-retours dans l'étroit couloir qui reliait les chambres en essayant de mémoriser chaque détail, les endroits où la peinture s'écaillait, la brillance des toiles d'araignées, les traînées de poussière – comme si toute cette misère était une sorte d'antidote à la mort, un talisman contre le souvenir des gorges tranchées.

Accroupie sur le sol en ciment rouge, Nimmi donnait à manger à ses deux enfants.

– Hé ! *ledki*. Qu'est-ce que tu fabriques ? avait-elle appelé.

Lalee avait tourné la tête vers le petit trio. Les deux enfants la regardaient fixement, hypnotisés par ses déambulations.

– Tu as calmé mes deux petits, avait dit Nimmi. Ils n'ont jamais été aussi tranquilles.

Lalee s'était appuyée contre le chambranle de la porte. Toutes les pièces étaient collées les unes aux autres, de petits rectangles juste assez grands pour contenir une penderie et un lit. Celui de Nimmi, légèrement plus large et plus haut que les autres, reposait sur de grosses briques. Ses enfants dormaient en dessous quand elle recevait des clients. Lalee les avait observés. La chambre de Maya ne se situait que deux portes plus loin, mais Nimmi était là, donnant à manger à ses enfants comme n'importe quel autre jour.

– Tu ne vas quand même pas te laisser bouffer par ça. Pas toi, avait dit Nimmi.

Lalee avait senti la colère monter. Elle n'était pas toujours aimable avec les autres filles, mais elle était agacée qu'on puisse douter aussi facilement de son chagrin, comme si rien ne pouvait vraiment l'atteindre, avec son mauvais caractère.

– Repose-toi, va. Il faudra bien que tu sortes tout à l'heure, comme tous les autres soirs, avait dit Nimmi en roulant entre ses doigts une boulette de riz et de lentilles qu'elle essayait d'introduire dans la bouche grimaçante de son petit garçon.

Lalee avait fait demi-tour pour rejoindre sa chambre. L'air était irrespirable. Une chaleur moite semblait monter du sol en ciment granuleux. Le Lotus bleu était un vieux bâtiment. Le loyer augmentait chaque année, mais personne à Sonagachi n'avait le temps de faire des travaux.

– Les maisons d'ici sont comme des femmes, lui avait dit un jour Madame Shefali. Il faut les louer pour gagner de l'argent ; pas le temps de les retaper.

À mesure que les années passaient, les couloirs du Lotus bleu paraissaient devenir plus étroits et plus sombres. Il y faisait toujours plus frais que dans les chambres, même au plus chaud de l'été. Certaines filles venaient alors y dormir l'après-midi, en étalant par terre des foulards humides sur lesquels elles s'allongeaient. Le soir, le travail reprenait comme d'habitude. La chaleur et la sueur avaient beau faire couler le maquillage, les filles allaient attendre dehors et les clients revenaient, quel que soit le temps.

Lalee entendit un gloussement familier dans le couloir. Une petite tête habillée d'une casquette de baseball rouge sautillait en agitant les bras.

– *Ai*, Babua ! appela Lalee.

La petite tête se retourna et le garçon lui lança un clin d'œil. À neuf ans, Babua avait le sourire d'un homme qui a tout compris du monde et sait par quelles fissures se faufiler pour en tirer parti.

– Viens ici, dit Lalee.

– *Ai*, Lalee-*didi*, t'as l'air en pleine forme ces temps-ci. T'as pas un peu d'argent pour moi ?

Lalee fit mine d'envoyer valser sa casquette. Babua eut un geste de recul, levant les mains en l'air.

– Où est-ce que t'as trouvé cette casquette ? demanda Lalee.

– Des touristes étrangers, Lalee-*didi*. Ils tournaient avec de grosses caméras. Ils vont construire une nouvelle école, dit Babua en riant.

Comme beaucoup d'autres, Babua était un enfant de Sonagachi. Débrouillard, un peu sauvage, et en avance pour son âge. De jeunes hommes, souvent pour relever un défi, s'aventuraient à Sonagachi tels des explorateurs d'autrefois entreprenant un safari. Ils ne s'attendaient pas à voir des enfants, des vieillards, des ouvriers, ou même des gens qui vaquaient simplement à leurs tâches quotidiennes sans se préoccuper du trafic de la chair qui avait cours autour d'eux. Une fois, un client – un jeune homme d'à peine dix-neuf ans, étudiant à l'université, d'après ce qu'il lui avait dit – lui avait fait part de son étonnement en voyant qu'il y avait des enfants et des magasins d'alimentation ici. Au début, Lalee avait répondu :

– C'est parce que tu es venu l'après-midi. Le soir, on ne les remarque pas autant.

Mais elle n'avait pas pu s'empêcher d'ajouter :

– À quoi est-ce que tu t'attendais en venant dans un endroit où les femmes ont des relations sexuelles avec des hommes quatorze heures par jour ?

Le jeune homme avait rougi, et Lalee n'avait éprouvé aucune sympathie pour lui, seulement de l'agacement envers sa naïveté de privilégié. Lalee regarda Babua s'éloigner vers les autres chambres, amadouant et flattant les femmes pour qu'elles lui donnent de l'argent.

Puis elle retourna dans sa chambre, avec l'impression qu'un nuage gorgé d'eau s'enfonçait dans son crâne migraineux. Elle passa le reste de la journée tantôt allongée sur son lit, tantôt debout à parcourir l'exiguë surface disponible entre les quatre murs. Elle aurait voulu faire quelque chose, mais quoi ? Elle avait envie de crier, de pleurer. Peut-être qu'elle pourrait aller voir Malini à la coopérative, ou bien courir jusqu'au commissariat le plus proche et tout leur dire – au sujet de cette fille, qui était morte la nuit dernière et dont il ne subsistait absolument rien ce matin, pas même le vieux poster de sa star préférée de Bollywood. Mais Lalee n'en fit rien, elle resta enfermée dans la petite pièce, avec cette douleur lancinante qui menaçait d'exploser derrière ses yeux noirs.

4

Tilu rêvait. C'était le mois de mars 1495, et il voguait sur le fleuve Hooghly. *Kumarhatta, Kankinara, Paikpara, Ichhapur, Rishra, Kamarhati, Ko-lee-ka-ta*... Tilu murmurait les noms des lieux qui défilaient sous ses yeux tandis que son bateau avançait, aussi lentement qu'un glacier. Les eaux sombres du fleuve faisaient des vaguelettes autour de lui, à l'ombre des feuillages entrelacés des hauts cocotiers. Des hommes, des femmes et oui, les voilà eux aussi, des enfants, s'étaient groupés le long de la berge pour le voir passer, formant un cordon irrégulier. Des corps noirs, tannés par le soleil, des enfants maigres aux estomacs enflés dans les bras de mères à moitié nues, regardaient son bateau descendre doucement le fleuve. De grandes dents dépassaient de leurs bouches et leurs pommettes faisaient saillie au milieu de leurs visages faméliques. Tilu examina ses mains velues et charnues, parées de bagues en or qui lui comprimaient les doigts. Il tira une bouffée sur son narguilé en lissant sa luxuriante moustache. Accroupi à ses pieds, son serviteur le regardait d'un air craintif. Tilu lui décocha un petit coup, juste assez fort pour le faire ramper un peu plus loin.

Tilu ne cessait de remuer dans son lit branlant au milieu de son vieux galetas de Sovabazar, à moins de deux kilomètres au sud de chez Lalee. Il reconnaissait la scène, issue de l'épopée du *Manasamangal*. Il l'entendait à présent, chantée d'une voix nasillarde par sa défunte tante. Pendant ce temps, des moustiques lui tournaient autour en sifflant, des geckos bavards faisaient claquer leur langue, et des cafards voletaient joyeusement à travers la pièce. Tilu s'agitait dans son lit comme un homme ballotté par les vagues.

Voilà qu'il était à présent l'antihéros de cette épopée, le fier Chand Saudagar, descendant le fleuve Hooghly pour vénérer la déesse Kali. Mais quelque chose ne tournait pas rond dans ce rêve. Il regarda ses chaussures : de belles babouches persanes comprimaient ses pieds enflés ; les grosses perles brodées au fil doré étincelaient. Il fit basculer son énorme corps d'un côté, puis de l'autre, contrarié par l'anachronisme. On était au plus tard en 300 après J.-C., dans le Bengale ancien – alors où aurait-il pu dénicher ces babouches ?

Les poètes, qui d'après les historiens avaient créé et recréé le récit du *Manasamangal*, poursuivaient Tilu dans son rêve. Ils planaient au-dessus de son voilier, suspendus dans le ciel, avec à la main des plumes géantes. Un barde ajoutait un détail ici, un autre l'embellissait là, et tous ensemble ils poussaient son embarcation en direction du Sri Lanka où il irait vendre de la soie, des pierres précieuses et des épices. Mais avant de rejoindre la mer, il se prosternerait aux pieds de la déesse noire. Non pas Manasa, celle des marécages et des serpents visqueux, mais l'autre, la noire et nue Kali de Kalighat, que la Compagnie des Indes orientales renommerait plus tard Colegot. *Colegot, Colegot*, marmonnait Tilu sans cesser de rouler d'un côté puis de l'autre dans son élégant navire.

L'histoire ne finirait pas bien. Tilu connaissait le *Manasamangal*. Bourré d'orgueil, le riche marchand Chand Saudagar refuserait de vénérer Manasa, la sauvage et vengeresse déesse des marécages. Pour le punir, Manasa enverrait ses serpents ôter la vie du fils de Chand, le soir de son mariage.

Tilu pleurait dans son sommeil ce fils qu'il n'avait pas eu. Mais bientôt, le rêve prit une autre tournure, et soudain Tilu n'était plus sur les rives de l'Hooghly mais dans une chambre, avec une femme nue dont les cheveux ondulaient, formant un halo sombre derrière sa tête, tandis que des serpents rampaient le long de son corps. S'agissait-il de la déesse Manasa ou de Kali ? Le spectre effrayant se mit à enfler, tant et si bien que Tilu se retrouva bientôt minuscule à ses pieds. Tout au sommet de l'immense silhouette enveloppée de serpents, il reconnut le visage de Lalee. Elle ouvrit la bouche pour l'avaler, et une gigantesque langue rouge le plongea dans le noir.

Il se réveilla en nage, secouant la tête pour dissiper le rêve. Dès qu'il fermait les yeux, l'immense visage de Lalee et sa langue vermillon refaisaient surface. Il aurait voulu oublier Lalee ; Sonagachi était trop dangereux pour lui, et pour être honnête, la jeune femme aussi. Il n'avait pas la carrure pour ça.

Le regard trouble, il sortit de sa chambre pour accéder à l'évier. Autrefois, le petit espace faisait partie d'un couloir extérieur reliant toutes les pièces de l'étage. Mais depuis au moins trois générations, un procès opposait les nombreux individus qui se réclamaient héritiers de la propriété, sans espoir que l'affaire se résolve de sitôt. À chaque nouvelle génération, le nombre des plaignants augmentait. L'histoire avait débuté avec trois frères qui se disputaient la propriété de la maison de famille ; puis ils avaient eu des enfants, qui eux-mêmes avaient eu des enfants, et le litige s'était perpétué par pure tradition, avec pour seul résultat d'enrichir les avocats de la ville pour des parcelles d'héritage toujours plus réduites. En attendant, on avait aménagé dans tous les recoins possibles des endroits pour se laver et cuisiner.

Le père de Tilu faisait partie des plaignants. Après la mort de sa femme, il était devenu l'unique occupant de la chambre mitoyenne. Le père et le fils n'avaient pas échangé un mot depuis des années. Tilu était une amère déception pour son père, ce dont ce dernier n'hésitait pas à s'épancher abondamment auprès de quiconque voulait bien l'entendre. Après avoir distribué d'innombrables pots-de-vin pour faire admettre son fils en ingénierie mécanique, voilà que celui-ci s'était débrouillé pour échouer à tous ses examens, plus intéressé par la ganja et la poésie subversive. Son père avait ensuite essayé de lui apprendre les ficelles de l'entreprise familiale de revente de pièces automobiles. Mais la muse de Tilu était toujours tapie dans un coin de sa tête, prête à le distraire à la moindre occasion, et chaque querelle avec son père était prétexte à ressortir les quelques citations de Mao qu'il avait apprises au contact de ses camarades d'université. Son père avait fini par lui montrer la porte. Ne sachant comment s'y prendre pour se réconcilier, les deux hommes avaient laissé la situation pourrir en se murant dans le silence.

À l'université, Tilu avait écrit des poèmes. Les

étudiants qu'il accompagnait au kiosque à thé et qu'il écoutait débattre littérature et politique en hochant silencieusement la tête, sourcils froncés, organisaient périodiquement des lectures de poésie. Un jour, pour combler un temps mort dans le programme du Little Magazine Festival, ils avaient proposé à Tilu de venir lire ses textes sous le chapiteau du centre culturel Nandan, devant un public fébrile. Il n'oublierait jamais l'exaltation de cet instant, juste avant que le présentateur n'annonce son nom. Sur les listes d'admission de la fac, l'administration avait pris soin d'indiquer la caste à laquelle appartenait chacun des élèves, et malgré l'atmosphère conviviale du kiosque à thé et les petites tapes sur l'épaule que lui réservaient ses camarades en discourant, Tilu savait pertinemment que les Mukherjees et les Chatterjees ne feraient jamais que lui pardonner généreusement son manque d'érudition et de savoir-vivre. Seule la poésie pourrait lui apporter le salut. Chaque feuillet qui porterait son nom en caractères d'imprimerie, tel un talisman, le transformerait en l'homme qu'il voulait être, morceau par morceau. Mais au moment de lire ses vers face au public, Tilu avait bafouillé, révélant la vacuité de chaque mot, et il avait fini par se convaincre qu'il n'avait décidément rien écrit, rien qui eût de l'importance ou de la valeur. Il avait abandonné la poésie, mais était resté fidèle à sa bande de poètes débraillés, s'habillant comme eux en *kurta* délavée et claquettes, se laissant même pousser un début de barbe. Ce fut par leur intermédiaire qu'il rencontra Amulyaratan Chakladar, propriétaire de Ma Tara Publishing Works. L'éditeur n'avait jamais publié les vers des poètes, mais il avait offert du travail à Tilu.

Chakladar lui avait confié cinq manuels d'histoire, un en anglais et quatre en bengali, et lui avait demandé d'en faire une synthèse. Le salaire était dérisoire et le délai d'une semaine.

– Le langage doit être de haut vol, avait dit Chakladar. Que les écoliers aient besoin d'ouvrir leur dictionnaire, sinon à quoi servent ces fichus manuels ?

Tilu avait commencé à recopier des passages, puis, tel un musicien aguerri, il s'était mis à improviser, s'affranchissant des faits et parsemant le texte de préceptes moraux qui guideraient les jeunes esprits dans les méandres de la vie. Tilu n'était pas un grand poète. Mais l'énergie créatrice, comme un trop-plein de gaz intestinaux, finit toujours par s'exprimer. Entre deux chapitres, pour se distraire, il s'essaya à l'écriture d'une histoire érotique semblable aux *novelas* qu'il avait l'habitude de lire.

Se surprenant lui-même, Tilu retourna chez Chakladar avant la fin de la semaine, son manuel d'histoire sous le bras. Dans sa poche se trouvait le premier jet de sa *Coquine belle-sœur*. Suant à grosses gouttes, Tilu glissa le deuxième texte entre les chapitres de son manuscrit consacrés à la dynastie Nanda et à l'empire de Chandragupta Maurya. Chakladar avait d'abord froncé les sourcils puis, une heure plus tard, il avait envoyé son assistant, Bhoga, chez Tilu avec un billet de cinq cents roupies : une avance, lui avait-il chuchoté à l'oreille, pour le prochain volume de la série des *Belles-sœurs*.

Si Chakladar était avare de compliments, Tilu trouva en Bhoga son tout premier fan. Le jeune homme et aide-imprimeur de la maison avait considérablement enrichi son vocabulaire au contact des fictions érotiques qui constituaient le fonds de commerce de son patron, après l'impression de faire-part et menus de mariage. Tilu, quant à lui, n'en revenait toujours pas d'être édité et de voir son livre dans les mains d'un lecteur, que ce soit dans le métro ou les petits bars clandestins. Ce qu'il avait créé, malgré ses appréhensions, existait bel et bien. Et personne ne lui avait mis de bâtons dans les roues, ou ne lui avait dit qu'il en était incapable. Son œuvre existait, dans un monde où lui-même se sentait si peu à sa place. C'était un miracle.

Il en était à présent au quatrième tome de sa fameuse série chez Ma Tara Publishing Works. Après *Coquine belle-sœur*, il y avait eu *La Belle-sœur au clair de lune*, puis *La Belle-sœur au bain* et *Voilà la mousson, belle-sœur*. À ses heures perdues, il avait même commencé à traduire en anglais *La Belle-sœur au clair de lune*, qui était selon lui le volume le plus romantique et imaginatif de sa tétralogie. Il rêvait de le présenter à des éditeurs anglophones, mais plus il y travaillait, plus il désespérait de ses capacités à retranscrire dans une autre langue la magie qu'il avait su si délicatement créer dans l'élégant bengali sanskritique.

Tilu passait des heures à arpenter Park Street et College Street à la recherche de livres d'occasion et de copies piratées des derniers best-sellers et romans primés. Il avait désormais deux obsessions, Lalee et le succès littéraire. Il écrirait quelque chose de grandiose, une épopée d'une telle audace littéraire que le monde entier en resterait bouche bée. Il attendit que l'inspiration vînt. Il lut avidement les vieux tomes poussiéreux de la bibliothèque nationale et se passionna pour l'histoire de Calcutta et les anecdotes des *sahibs* sur la naissance de la ville. Tout le monde savait que le nom même de Calcutta était une invention britannique, et durant des années, Tilu s'en était accommodé, rejetant même le « Kolkata » bengali. Puis, en lisant, il avait découvert que bien d'autres toponymes avaient existé, et il avait fini par se dire que les noms qu'on donne aux lieux sont bien souvent une affaire de politique. Au petit village insignifiant de Dihi Kolikata avait succédé « la colonie », surnom donné par les premiers colons avant de rebaptiser l'endroit Calcutta. Tilu avait frissonné d'excitation en apprenant que Chowringhee, l'artère la plus encombrée de la ville actuelle, n'était encore qu'une jungle peuplée de tigres au début des années 1800. Il avait lu quelque part que les serviteurs indiens des somptueuses demeures britanniques de Chowringhee, après avoir enlevé leur uniforme européen, devaient chaque soir traverser la jungle et braver les bandits et les tigres pour rentrer chez eux. Tilu aurait tant voulu connaître cette époque si fascinante. L'immense artère d'aujourd'hui ne ressemblait en rien à cet endroit originel. Avec ses imposants immeubles, ses innombrables bus, ses centaines de petits et grands magasins et ses milliers de passants, toute chance d'y croiser les rois de la jungle avait depuis longtemps disparu.

Tant de noms pour une parcelle de terre, se disait Tilu. Calcutta, Golgotha, Colegot, Dihi Kolikata, Khalkhatta, cette ville, quel que fût son vrai nom, ne cessait de l'abreuver de ses légendes. Il n'y avait qu'à tendre l'oreille. Les célèbres écrivains des hautes castes, et les Mukherjees et Chatterjees de la fac pouvaient garder leur Derrida ; lui n'avait besoin que de cette ville. Peut-être était-il destiné à devenir son scribe ?

Une ou deux fois, dans des moments de faiblesse, Tilu s'était laissé aller à raconter à Lalee certaines de ces histoires du passé, mais elle n'était pas douée pour écouter et avait exigé d'être payée s'il voulait continuer à parler. Il en avait été profondément blessé. Un jour, une fois son chef-d'œuvre publié, il se rendrait aux festivals et cérémonies de remise des prix littéraires au bras de Lalee, sous les regards envieux de vieux poètes célèbres. Un jour, se répétait-il, viendra l'heure de la revanche.

À chaque fois que Tilu fermait les yeux, l'immense Lalee à langue rouge revenait le hanter. Secouant la tête, il se leva et alla faire chauffer de l'eau dans sa vieille casserole. Il regrettait de ne pas avoir de cigarettes pour accompagner sa tasse de thé, mais il n'avait pas un sou en ce moment. Il devait se rendre à College Street pour demander une avance à Chakladar. À cette simple pensée, son pouls s'emballa ; chaque fois qu'il devait traiter avec son éditeur, Tilu regrettait de ne pas être un autre homme, de ceux qui savent garder leur sang-froid. Ce qu'il aurait vraiment aimé, c'était voir Lalee. Mais cela le rendait plus nerveux encore. Non seulement parce que Lalee à elle seule le faisait trembler, mais aussi parce qu'après l'horrible drame de la veille, qui savait ce qui l'attendait à Sonagachi ?

Essayant de chasser de son esprit ces souvenirs macabres, Tilu s'approcha de son bureau et ouvrit les rideaux, sa tasse brûlante à la main. La fenêtre donnait directement sur un panneau publicitaire tout cabossé avec une affiche pour une marque de literie : « Avec les matelas Dutta, vos fantasmes deviennent réalité », disait le slogan. Bien que le texte fût en anglais, il était écrit phonétiquement en caractères bengalis pour mieux s'adapter aux habitudes de lecture des habitants du quartier. Une jolie fille, vêtue d'un sari translucide, était gracieusement assise sur un immense matelas blanc, lançant au spectateur un sourire plein de sous-entendus. *Il existe un monde*, songea Tilu, *où ce genre d'invitation est bien réel.* Quand il serait riche et célèbre, Lalee lui adresserait le même regard, étendue sur un gigantesque matelas.

Tilu soupira, ouvrit une nouvelle page de son carnet, saisit un vieux stylo plume et se mit à écrire. Le fameux marchand britannique Job Charnock, figure légendaire de la naissance de Calcutta, lui était apparu dans un moment de rêverie sous la forme d'un géant d'un mètre quatre-vingt-dix, aussi différent que possible de Tilu lui-même.

Ce n'était certes pas l'homme qu'il était, mais celui qu'il aurait dû être. Un héros partant à la conquête d'un monde qui ne demandait qu'à être découvert et ravi, enfin éveillé. Un homme fort et décidé, capable de dompter la terre et les passions des femmes sauvages avec désinvolture.

Tandis qu'il se débattait avec la construction de ses phrases, son héros affrontait des dizaines de Thugs dans la jungle de Chowringhee quelques siècles plus tôt. Job était parti à la recherche d'un diamant de quarante carats que les brigands avaient dérobé dans le palais d'un roi. Il se trouvait à présent au beau milieu de leur territoire, armé de sa seule cravache. Redoutables voyous itinérants, les Thugs avaient pour habitude de lancer une corde autour du cou de leurs victimes pour les étrangler. D'après ses recherches effrénées à la bibliothèque nationale, Tilu savait que si certains textes présentaient les Thugs comme un groupe organisé de tribus nomades sillonnant le sud de l'Asie entre les treizième et dix-neuvième siècles ; d'autres les décrivaient plutôt comme des fermiers privés de leurs terres par les Britanniques, et qui, en désespoir de cause, s'étaient mis à voler et tuer sans autres armes que de simples foulards. Cachés sous des feuillages, ils attendaient le passage d'un voyageur solitaire, pour ne gagner parfois que quelques *paisas*. D'un côté, Tilu éprouvait de la compassion pour eux, mais la première version convenait mieux à ses terrifiantes aventures.

Décidément, il avait du mal à écrire ce matin. Les événements de la veille et cette satanée vision de Lalee ne cessaient d'envahir ses pensées, malgré les immenses dangers qui menaçaient Job. L'ignoble chef des Thugs lançait son lasso vers Job – Tilu pensait aux lèvres de Lalee fumant une longue cigarette blanche. Job saisissait le lasso au vol – Lalee se tournait vers Tilu et le regardait dans le blanc des yeux. Job tirait sur la corde, si fort que le chef des Thugs tombait par terre – Lalee s'allongeait tel un somptueux tapis de soie sous le corps de Tilu et fermait les yeux d'extase. Job se ruait vers le brigand et lui cassait la mâchoire d'un coup de poing – quelqu'un hurlait, Lalee courait. Job essuyait le sang sur sa main – un mince filet rouge serpentait vers les pieds de Lalee. Même ici, dans sa chambre de Sovabazar, Tilu croyait sentir l'odeur de l'acide et du sang, une odeur étrange, à la fois âcre et douce. Il posa son front sur le bureau.

Pourquoi était-il si peu maître de ses émotions ? Soudain, il éprouva le besoin irrépressible de la voir. Et si elle avait des ennuis ? Que lui était-il arrivé depuis la veille au soir ? Et si elle subissait le même sort que cette fille ? Cette femme ne savait pas prendre soin d'elle-même. Tilu aurait voulu être à ses côtés, la protéger des dangers. Ça semblait tout à fait plausible, dit comme ça, mais il savait bien que dès qu'il se retrouverait face à elle, il perdrait tous ses moyens. Inutile de se leurrer. Et s'il était attaqué par un gang, battu et volé ? Plus il y pensait, et plus la liste des dangers s'allongeait. Il ouvrit son portefeuille. Il lui restait un billet de cent roupies, un de dix et un autre de vingt. Quelques pièces tombèrent des poches de son pantalon. Il jeta un coup d'œil à l'étagère métallique qui lui servait de coin cuisine sur le balcon. Son stock de provisions s'amenuisait. Tilu soupira. Il secoua vigoureusement ses vêtements de la veille au soir, comme si cela pouvait déloger l'odeur de transpiration et les relents fantomatiques du sang et de la mort. S'il avait pu se permettre de les jeter et de n'avoir jamais à les remettre, il l'aurait volontiers fait. Glissant son portefeuille dans sa poche, il sortit dans la rue prendre un bus pour College Street.

5

Malini ne pensait à rien. Comme poussée par une force invisible, elle marcha un long moment sans prêter attention aux bus qui la dépassaient et aux destinations que les chauffeurs criaient à la cantonade. Puis elle aperçut soudain un numéro familier et se mit à courir en agitant frénétiquement le bras comme si sa vie en dépendait.

– *Rokke !* s'écria le chauffeur du minibus en freinant.

Malini grimpa les marches sous les regards curieux. Après avoir trouvé une place dans la section réservée aux femmes, elle essaya de concentrer son attention sur ce qu'elle allait dire. Elle s'était rendue au commissariat bien des fois déjà, après une descente de police ou à cause de clients trop fauchés pour soudoyer les agents qui patrouillaient aux abords du Victoria Memorial. Tout cela était loin maintenant ; depuis qu'elle s'occupait de la coopérative des travailleuses du sexe avec Deepa, elle avait de moins en moins de temps pour les affaires.

Impossible de penser à autre chose qu'à cette chaleur. Et au visage de Mohamaya. Qu'allait-elle dire aux policiers ? Ça ne servirait probablement à rien. C'était perdu d'avance. Tout le monde s'en fichait – mais il fallait quand même essayer. Si elle ne faisait rien, si la coopérative ne faisait rien, à quoi bon toutes ces années de lutte acharnée, à tenter de renverser des montagnes tout en traçant sur son dos une cible invisible ? Elle se rendit compte qu'elle serrait nerveusement les poings, et sentit l'humidité de ses paumes en les ouvrant. Sa voisine rajusta son étole et serra son sac contre sa poitrine. Malini tourna la tête vers la vitre.

En arrivant devant l'enceinte du commissariat de Burtolla, elle s'arrêta un instant. Elle n'était plus elle-même, elle avait l'impression que son corps lui était étranger, comme un poids mort qu'il allait falloir traîner jusqu'aux portes du bâtiment. Quelques agents qui fumaient en buvant du thé lui jetèrent des regards interrogateurs. Certains visages lui étaient familiers, mais impossible de se rappeler leurs noms. Elle finit par entrer.

*

En sortant du commissariat, Malini avait la sensation de flotter dans le brouillard. Elle regarda autour d'elle les visages des policiers en uniforme blanc, dont certains l'observaient fixement, les sourcils froncés ou souriant étrangement. Elle ne parvenait plus à bouger. La force irrépressible qui l'avait poussée jusqu'ici s'était brusquement évanouie. Elle baissa les yeux. Ses savates étaient abîmées. Ses ongles étaient ébréchés et portaient encore de vieilles traces de vernis. Le bas de son sari était sale, traînant ce qui ressemblait à un vieux reste de nourriture. Elle se mit en marche. Un pied après l'autre. Elle avançait doucement, comme si elle était en train de se rappeler comment faire. Devant l'enceinte du commissariat, où des agents traînaient à toute heure du jour et de la nuit, Malini trouva un bout de muret où s'asseoir. Elle consulta sa montre. Il était à peine midi. Elle regarda le soleil descendre petit à petit vers l'horizon et finalement, la nuit tomber.

6

Lalee examinait le jeune homme qui lui faisait face. Les bras minces, presque émaciés, la tête basse et les épaules tombantes, comme écrasées par l'immense poids du monde. Il ne s'était pas rasé depuis plusieurs jours, et les poils commençaient à combler le creux de ses joues. Elle avait envie de lui dire de rester, de se reposer ici quelques semaines. Elle pourrait le nourrir, veiller sur lui. Il était encore un enfant quand Lalee était partie. C'était le petit dernier, et le seul garçon. Après le troupeau de filles qui l'avait précédé, leur père avait été fier d'avoir enfin un héritier. Lui seul avait échappé à ses coups, et avait même parfois eu droit à un bras protecteur. Lalee avait aimé son frère dès le moment où il était né. Il avait de grands yeux qui ne se lassaient pas de s'émerveiller de tout. À le voir maintenant, Lalee sentit un gouffre immense s'ouvrir en elle. Elle rinça les lentilles une deuxième fois, puis une troisième, remuant doucement les grains rouges dans l'eau trouble.

– C'est les filles, dit-il d'une voix à peine audible, avec l'air d'un homme qui s'avoue vaincu avant même d'avoir commencé. Si je ne paie pas leurs livres cette fois-ci, elles ne pourront plus aller à l'école. Au moins, là-bas, on leur donne à déjeuner…

Lalee soupira.

– Mais enfin, comment peux-tu envisager de ne plus les mettre à l'école ? demanda-t-elle avec une pointe de colère. Est-ce que je t'ai dit qu'elles devaient arrêter ?

Elle aurait voulu ajouter qu'en cas de besoin, les filles pouvaient toujours venir chez elle. Il y avait une école ici, et malgré ce que les gens pouvaient penser, il y avait des exemples d'enfants de prostituées qui réussissaient leur vie ; l'une était même devenue médecin, un autre journaliste. Mais c'était inutile d'espérer. De douze ans son cadet, celui qu'elle considérait pratiquement comme son fils n'accepterait jamais de passer la nuit chez elle. Sa femme aurait sans doute préféré égorger ses filles et les jeter dans la rivière plutôt que les envoyer ici. Lalee ne lui en voulait pas. Mais elle se sentait blessée dans sa fierté. Elle n'avait jamais rencontré la femme que son frère avait épousée, mais lorsqu'il était venu lui annoncer la nouvelle, elle avait insisté pour qu'il reparte avec une paire de boucles d'oreille en or pour sa fiancée. Elle se demandait s'il les lui avait données et s'il avait dit d'où elles provenaient, ou même si cette femme connaissait son existence, mais elle n'avait pas osé lui poser la question.

– Et puis il y a le toit, reprit-il. À la dernière mousson, une partie s'est effondrée. Je comptais le réparer, mais les hommes du prêteur sont passés et…

– Combien ? le coupa Lalee.

Il hésita, regarda sa sœur qui lui tournait à présent le dos, penchée vers le petit réchaud à gaz.

– Cinquante mille, lâcha-t-il d'une voix étranglée qui glaça le cœur de Lalee.

Elle souffla rageusement sur le réchaud, pestant contre les éclats de nourriture brûlés et le gras qui bouchaient les trous.

Enfin, elle s'assit à ses côtés et le regarda manger.

– Donne-moi un mois, lui dit-elle. Je vais voir ce que je peux faire. Tu peux attendre un mois ?

Il acquiesça en avalant de grosses cuillerées de riz.

Lalee insista pour le resservir. Il ne releva les yeux qu'en entendant la cuillère racler contre le fond du bol métallique. Tous deux le connaissaient bien, ce bruit creux des récipients vides. Leurs oreilles y étaient accoutumées depuis leur plus tendre enfance.

– *Ma* va bien. Un peu mieux ce mois-ci. L'arthrose est toujours là, mais ça va, dit-il d'une voix douce, en évitant son regard.

Lalee hocha la tête. Elle ne demandait jamais de nouvelles de leur mère, mais son frère lui en glissait toujours un mot avant de partir. Sa barbe était maintenant grise par endroits. Lalee n'arrivait pas à détourner son regard de ce signe de vieillissement si prématuré. C'était comme si on lui avait enlevé son gringalet de frère, avec ses yeux immenses et sa morve au nez, pour le faire vieillir dans un caisson jusqu'à ce qu'il ait l'allure d'un homme usé, vaincu – un homme qui ne ferait plus que subir en silence.

Lalee ne savait pas comment il avait réussi à la retrouver, la première fois. Un jour, des filles l'avaient amené dans sa chambre, disant qu'il la cherchait dehors. Il avait le crâne rasé et portait un pagne blanc qui s'était sali durant son voyage jusqu'à Calcutta. Elle était restée un bon moment à l'observer. Comme si, du fond des océans, resurgissait un souvenir qui aurait pu n'être qu'un rêve, le simple fruit de son imagination. Puis elle avait fondu en larmes et Malini, qui se trouvait là, l'avait serrée fort dans ses bras, l'étouffant presque mais l'empêchant de perdre pied, de se noyer dans un chagrin auquel elle-même ne comprenait rien. Plus tard, son frère lui avait dit que leur père était mort. Dans la tête de Lalee, il était mort depuis longtemps déjà. Le soir où son père l'avait vendue, quand on l'avait emmenée, elle l'avait aperçu dans un fossé près de la rivière, saoul. Elle aurait juré qu'il était mort, avec toutes ces mouches qui lui tournaient autour. Mais peut-être n'était-ce après tout que le fruit de son imagination, ou les prières incessantes de sa mère l'avaient ramené à la vie. Toujours est-il que son frère avait réussi à la retrouver et lui rendait parfois visite. Pas très souvent, mais suffisamment pour lui rappeler qu'elle avait une histoire qui débutait ailleurs. Qu'elle n'avait pas toujours vécu là, dans cet endroit perdu où les filles affluaient comme le sang dans les canalisations d'un abattoir.

Elle le regarda boire dans le gobelet métallique qu'elle avait posé à côté de son bol. Il le tenait suspendu au-dessus de sa bouche assoiffée. Elle éprouva une pointe de colère en le voyant faire ; il voulait bien manger ici, mais les ustensiles ne toucheraient pas ses lèvres. Puis elle se souvint que c'était exactement comme ça que leur père faisait. Son frère, comme l'aurait fait leur père avant lui, se rinça ensuite les mains au-dessus du bol avec les dernières gouttes restantes.

Lalee avait à peine fini de laver la vaisselle qu'il était déjà prêt à repartir, son sac à la main. Un vieux sac en toile marron, sur lequel on devinait encore le logo d'une enseigne. Elle voulut le reconduire à l'entrée, mais dans le couloir il eut l'air hésitant, osant à peine regarder les autres femmes qui avaient déjà démarré leur soirée et commençaient à parler aux clients. Lalee ralentit et le vit accélérer le pas, tête baissée, déterminé à ne rien voir de plus que la poussière à ses pieds, jusqu'à la sortie.

*

L'homme s'assoupissait. Lalee le réveilla d'une secousse. Elle lui dit que le temps était écoulé et se leva du lit. Il ouvrit les yeux et la regarda d'un air vaseux, bâillant copieusement. Elle souffla et détourna la tête. Ses vêtements étaient ceux d'un ouvrier et il avait l'air de manquer de sommeil. Peut-être avait-il travaillé toute la journée sur un chantier, ou dans un garage, et en repartant d'ici, il irait probablement dormir comme une masse quelque part. Elle noua son *salwar* autour de la taille et fit retomber sa tunique par-dessus. Puis elle ouvrit la porte pour le laisser sortir.

Des voix lui parvenaient de la rue. Certaines lui semblaient familières, ou bien peut-être étaient-ce les conversations qui se ressemblaient. Les rires aigus, le marchandage volubile. Son dernier client n'avait pas payé cher, mais il avait accepté de mettre un préservatif sans rechigner. Elle examina les billets qu'il avait laissés. Il y avait deux nouveaux billets de deux cents roupies. Elle tira sur les bords pour les défroisser. Ils étaient encore neufs et crissaient sous les doigts, malgré la sueur qui les imprégnait. Elle glissa l'argent dans son sac à main et attrapa son téléphone. L'espace d'un instant, elle regretta de ne pas avoir de message de Tilu. Ça lui aurait évité de sortir, d'avoir à parler à un inconnu. Elle posa sa paume sur son front et ferma les yeux pour chasser le chaos du dehors. Quelqu'un avait monté le volume de sa musique dans la rue. Ça devait être le jeune homme qui tenait le petit magasin d'à côté. Elle compta les heures écoulées depuis que Mohamaya avait été retrouvée morte. L'air manquait. Une sensation de nausée l'envahit et sa vue se troubla. Se précipitant hors de la chambre, elle se retrouva devant la porte de Mohamaya. Elle était fermée, mais le cadenas extérieur n'était pas verrouillé. Lalee toucha la poignée, hésitante. Que trouverait-elle à l'intérieur si elle entrait ? Resterait-il quelque chose de Maya, flottant dans l'air fétide, quelque part dans les limbes de cette chambre, dans ce lieu où l'on pouvait se sentir chez soi en même temps qu'en enfer ?

Une main se posa sur son épaule et la fit sursauter.

– Ce n'est que moi, dit Amina. Reste pas là.

Les deux femmes remontèrent lentement le couloir. Nimmi était adossée sous l'ampoule jaune qui surmontait sa porte. Une toile d'araignée qui pendait sous la lampe dessinait une dentelle sur son visage. Vêtue d'un sari rouge drapé entre ses seins comme une rivière entre deux pays, elle regarda passer Lalee et Amina.

– Tu n'aurais pas de la crocine ? chuchota Amina.

Lalee la regarda. Amina avait les paupières lourdes, le corps fatigué. Maigre, trop maigre. Peut-être qu'elle envoyait tout son argent à la maison, aux deux enfants qu'elle avait dû laisser derrière elle, à cette brute qui l'avait épousée puis abandonnée quand il n'y avait plus rien eu à soutirer à ses parents.

– Tu as de la fièvre ? demanda Lalee en posant sa paume sur le front d'Amina, manquant de la faire tomber en arrière.

Amina haussa les épaules.

– Tu as eu des clients ce soir ?

Elle hocha la tête.

– Le *phoolwallah* est revenu, avec ses fleurs. Elles étaient trempées, ça m'a mis de l'eau partout. Mais il est resté deux bonnes heures.

Lalee voyait très bien de qui elle parlait. Un petit homme d'allure respectable, qui ressemblait à un enseignant ou à un chef d'entreprise. Un soir, il y avait plusieurs années de cela, il était venu trouver Lalee avec un grand sac en plastique. Il avait rajusté ses lunettes, tête baissée, et ne l'avait vraiment regardée que lorsque son corps tout entier avait été recouvert de guirlandes et bracelets de tubéreuses, soucis et hibiscus dont s'échappaient des perles d'eau qui roulaient sur sa peau et mouillaient les draps. Il ne voulait pas que Lalee le touche.

Elle se souvenait avoir fait une blague, une remarque sarcastique sur les fiancées hindoues censées porter des fleurs le soir de leur mariage. L'homme n'était jamais revenu la voir. Mais depuis quelque temps, tous les deux ou trois mois, elle l'apercevait à la porte d'Amina. Amina était plus jeune, plus douce. Lalee n'avait pas assouvi les fantasmes étranges que l'homme cachait au fond de lui.

– Tu n'aurais pas dû rester aussi longtemps avec ces fleurs mouillées sur toi. Le ventilateur était allumé ? Pas étonnant que tu aies de la fièvre.

Amina ferma un instant les yeux. Assises sur les marches du Lotus bleu, elles regardèrent les filles et les passants déambuler dans la rue.

– Ton frère est venu aujourd'hui ? demanda Amina.

Lalee se crispa. Elle n'avait pas envie de recevoir de conseils, ou de trop s'épancher sur cette partie-là de sa vie, de ce qui avait été sa vie. Ça n'existait pas. Elle ne répondit rien.

– Combien ? insista Amina.

Lalee regardait droit devant elle. Le rythme saccadé de la musique du petit magasin venait se confondre avec les battements de son cœur.

– Je vais te chercher de la crocine, dit-elle.

Elle se leva, puis se retourna vers Amina, assise sur les marches. La lumière accrochée au-dessus de la porte l'enveloppait d'un halo jaune, soulignant les mèches qui s'échappaient de sa tresse. *Ça aussi c'est un peu une famille*, pensa Lalee. *Non,* c'est *la famille. Ce sont les personnes qui se souviennent de vous et qui peut-être même pleurent en vous retrouvant là, étendue par terre.* Elle regarda une dernière fois Amina, sa colonne vertébrale saillante le long de son dos, et se dirigea vers sa chambre.

7

De grands cartons remplis de préservatifs étaient empilés devant le local de la coopérative. Lalee attendait son tour sur la terrasse du premier étage, adossée à la rampe métallique. La porte était ouverte, mais l'entrée était masquée par un mince rideau rose aux motifs délavés. Quelqu'un criait à l'intérieur. Lalee entendait mais n'écoutait pas, laissant son esprit vagabonder. C'était toujours la même histoire – elle n'avait pas besoin d'en connaître les détails.

Une femme que Lalee ne connaissait pas sortit brusquement de derrière le rideau, tremblante de colère, essuyant ses larmes du revers de la main. Lalee entra.

Bharati-*di* était assise à son bureau, sur lequel était posé un minuscule ventilateur dirigé vers son visage.

– Où est Malini-*di* ? demanda Lalee.

Bharati leva les yeux et fit signe à Lalee de s'asseoir, puis se replongea dans le dossier ouvert devant elle.

– Elle est au commissariat.

– Pourquoi ?

Bharati releva la tête d'un air las.

– Elle attend devant le *thana* qu'ils prennent sa déposition. Elle y est allée hier, et ils n'ont rien fait. Plusieurs filles vont la rejoindre aujourd'hui. Tu peux y aller, toi aussi.

Bharati remonta ses lunettes sur son nez. Il y avait dans sa dernière phrase une légère pointe d'agressivité qui n'échappa pas à Lalee. Les membres de la coopérative appréciaient que les filles s'impliquent, et l'apathie de Lalee n'était pas vue d'un bon œil.

– Tu as besoin de combien ? demanda Bharati sans la regarder. Je te le dis tout de suite, le maximum qu'on peut prêter, c'est quatre mille roupies, et seulement la semaine prochaine.

Lalee n'y comprenait rien.

– Mais c'est ce que tu m'as dit il y a trois mois. Tu disais qu'avec le *notebandi*, c'était devenu très compliqué, mais que dans trois mois tu pourrais me donner toute la somme.

– Toute la somme, c'est-à-dire ?

– J'ai besoin de cinquante mille.

Bharati releva la tête. Elle enleva ses lunettes et les posa délicatement sur le dossier.

– La situation ne s'est pas beaucoup arrangée, tu sais. Tu es dans la catégorie B, c'est ça ? soupira Bharati. C'est vous qui avez été les plus touchées, avec le retrait des billets de cinq cents. Mais les catégories A aussi, au bout d'un moment.

Bharati secoua la tête.

Lalee se souvenait de l'étrange silence et des rues désertes au mois de novembre. Pas un client en vue, excepté bien sûr Tilu. Dieu seul savait où il trouvait l'argent, mais il était toujours au rendez-vous. Quant aux autres clients, avant même de regarder les filles, ils demandaient : « Vous prenez les billets de cinq cents ? Et les billets de mille ? » Elle avait perdu le compte du nombre de fois où elle avait dû dire non. Tout le monde cherchait à se débarrasser des coupures dévaluées, et quelle meilleure occasion qu'une heure de plaisir ? Sonagachi était à l'arrêt. Les filles de la catégorie A prenaient bien plus que cinq cents, et elles s'en sortaient mieux. Maya, par exemple, prenait cinq mille roupies de l'heure, se souvint Lalee malgré elle.

– Mais la coopérative ne s'en est pas encore remise ? Tu m'avais dit que dans trois mois ça serait réglé et que tout serait revenu à la normale ? insista Lalee, incapable de masquer la supplication dans sa voix.

Bharati pointa du doigt les cartons entreposés devant la porte.

– Avant, on en écoulait des centaines de boîtes par semaine. Maintenant on arrive à peine à une vingtaine. Les dépôts sont passés de quatre cent mille roupies par jour à soixante-dix mille tout au mieux. Il n'y a pas que vous qui êtes touchées. Automatiquement, on l'est aussi. Ils ont fait disparaître les billets, mais pas les besoins des gens.

Lalee regarda ses mains, serrant et desserrant les poings. Au milieu du désespoir, elle sentait monter une vague de colère. Elle essayait de penser à d'autres endroits où aller, d'autres personnes vers qui se tourner.

– Quoi que tu décides, ne va pas voir les prêteurs. Avec les taux d'intérêt qu'ils pratiquent, tu seras endettée à vie et tu leur appartiendras, corps et âme.

Bharati releva la tête.

– Et pourquoi as-tu besoin de tout cet argent ?

Lalee se leva et gagna lentement la porte sans répondre.

– Va voir Malini au *thana* si tu peux, lui lança Bharati. Il est temps qu'on unisse nos forces si on veut changer les choses.

8

Le bus freina brusquement à l'entrée du grand carrefour à cinq branches de Sovabazar où Tilu descendit et regarda autour de lui. De l'autre côté de la rue se trouvait l'échoppe de Sukhi, le vendeur de *paans* « mondialement connu ». À partir de 17 heures, chaque jour, Bablu le proxénète était à son poste sur le trottoir d'en face. Le Lotus bleu n'était que deux rues plus loin sur la gauche. Tilu marchait aussi nonchalamment que possible, espérant que Bablu ne l'ait pas déjà repéré. Il voulait éviter d'attirer l'attention et les ennuis. Heureusement, Sukhi ne faisait jamais de misère à personne.

– *Saab* l'écrivain, lui avait-il dit un jour, quand un homme est content, il est prêt à payer vingt-cinq roupies pour un *paan* sucré. Mais moi je suis un homme pieux, alors pour ce prix-là, je mets toujours les meilleurs ingrédients.

Les rares fois où Tilu avait les poches pleines, il s'offrait un *paan* de luxe chez Sukhi, comme le jour où il avait reçu sa paie pour *La Cuisine sanatani – 1001 recettes pour les épouses hindoues*. Le marchand avait aligné sous ses yeux tout un assortiment de bocaux teintés aux formes irrégulières, comme s'ils renfermaient des djinns difformes. Tilu avait observé avec fascination les mains de Sukhi, tel un magicien de rue, virevolter d'un récipient à l'autre pour étaler sur les feuilles de bétel toutes sortes de gels et autres bouillies colorées, toujours avec les doigts. Une goutte de ceci et une pointe de cela. Peut-être que si tout se passait bien, si Lalee était gentille avec lui aujourd'hui, il se récompenserait d'un *paan* et même d'une cigarette avant de rentrer à la maison. Sur le trottoir, des enfants jouaient sans se préoccuper de lui, ne s'arrêtant que pour quémander lorsqu'une voiture s'arrêtait au carrefour. Il avisa un grand homme dégingandé qui le fixait en se grattant l'entrejambe d'un air concentré. À Sonagachi, un lendemain de meurtre, cela pouvait signifier toutes sortes de choses. Tilu s'empressa de traverser la rue. Sukhi leva la tête et lui proposa une cigarette. Tilu tâta l'intérieur de ses poches ; il avait deux pièces de cinq roupies.

– Une *bidi* Pataka, marmonna-t-il en songeant qu'une cigarette retarderait un peu le moment de se rendre au Lotus bleu.

Il trouva une marche où s'asseoir le long du trottoir et sortit ses allumettes. Il tâta à nouveau discrètement ses poches et constata avec soulagement que ses deux billets s'y trouvaient toujours. Les pickpockets l'avaient épargné aujourd'hui. Cela suffirait-il ? Les nouveaux tarifs de Lalee étaient exorbitants. Elle lui rirait probablement au nez, maudite femme. Il secoua la tête. Il ne voyait pas de solution. Il se leva et fit quelques pas. La chaleur était écrasante. Déjà le mois de juin et toujours pas une goutte de pluie à l'horizon. Quand il était petit, en cette saison, les pluies inondaient les ruelles du quartier pendant des semaines et il fallait souvent évacuer les appartements du rez-de-chaussée. Il leva les yeux vers le ciel brûlant en s'abritant d'une main et regarda un corbeau passer en croassant. De l'autre côté de la rue, Tilu aperçut l'homme dégingandé murmurer quelque chose à l'oreille d'une femme en le montrant du doigt. Il se leva et s'éloigna d'un pas vif.

Ses pieds eurent tôt fait de trahir sa destination en retrouvant le chemin si souvent parcouru, et bientôt Tilu parvint au Lotus bleu. Mais il se ravisa et se cacha derrière une camionnette garée. Les femmes attendaient devant le bâtiment – certaines debout, d'autres accroupies ou assises sur les marches. Il balaya des yeux les visages à la recherche de Lalee. Un peu plus loin, un attroupement s'était formé sur le trottoir. Elles semblaient en colère et cherchaient visiblement à le faire savoir. Une petite femme potelée leva la tête vers les étages supérieurs du Lotus bleu, criant aux retardataires de se dépêcher. Puis le groupe se mit en marche vers le local de la coopérative. Sunil, le cuisinier du Lotus bleu, accourut avec un rouleau de papier à la main. Il aperçut Tilu derrière sa cachette et lui lança un grand sourire.

– Euh… Lalee… ? articula Tilu en se raclant la gorge.

– Lalee-*didi* est dans sa chambre, je viens de la croiser.

Tilu pointa du doigt le rouleau dans la main du cuisinier.

– Oh, ça ? Comment ça s'appelle déjà ? C'est pour faire des affiches. Ces mesdames vont au commissariat.

Tilu sentit son cœur faire un bond dans sa poitrine.

Le mot « commissariat » ne le mettait pas particulièrement à l'aise, surtout après ce qu'il avait vu la veille.

– La police ? souffla-t-il.

– Oh, ne vous inquiétez pas, *babu* l'écrivain, elles vont rejoindre notre Malini-*didi* là-bas. Elle est au commissariat pour donner une bonne leçon à ces *babus* de policiers. Les dames de la coopérative seront toutes là. Rien à craindre, dit Sunil en rejoignant le groupe.

Tilu regarda sa montre. Il restait encore plusieurs heures avant la nuit, quand Sonagachi commençait vraiment à reprendre vie. Peut-être que les filles reviendraient avant le début de la soirée. Après avoir jeté un coup d'œil à sa gauche et à sa droite, Tilu baissa la tête et se dirigea vers l'escalier du Lotus bleu.

Deux jeunes femmes qu'il n'avait encore jamais vues l'accostèrent et lui attrapèrent les mains en lui pépiant à l'oreille. Il écarquilla les yeux, sidéré. La plupart des filles d'ici le connaissaient et ne l'embêtaient pas. Il bredouilla qu'il était attendu à l'intérieur, puis pénétra dans la cour au milieu des huées moqueuses.

Il se sentait désorienté, comme quelqu'un qui vient de se réveiller. On lui jetait de drôles de regards. Il se demanda s'il ne ferait pas mieux de repartir. Tout allait bien, Lalee n'était pas en danger, peut-être serait-il préférable de faire demi-tour ? Il ne verrait pas son visage, n'aurait pas à subir ce vertige qui le saisissait chaque fois qu'il se retrouvait face à elle. Pourquoi se torturer ? Il n'avait qu'à rebrousser chemin, personne n'en pâtirait. Il expira profondément, desserrant ses poings en sueur, et, quand il releva la tête, il aperçut Lalee qui l'observait depuis l'autre bout de la cour. Elle lui souriait, sincèrement, comme si elle attendait sa visite, comme si elle était soulagée de le voir. Un cratère s'ouvrit dans le ventre de Tilu et ses poumons se vidèrent d'un coup.

Lalee lui fit signe, puis monta l'escalier menant au couloir. Tilu la suivit, hypnotisé, jusque dans sa chambre, et elle referma la porte derrière eux.

9

Samsher Singh était sur le point de pousser la porte de son appartement lorsqu'il entendit des cris et des lamentations à l'intérieur. Il laissa échapper un long soupir et appuya son front contre le bois. Une fois de plus, sa mère haranguait les dieux et tous ceux qui pouvaient l'entendre. La journée avait été pénible ; tout ce qu'il demandait, c'était un peu de calme et de sérénité lorsqu'il rentrait à la maison. Prendre une longue douche froide, se vider une demi-bouteille de talc sous les aisselles et zapper entre les chaînes d'info en continu où tout le monde se criait dessus. Il retint cette image un instant et entra.

– Écoute-moi bien, *beta*, rugit sa mère en le voyant, les narines dilatées. Ça sera une fille. Sharmaji ne s'est jamais trompé, pas une seule fois en vingt ans, et il a parlé. C'est sûr à cent pour cent.

La mère de Samsher croyait à la vérité par répétition. Si elle disait quelque chose un nombre de fois suffisant, cela se transformait en vérité divine. Dans un coin de la cuisine, appuyée contre le mur, se trouvait son épouse. Ils s'étaient mariés récemment, environ six mois plus tôt, après moult entrevues et négociations de la dot chapeautées par sa mère. Elle semblait avoir enfin trouvé une belle-fille qu'elle pouvait tolérer, du moins c'était ce que Samsher avait espéré. Il aurait épousé une chèvre si cela avait pu mettre un terme à ces interminables pourparlers. Elle avait du goût, il faut l'admettre. Sa femme était svelte, elle avait la peau claire et de longs cheveux. Elle n'ouvrait presque jamais la bouche, même dans l'intimité, et savait plus gracieusement que quiconque garder les yeux baissés en se couvrant la tête avec son sari. Il l'appréciait. Elle était jeune et le traitait avec un respect mêlé d'appréhension, comme un lion auquel on n'aurait donné qu'une légère dose d'opium.

Mais après tout ce temps consacré à choisir la meilleure épouse, sa mère trouvait toujours quelque chose à reprocher à sa belle-fille et passait ses journées à rouspéter. Samsher finit par en conclure que ce qu'elle cherchait, c'était une belle-fille à tourmenter, plutôt qu'à aimer. Et après tout, ça lui était égal, tant qu'elle le laissait tranquille. Mais elle s'y refusait.

– Qu'est-ce qu'il y a, *Amma* ? Pourquoi faut-il que tu cries sans cesse ?

– Oh, je crie, moi ? Je crie ? C'est ma faute, alors ? Je veille sur son avenir et lui, la première chose qu'il fait en rentrant, c'est de blâmer sa pauvre…

– *Amma*, l'interrompit Samsher, tu vas me dire ce qui s'est passé, à la fin ?

– Elle attend une fille, je te dis ! répondit-elle en pointant un doigt accusateur vers son épouse, tel un jury d'une seule femme à un procès pour sorcellerie. Sharmaji a dit qu'il n'y avait aucun doute.

Sharmaji était un talentueux charlatan. Samsher rêvait souvent de passer les menottes au vieux crapaud. Mais l'idée d'avoir à partir de chez lui ou de passer le restant de sa vie à subir la vengeance de sa mère l'en dissuadait. Elle avait plus foi en Sharmaji qu'en Dieu. Tous les mardis, elle prenait une douche, mettait un sari propre et rendait visite à son maître pour discuter de ses devoirs domestiques et recevoir ses prédictions astrologiques. Sharmaji lui avait dit un jour que son fils ne rentrerait jamais dans la police et qu'il ferait mieux de devenir électricien. Lorsque Samsher avait démenti la prophétie, Sharmaji avait prédit qu'il serait tué dans une poursuite en voiture ou assassiné par une prostituée. Sa mère n'avait cessé de se lamenter sur ce funeste augure et pendant tout un temps, de chanter des mélopées funèbres. Qu'importaient les faits et les preuves qu'on lui mettait sous les yeux, sa foi en cet homme semblait inébranlable, et Samsher avait fini par concevoir envers lui une haine farouche.

– *Amma*, il ne peut pas prédire le sexe du bébé, essaya Samsher. Seuls les docteurs peuvent le faire, et ils n'en ont pas le droit.

Elle fondit sur lui tel un ange vengeur.

– Je l'ai vue manger des citrons ! dit-elle d'un ton triomphal. Et des tamarins ! Je l'ai vue de mes propres yeux ! Ne me dis pas que ça ne veut rien dire. Je connais les signes. Elle est rayonnante ! s'offusqua-t-elle en fusillant sa belle-fille du regard.

Samsher battit en retraite vers sa chambre, jetant au passage un bref coup d'œil à sa femme qui s'était retranchée dans la cuisine obscure.

Plus tard ce soir-là, tandis qu'elle était inconfortablement étendue à ses côtés, tentant de se faire aussi petite que possible, Samsher se sentit obligé de lui adresser quelques mots.

– Ne t'en fais pas, commença-t-il, *Amma* est juste... *Amma.* Elle aboie plus fort qu'elle ne mord.

Il entendit des pleurs discrètement étouffés dans l'épaisseur des coussins, avant de devenir de lourds sanglots incontrôlables. Il se tourna sur le côté et posa doucement sa main sur la tête de son épouse, caressant les mèches noires qui s'échappaient de sa tresse.

– Mais si elle avait raison ? demanda-t-elle au bout d'un long moment d'un ton mortifié.

Samsher passa le bras autour de sa taille et se rapprocha d'elle.

– Je serais très heureux d'avoir une fille. Vraiment très heureux, murmura-t-il en effleurant sa nuque avec ses lèvres.

10

Naskar regarda sa montre. Deux heures s'étaient écoulées depuis la dernière fois qu'il avait vérifié. Le sergent Singh n'était pas encore arrivé, et son adjoint Balok-*da* était furieux. Les femmes étaient toujours là, et le groupe semblait même chaque jour plus important. Il essaya de compter les têtes – une, deux, trois... treize – mais perdit le fil. Elles ne cessaient de bouger avec leurs pancartes. À l'heure du déjeuner, elles sortirent leurs gamelles métalliques qui brillaient au soleil. Elles bavardaient, riaient, et parfois Naskar avait l'impression qu'il y avait même de la gaieté dans l'air. À les voir comme ça, sans regarder ce qui était écrit sur leurs banderoles, qui aurait cru qu'elles étaient venues dénoncer un meurtre ? Il secoua la tête. Elles s'étaient installées à l'endroit où Balok-*da* avait l'habitude de fumer ses *bidis* puantes quand le sergent Singh était absent. Tant qu'elles seraient là, Balok-*da* ne cesserait de ronger son frein. Certaines femmes repartaient le soir, ce qui n'étonnait pas Naskar vu leur profession. Si sa mère apprenait ce qui se passait, elle serait capable de lui interdire de venir travailler. Il récita une petite prière, entrecroisa ses mains et se toucha le front deux fois. Plus vite tout ça se règlerait, mieux ce serait pour tout le monde. Si seulement le sergent pouvait faire quelque chose pour se débarrasser de ces femmes.

11

La chambre de Madame Shefali était sombre et fraîche. Encore éblouie par le soleil aveuglant du mois de juin, Lalee mit plusieurs minutes à s'habituer à l'obscurité. Le climatiseur émettait un léger bourdonnement, presque inaudible. C'était une chambre faite pour dormir, pour se reposer. Elle imaginait une riche épouse, paresseusement allongée sur un lit comme celui-ci, à l'abri de la chaleur écrasante et du monde extérieur. C'était une belle chambre. Quand Nimmi lui avait dit de monter, Lalee avait commencé à s'inquiéter, incertaine des raisons pour lesquelles Madame Shefali voulait la voir. Elle avait failli refuser et renvoyer Nimmi sans plus d'explication, mais ça aurait été mal vu. Elle verrouilla sa porte et suivit Nimmi jusqu'aux appartements du dernier étage.

Madame Shefali était assise dans un ample fauteuil en velours, juste en dessous du climatiseur, tenant à la main un mini-ventilateur dirigé vers son menton. Une jeune *chhukri* lui épongeait le dos à l'aide d'une serviette qu'elle plongeait dans l'eau glacée puis essorait de toute la force de ses mains décharnées en déployant un enthousiasme déprimant.

– Pas de repos pour les pécheurs, déclara Madame Shefali.

Elle regarda Lalee.

– *Ki re, chhukri*, qu'est-ce que je viens de dire ?

– Pas de repos pour les pécheurs, répéta Lalee.

– Compris, ma fille ? Maintenant, regarde-moi.

Madame Shefali se passa le mini-ventilateur devant le visage.

– Je ne supporte pas cette chaleur, dit-elle, surtout quand mon corps me dit que je deviens vieille ! Mais on ne va pas lâcher le morceau comme ça, hein, Lalee ? Dans cette vie, il vaut mieux être morte que vieille. Pas de clients, pas de *babus*, pas d'amoureux, personne avec qui se disputer – à quoi ça sert de vivre ? Tu devrais le savoir, tu y es presque. Encore quinze à vingt ans et ce sera ton tour. J'espère pour toi que quand le moment viendra, tu auras un endroit comme celui-ci pour venir te rafraîchir les parties intimes. Le corps est traître, Lalee. C'est une bombe à retardement. Tic-tac, tic-tac.

– Vous vouliez me voir ?

Madame croisa les pieds sur le pouf en velours devant son fauteuil.

– J'ai du travail pour toi.

Lalee et Madame Shefali se connaissaient bien, peut-être mieux qu'elles ne le pensaient. Ça devait faire… quoi, presque vingt ans qu'elles se côtoyaient ? Elles s'étaient disputées, haïes, entraidées et protégées. Une relation qui, d'une certaine façon, avait quelque chose de profondément filial. Lalee ne dit pas un mot ; le silence, elle le savait, insupportait Madame Shefali plus que tout.

Au bout d'une minute, celle-ci n'y tint plus.

– Bon, dit-elle. Tu n'as pas de questions ? Je n'aime pas les questions.

Elle ôta ses pieds du pouf. Lalee remarqua ses ongles rouge vif, fraîchement vernis.

– Ce soir, je veux que tu viennes t'installer ici, à l'étage. Je ferai préparer une chambre pour toi par un des garçons. Rassemble toutes tes affaires et dans deux heures, va voir Chintu. Il te dira quoi faire.

Lalee ne bougea pas. Madame Shefali fit une grimace.

– J'ai entendu dire que tu étais allée à la banque coopérative pour un prêt ?

– Qu'est-ce que ça peut vous faire ? demanda Lalee sans réfléchir.

– Ce que ça peut me faire ? Les affaires, c'est les affaires. Tu te souviens bien comment c'était, il y a quelques mois, avec le *notebandi* ? La dernière fois que j'ai vu les rues aussi désertes, c'était en 1992, quand ils ont démoli la mosquée. On sortait dans la rue dès 10 heures du matin. Et rien, pas un chat. Et quand une de nous avait un client, oh, les jalousies, les disputes ! Enfin, on arrive à peu près à garder la tête hors de l'eau, et si tu as un peu de jugeote, tu accepteras ma proposition.

– Qu'est-ce qui va arriver à ma chambre, à mes habitués ? Et qu'est-ce que vous prendrez comme pourcentage ?

– Quels habitués ? L'écrivain ? rit Madame Shefali. Écoute, *chhukri*, je te fais une fleur, là. Je ne veux pas savoir pourquoi tu vas à la coopérative quémander un prêt, mois après mois. Ça te regarde. Nous, on continue l'*adhiya*, on fait moitié-moitié, et tu n'auras rien à payer pour la chambre. Tu travailleras ici, et à l'extérieur aussi.

Lalee se demandait comment ça marchait quand on avait des clients à l'extérieur. C'était le cas de Maya, mais Lalee n'avait jamais vraiment su quand elle sortait, ni où elle allait. Maya avait aussi un proxénète, et elle avait de bons clients qui payaient bien. Une ou deux fois, Lalee avait eu envie de l'interroger, mais elle n'avait pas osé.

Lalee sourit. Elle avait trouvé la chose à dire qui hérisserait Madame Shefali.

– C'est le même marché que vous aviez conclu avec Maya, non ? C'est ce qui a fini par la tuer, ce qui finit par nous tuer toutes. D'une façon ou d'une autre.

Madame Shefali eut un petit sourire figé. Une goutte de jus de bétel s'échappa de la commissure de ses lèvres. Elle l'essuya du pouce, et regarda un moment la tache rouge sur son doigt.

– Le premier mois de ton arrivée ici, tu t'es fait une amie, tu te souviens ? J'ai oublié son nom. J'attendais beaucoup d'elle. Une vraie fille de la campagne, elle était parfaite. On n'en fait plus comme ça de nos jours en ville, et la moitié des villageoises qui débarquent ici ne sont déjà plus vierges. Enfin, les temps ont bien changé. Cette fille-là, ta copine, j'ai tout fait pour la protéger. Pour que son hymen reste intact. Mais le premier mois n'était pas passé qu'elle essayait déjà de se sauver.

Elle secoua la tête en ricanant tout bas.

– Et quand on l'a ramenée, elle a réessayé de s'enfuir, encore et encore. Oh celle-là, quel numéro, toujours à vouloir s'échapper ! Comme si elle avait eu quelque part où aller.

Madame Shefali marqua une pause et cracha la feuille de bétel dans une coupelle, puis sortit une cigarette d'une vieille boîte en carton. Lalee observait ses mouvements, délibérément lents, en retenant son souffle. Madame Shefali pointa vers elle sa longue cigarette blanche.

– Tu te souviens de ce que tu as fait ?

– Rien, répondit Lalee d'une voix ferme. Je n'ai rien fait.

– Exactement.

Madame Shefali porta la cigarette à ses lèvres, l'alluma avec un briquet en plastique et souffla un parfait halo de fumée.

– Je sais qu'elle voulait que tu partes avec elle, mais tu ne l'as pas fait. Jamais. Et tu n'as dit à personne qu'elle projetait de s'enfuir. On le savait, bien sûr. Toutes ces filles, la moitié essaie toujours de s'échapper. Et l'autre moitié, eh bien, elles sont comme toi. Intelligentes. Pense à ta petite copine qui a essayé de s'enfuir, encore et encore. Les filles comme toi survivent, les autres, non.

*

En rassemblant ses affaires, Lalee repensa à ce qui était arrivé à son amie qui avait tenté de fuir. Elle s'appelait Jigri. Lalee comprenait à peine ce qu'elle disait. Elle s'exprimait dans le dialecte compliqué d'un lointain village du Jharkhand. Elle avait neuf ans, et Lalee dix. Elles étaient seules et terrifiées. Les trois premiers jours, elles étaient restées côte à côte, enchaînées au pied branlant d'une vieille banquette en bois. Quand elles s'arrêtaient de pleurer, et qu'elles tendaient l'oreille, elles entendaient parfois le bruit sourd des termites qui rongeaient le meuble et des cafards qui rôdaient par terre, à l'endroit où Jigri avait uriné.

Jigri parlait par à-coups, par petits déluges. C'étaient les derniers mots qu'elle aurait le droit de prononcer en tant que personne, comme si on allait lui retirer la faculté de parler si elle ne les utilisait pas tout de suite. Lorsque Madame Shefali lui avait attaché les mains et les pieds, après sa première fugue, Jigri avait fait signe à Lalee de la tête. Et elle l'avait suppliée de fuir avec elle. Courir jusqu'au premier bazar, demander au premier policier venu, et rentrer à la maison. Lalee ne savait pas si c'était l'écart d'un an qui les séparait, ou si elle avait déjà perdu tout espoir avant d'arriver ici, mais elle n'avait jamais pris Jigri au sérieux. Elle n'avait jamais cru qu'il y avait un endroit où s'enfuir. Les échecs de Jigri ne faisaient que la conforter dans cette idée, et renforcer sa honte. Elle avait eu raison de ne pas l'écouter, mais après tout, elle ne méritait pas mieux que cet endroit, elle qui était incapable d'imaginer qu'il puisse en exister d'autres, qu'il puisse exister autre chose que l'enfer.

Lalee savait très bien ce qui était arrivé à Jigri, celle dont Madame Shefali avait oublié le nom. Mais c'était une des nombreuses choses auxquelles elle ne pensait plus.

12

Dans la salle d'attente du médecin, Samsher tapait nerveusement du pied en regardant le schéma affiché au mur d'un fœtus dans le ventre d'une femme. Les courbes des tissus enveloppant le bébé recroquevillé sur lui-même le fascinaient. Il jeta un coup d'œil à son épouse. Quelques frisottis encadraient son visage. Elle essuya une goutte de sueur qui perlait sur son front, puis baissa les yeux en rencontrant le regard de son mari. Samsher sourit. La grossesse lui donnait un nouvel éclat, rosissant ses joues et remplumant sa silhouette. Ce n'était plus la jeune femme maigre et apeurée qu'il avait épousée un an plus tôt, tremblant à ses côtés tandis que le prêtre joignait leurs mains avec un bracelet en fil rouge.

Il maudit intérieurement le docteur de ne pas avoir fait installer la clim. L'homme était tout de même chirurgien-obstétricien, avec son propre cabinet en plus de ses consultations dans deux grosses cliniques. Il devait gagner dans les trente mille roupies par jour, et pourtant il continuait à recevoir ses patients dans un miteux deux-pièces aux murs tachés, au-dessus de l'atelier d'un réparateur de parapluies. Samsher soupira. Il regrettait de ne pas avoir pris ses études plus au sérieux. S'il s'était un peu plus appliqué, il n'aurait pas eu à côtoyer des maquereaux et des petits voyous toute la journée. Au pire, il aurait fini dentiste, comme tous les fils ratés de pères riches et ambitieux. Il serait devenu un homme respectable, avec une femme plus intelligente, éduquée dans un couvent, qu'il aurait emmenée au multiplex tous les week-ends voir des films hors de prix en mangeant du pop-corn.

Il toucha la main de sa femme. Elle sursauta et se raidit. En fin de compte, il avait de la chance. C'était une bonne épouse. Bientôt, elle aurait dans les bras un bébé plein de vie et serait comblée. La réceptionniste à l'air revêche appela son nom. Sa femme se leva brusquement et se dirigea à pas lents vers le cabinet du docteur. Samsher resta assis. Ce n'était pas la place d'un homme. Sa mère avait refusé de venir, et la belle-famille était injoignable. La tradition aurait voulu que ses beaux-parents viennent chercher leur fille et veillent sur elle jusqu'à l'accouchement. Le moment venu, Samsher serait allé chez eux, il aurait profité de leur hospitalité pendant quelques jours puis serait rentré à la maison avec sa femme et son enfant. Sur ce point, sa mère avait raison de se sentir flouée d'un arrangement extrêmement pratique. Mais Samsher ne pouvait tout de même pas rester les bras croisés. Il fallait bien que quelqu'un s'occupe de sa femme, l'amène à ses rendez-vous et prenne soin d'elle et du bébé après l'accouchement.

Lorsqu'elle sortit du cabinet avec une liasse de papiers à la main, Samsher tendit le cou pour apercevoir le médecin. Dans la salle d'attente, un vieil homme à la respiration sifflante, les pieds posés sur une chaise en plastique, se mit à tousser violemment. Samsher le regarda avec répugnance. Il aurait aimé voir le docteur seul à seul pour s'assurer que tout allait bien. Et en profiter pour lui demander s'il connaissait le sexe du bébé. S'il disait qu'il était policier, le médecin ne ferait probablement pas trop de problèmes, mais s'il était du genre pointilleux, il pourrait s'offusquer qu'on lui demande quelque chose d'illégal. Samsher hésita à se manifester, mais le vieil homme asthmatique s'était déjà levé. Il abandonna et rejoignit sa femme qui avait du mal à marcher avec son énorme ventre.

Dès qu'ils furent montés dans le taxi, le téléphone de Samsher se mit à sonner. D'une voix prudente, Balok Ghosh le pria de revenir au plus vite au commissariat. Samsher raccrocha et tourna la tête vers son épouse.

– Que t'a dit le docteur ?

– Tout va bien, l'accouchement devrait se passer normalement, répondit-elle timidement.

Samsher hésita un instant.

– Tu as peur ? demanda-t-il.

Elle secoua doucement la tête, baissant les yeux vers son ventre qu'elle entoura de ses mains. Samsher se sentit envahi d'une vague de tendresse. Il allait devenir père ; son épouse et leur enfant deviendraient le centre de son univers. Il vivrait avec eux et pour eux et serait là pour les protéger.

Il prit la main de sa femme et la garda dans la sienne jusqu'à leur appartement, puis il demanda au chauffeur de le conduire au commissariat de Burtolla.

*

Samsher écouta le rapport de Balok Ghosh, le visage enfoui dans ses mains. Il avait espéré que la situation se tasserait rapidement, comme c'était habituellement le cas dans ce genre d'affaires. Sonagachi rendait la justice à sa manière, et la police avait rarement à s'en mêler, sauf quand des gens comme cette femme montaient les choses en épingle.

– Qui est-elle ? demanda-t-il en se massant les tempes.

Balok Ghosh lut la carte de visite qu'il avait entre les mains avec une légère pointe de dégoût.

– Deepa Marhatta, chef. Elle dirige une ONG au sud de Calcutta, en lien avec la coopérative de Sonagachi. On lui a dit que vous étiez occupé, ajouta-t-il à voix basse. Mais elle ne veut rien savoir.

Samsher émit un grognement.

Balok Ghosh regarda son supérieur. L'homme avait une carrure imposante, mais l'intelligence d'un animal de ferme. D'après sa longue expérience, le sergent n'irait pas très loin. Qu'il soit parvenu à ce poste tenait déjà du miracle. Balok se racla la gorge.

– Si je peux me permettre un conseil, chef, je pense que le mieux serait d'écouter ce qu'elle a à dire, puis de faire tout ce qui est en notre pouvoir pour la faire partir d'ici. Ce genre de femmes, c'est un vrai poison. Comme… comme la syphilis, chef. Difficile de s'en débarrasser. Et puis, il y a une horde de prostituées juste devant le *thana*. Il faut faire quelque chose.

Lorsque Balok Ghosh ouvrit la porte du bureau pour faire entrer la femme, Samsher était déjà debout, prêt à l'accueillir les bras ouverts.

– *Arrey* madame, entrez donc. Asseyez-vous, je vous en prie, et dites-moi ce qui vous amène. *Ei* Naskar, apporte-nous deux tasses de *chai*. Vous prendrez bien quelque chose, madame ? Ils préparent un très bon *moglai porota* ici…

Deepa répondit par un aimable sourire qui désarma Samsher. Il s'était forgé une certaine image des « travailleuses sociales », catégorie qui dans son esprit n'était pas flatteuse. Il les détestait et, sans vouloir se l'admettre, en avait même un petit peu peur. Braillardes, agressives, elles restaient souvent célibataires jusqu'à un âge avancé, mettant en péril les sacro-saintes structures familiales et sociales. Et tout ça pourquoi ? Peut-être parce qu'elles ne trouvaient pas de maris, justement. Une bande d'affreuses harpies. Mais celle-ci le désarçonnait, et il n'arrivait pas à déterminer son âge. Autour de la quarantaine, peut-être un peu plus. Elle avait de l'allure, un beau sourire et de toute évidence, elle se situait plusieurs rangs au-dessus de lui dans l'échelle sociale. Ses vêtements étaient sobres, mais Samsher n'était pas dupe. Ce genre de sobriété se payait à prix d'or dans certaines boutiques du centre-ville aux allures de galerie d'antiquités.

Deepa leva une main en l'air.

– Je vous remercie, sergent. Mais je suis assez pressée et je voudrais déposer une plainte officielle, s'il vous plaît. Je crois comprendre que ces femmes, devant le commissariat, attendent que vous acceptiez de prendre leur déposition et d'ouvrir une enquête préliminaire, comme la loi l'impose dans le cas d'une infraction criminelle ?

Samsher eut un sourire de supplicié.

– Madame, je vois que vous venez d'un milieu éduqué, le haut du panier comme on dit. Mais laissez-moi vous expliquer une chose. Un appel téléphonique avec des informations non vérifiées ne peut pas suffire pour ouvrir une enquête préliminaire, vous comprenez ?

Il aurait poursuivi si Deepa ne l'avait pas interrompu.

– Ces femmes qui attendent dehors ne sont pas en train de téléphoner, sergent. Elles sont là depuis maintenant quatre jours. Alors vous pourriez faire le strict minimum, c'est-à-dire prendre leurs dépositions, comme la loi l'impose, non ?

Samsher ouvrit la bouche, mais Deepa leva de nouveau la main. Il s'appuya contre le dossier de sa chaise, les épaules légèrement affaissées.

– Enfin, je ne suis pas là pour débattre de détails juridiques avec vous, reprit-elle. J'ai d'excellents collègues à la Commission nationale des droits de l'homme qui sont bien plus compétents que moi sur ces questions. J'ai aussi des amis, au sein de la magistrature, qui nous demandent de leur faire remonter les cas où des policiers refusent d'ouvrir une enquête préliminaire.

– Mais enfin, madame, c'est la première fois que j'entends parler de ce genre de choses, dit Samsher.

– Bien sûr. Bien sûr, c'est la première fois. Et moi, je voudrais déposer une plainte.

– Bien entendu. Si c'est ce que vous souhaitez. Mais vous savez ce que c'est…

Il tourna ses paumes vers le plafond et haussa légèrement les épaules, espérant que Deepa comblerait les vides.

Elle garda le silence, l'air impassible. Samsher ne savait pas comment réagir. Comme ce genre de femmes l'horripilait ! Par sa seule présence, elle trouvait le moyen de remettre en cause son autorité. Il était homme, il était plus fort qu'elle, il était officier de police. Elle avait besoin de lui. Et pourtant elle était là, enveloppée dans son cocon de privilégiée, avec son anglais parfait, à lui faire sentir comme il était inférieur. Il sortit de sa poche son nouvel iPhone, qu'il tourna et retourna plusieurs fois dans sa main avant de le poser sur la table. Il risqua un coup d'œil furtif vers son interlocutrice, pour savoir si la vue d'un objet aussi cher changeait quelque chose à son expression. Mais il constata que non, et se mit à tourner dans son fauteuil pivotant.

– Madame, c'est très compliqué de retrouver des preuves dans ce genre d'affaires. La… euh… la fille qui est morte… elle s'était enfuie avant, non ? C'est ce que j'ai entendu dire. Enfin, quoi qu'il en soit… C'est toujours une histoire de *babu*, soupira Samsher avec emphase. Ces filles, elles meurent systématiquement aux mains d'un de ces jeunes hommes qui leur promettent de les épouser, fit-il en remuant l'annulaire d'un air entendu. On ne peut pas leur faire confiance. Dès qu'un homme débarque et leur fait des promesses, elles se jettent dans ses bras, elles lui donnent tout leur argent, et ils disparaissent dans la nature.

Il marqua une pause, regagnant un peu de confiance en voyant que son interlocutrice ne cherchait pas à l'interrompre.

– Qu'est-ce qu'on peut faire, madame ? On ne peut pas courir après toutes les prostituées du pays pour les empêcher de se ridiculiser, dit-il en souriant.

Deepa continuait à le fixer impassiblement. Il baissa les yeux.

– Je vois, dit-elle. Je vais vous dire ce que vous pouvez faire, sergent : enregistrer cette plainte déposée par moi, Deepa Marhatta, résidant au 4 B/1 Ballygunge Circular Road, Calcutta 700019, déclarant que Mlle Mohamaya Mondol, vingt-huit ans, que je connaissais personnellement, a été assassinée par un ou plusieurs individus à ce jour non identifiés, vendredi dernier, le 3 juin, au

Lotus bleu, dans le quartier de Sonagachi. Une bouteille d'acide phénique, qu'elle conservait dans sa salle de bains, lui a été fracassée sur le visage, puis enfoncée dans la gorge, et elle est morte des suites de ces blessures intentionnellement infligées.

Deepa marqua une courte pause.

– Et maintenant, voulez-vous bien prendre note de ce que je viens de vous dire, et me délivrer un double de ma déposition ?

Samsher Singh se remit à pivoter sur son siège en regardant autour de lui comme un animal pris au piège, puis il leva les mains en l'air.

– Mais, madame, nous sommes vos serviteurs, dit-il. Nous ne sommes là que pour assurer votre protection.

Il se hissa légèrement sur ses accoudoirs et se pencha vers la porte restée entrouverte.

– Eh, Balok-*da*, Balok-*da* ? appela-t-il. Emmenez madame au bureau de Naskar, qu'il enregistre sa plainte.

Deepa lui décocha un nouveau sourire. Samsher savait que c'était un sourire parfaitement artificiel, flatteur mais aussi un brin condescendant. Déconcerté, il constata qu'elle lui tendait une main, et il resta un moment interdit avant de la serrer.

– C'était un plaisir de vous rencontrer, sergent. Au revoir.

Samsher Singh se balança d'avant en arrière en faisant grincer les ressorts de son siège. Cette entrevue lui avait complètement sapé le moral. Oui, ils étaient au courant. Mais qu'est-ce qu'elles attendaient de lui, ces femmes ? Qu'il se précipite là-bas, tout seul, pour les sauver de la misère et de l'injustice ? Qu'il soit leur chevalier servant ? Il songea à appeler sa femme. Il pourrait envoyer le chauffeur du commissariat la chercher, puis l'emmener au café Mitra boire un thé et manger du poisson *kobiraji*, puis ils pourraient peut-être faire une promenade le long du Gange avec la Jeep. Il lui achèterait une glace et ils trouveraient un endroit où s'asseoir, côte à côte, main dans la main. Mais elle n'avait pas de téléphone portable – la mère de Samsher s'y opposait – et elle n'avait pas non plus le droit de répondre au téléphone de la maison. Sa mère surveillait tout, comme si elle était le dernier rempart contre l'immoralité et le chaos qui menaçaient son foyer. Il laissa échapper un long soupir. Si c'était pour s'attirer les foudres de sa mère, mieux valait renoncer à cette idée. Balok Gosh apparut sur le seuil de la porte et lui demanda s'il voulait une tasse de thé. Samsher acquiesça et tourna la tête vers la fenêtre et les corbeaux perchés sur les câbles entremêlés.

13

Lalee commença par plier tous ses vêtements et les rangea en piles bien nettes au fond de deux grands sacs en plastique, à défaut de trouver autre chose. Elle aurait peut-être dû demander aux filles du couloir si elles avaient une valise à lui prêter, ou au moins un sac de voyage. Mais elle n'avait pas envie d'attirer les regards curieux ou de répondre aux questions, d'autant plus qu'elle-même ignorait ce qui l'attendait. Elle s'assit sur le lit et jeta par terre le chemisier qu'elle venait de plier. Sans que rien n'ait été clairement défini, elle venait de conclure un accord avec Madame Shefali. Elle promena son regard sur le reste de ses affaires éparpillées aux quatre coins de la pièce, et se sentit gagnée par la tristesse. C'était perturbant de devoir abandonner son espace. La chambre lui coûtait cher, elle était infestée de cafards, et il avait fallu attendre longtemps pour pouvoir se payer ces quatre murs. Elle avait parfois l'impression qu'ils absorbaient son âme petit à petit. Il fallait s'acquitter de son tribut mensuel et gagner chaque jour assez pour rester dans un endroit dont elle aurait voulu s'échapper. Mais c'était le sien. C'était même la seule chose vraiment à elle. Le simple fait de pouvoir fermer la porte derrière soi et se couper du monde était déjà beaucoup. C'était peut-être ce que voulait défendre Malini avec sa coopérative, et ce que ressentaient beaucoup des femmes qui vivaient ici. Ce n'était pas une belle vie, pas souvent, mais parfois. Et en dépit de tout le reste, c'était leur vie. Dans ce genre de moments, Lalee comprenait presque Malini. Son obstination, son combat quotidien, sans relâche.

Devant la porte fraîchement repeinte de sa nouvelle chambre à « l'étage », Lalee hésita un moment, puis, avec un sentiment à mi-chemin entre la colère et l'impuissance, elle poussa si fort que la porte vint cogner contre le mur. Elle laissa tomber les deux gros sacs en plastique sur le lit impeccable. C'était Chintu qui lui avait indiqué sa chambre, derrière le coquet salon de Madame Shefali. Lalee remarqua qu'on pouvait fermer la lourde porte rouge de l'intérieur. Un grand lit double recouvert de somptueux draps blancs prenait presque toute la place. On était loin du vieux lit bringuebalant aux housses bon marché sur lequel Lalee avait vécu et travaillé la plus grande partie de sa vie. Le sol étincelait et il y avait un vague parfum de fleurs. Un nouveau climatiseur avait été installé juste au-dessus du lit.

Au début, comme une brèche dans le brouillard, Lalee en éprouva un profond soulagement. Un peu comme si, après avoir marché des kilomètres dans la chaleur étouffante de l'été, quelqu'un l'avait invitée à monter dans sa voiture climatisée. Mais elle connaissait Madame Shefali, et elle connaissait cet endroit. Elle avait vu des filles se raccrocher désespérément à de soudaines opportunités, des promesses de mariage, des déclarations enflammées, un riche *babu* qui proposait de payer le loyer et qui promettait qu'il n'y aurait plus jamais besoin de faire le trottoir. Lalee savait que les largesses du destin ne sont jamais que de courte durée et qu'il n'y a rien de pire que les espoirs déçus. Ou bien était-ce simplement qu'elle avait perdu toute capacité de croire en quelque chose de positif ? Lalee se mit à sortir ses affaires. Une fois qu'elle avait commencé à les rassembler, elle s'était rendu compte qu'il y en avait bien plus qu'elle ne le pensait. Elle prit dans ses bras une pile de vêtements. Elle leur trouvait piètre allure maintenant, dans cette belle chambre, comme si une petite voix s'en échappait pour lui dire qu'elle n'avait rien à faire ici. Il n'y avait pas d'armoire où les ranger, pas même un coffre métallique où les entreposer.

Elle sortit la tête dans le couloir en espérant trouver quelqu'un à qui demander. Chintu qui était resté derrière la porte lui répondit qu'une voiture l'attendait.

– Où ça ? demanda-t-elle.

Il se mit simplement en marche et Lalee le suivit jusqu'à une Sedan noire dans laquelle elle monta avant de claquer la portière. À travers les vitres teintées, dans l'air glacial de l'habitacle conditionné, elle regarda la ville défiler lentement sous ses yeux, visqueuse et sanguine.

*

Assise à une table, Lalee balaya lentement le bar des yeux, les murs rouge foncé, les dragons chinois ciselés, les banquettes vert émeraude et les bambous en plastique disposés çà et là. Face à elle se trouvait Rambo Maity, assis à côté d'une jeune femme blanche que Lalee n'avait jamais vue, et avec laquelle il regardait un écran de téléphone, leurs deux têtes se touchant presque. Rambo adressa à Lalee un bref hochement de tête, puis il fit comme s'il ne la voyait plus. Il était trop occupé à rire et échanger des sourires complices avec sa voisine. Elle avait de longs cheveux blonds, avec des nuances plus sombres qui en faisaient ressortir la pâleur. Lalee repensa aux fois où elle s'était coloré les cheveux avec la teinture que Mohamaya avait l'habitude d'acheter. L'odeur persistait des jours durant, un mélange de fruits artificiels et de produit chimique. Elle regarda les cheveux de la jeune femme, ses épaules et son décolleté, illuminés par l'écran du smartphone. Elle faisait des petits commentaires décousus, du genre « non, pas celle-là, Rambo chéri », et « oui, ça j'aime bien », tandis que Rambo faisait défiler les images. Lalee se sentait à la fois invisible et offerte aux regards. Elle se leva et agrippa son sac à main comme si c'était une arme.

– Qu'est-ce que je fais ici ? demanda-t-elle à Rambo.

Il posa son téléphone sur la table et Lalee eut le temps d'apercevoir la photo d'une femme. Il la regarda d'un air amusé puis héla le serveur et, sans lui demander ce qu'elle voulait, commanda deux vodkas au jus de canneberge. Quand les boissons arrivèrent, il posa un verre devant elle.

– C'est quoi, ce bordel ? demanda-t-elle.

– C'est juste une vodka au jus de fruits – c'est la première fois que t'en bois ou quoi ?

– Je ne parlais pas de ça, je veux dire... tout ça, dit-elle avec un grand geste de la main. Qu'est-ce que je fous ici ?

Rambo sourit.

– Madame Shefali m'a dit que tu avais besoin d'argent, répondit-il en se penchant pour attraper des cacahuètes. Ce soir, ça sera ta soirée d'essai. (Il haussa un sourcil.) Voyons de quoi tu es capable.

Lalee se rassit. Elle était déjà sortie de Sonagachi, pas souvent, mais ça lui arrivait de temps à autre. Un client régulier pouvait demander une visite à domicile, ou de la compagnie pour un de ses amis. Mais ça se passait toujours dans la plus grande discrétion. Il fallait entrer furtivement chez les gens, traverser les beaux quartiers sans se faire remarquer. En revanche, elle n'était jamais venue dans ce genre de bar à pole dance. Rambo se tourna vers la jeune femme à ses côtés en souriant.

– Je te présente Shaka. Elle est russe. Tu sais combien elle prend pour une nuit ? Soixante-dix mille ! s'exclama-t-il d'un air ravi, comme si c'était une prouesse personnelle.

La jeune femme eut un léger froncement de sourcils. Puis elle poussa Rambo du coude et posa sa tête sur son épaule d'un air alangui. Mais l'agacement fugace dans son expression n'avait pas échappé à Lalee, qui en ressentit une légère satisfaction.

– Oh, tu crois que tout le monde est russe, Rambo chéri. Parce que tu serais incapable de donner le nom d'un autre pays, même avec une arme pointée sur ta tempe.

Elle avait un étrange accent que Lalee avait du mal à comprendre.

– Appelle-moi Sonia, dit-elle en se tournant vers Lalee. Mais ici au bar, tout le monde m'appelle Jasmine.

Elle ramena ses cheveux derrière ses épaules et attrapa son sac à main.

– Au fait, tu as faim ? Ils font de délicieuses pousses de maïs au piment ici.

Lalee secoua la tête.

– Je n'ai pas d'argent sur moi.

– T'en fais pas pour ça.

Rambo héla le serveur en veste blanche et turban rouge avec un mélange de dédain et d'habitude. Mais à la surprise de Lalee, le visage de l'homme resta impassible.

– Des pousses de maïs, et un porc frit, dit Sonia en décochant un clin d'œil à Rambo.

Elle attendit que le serveur s'éloigne pour attraper dans son sac une boîte rectangulaire qu'elle posa devant Lalee. Celle-ci l'ouvrit et en sortit un smartphone en métal chromé.

– Allume-le, dit Rambo.

Lalee regarda l'écran neuf s'illuminer. Plusieurs applications étaient déjà installées. Elle retourna l'appareil et remarqua quelques rayures sur l'arrière.

Sonia se leva et vint se pencher au-dessus de son épaule pour lui expliquer comment s'en servir. Lalee sortit de son sac un téléphone à l'écran fissuré.

– C'est pas la première fois que je vois un smartphone, dit-elle sèchement.

– Oh, excuse-moi, dit Sonia en levant les mains en l'air. Je voulais juste te montrer les applis qu'on a installées. C'est sur ce numéro que les clients vont t'appeler. On s'occupe de prendre contact avec eux. Mais c'est aussi là-dessus que tu seras payée. Comment tu crois que ta copine Maya faisait pour gagner autant ? Quand toi et les autres filles, vous étiez obligées de refuser les billets de cinq cents et de mille roupies, hein ? Ça faisait plusieurs années qu'elle utilisait ce système. Elle était maligne. Elle comprenait vite.

En entendant le nom de Maya, Lalee eut un pincement au cœur. Déconcertée, elle écouta les explications de Sonia en silence.

– Dès qu'un rendez-vous est confirmé, le client ou le service te transfère l'argent sur ton portefeuille électronique, tu comprends ? Ici, tu vois combien tu as. Ensuite tu reçois les numéros de téléphone et les lieux de rendez-vous sur WhatsApp.

Lalee hocha la tête d'un air perplexe, incapable de comprendre comment cet argent pouvait être réel, comment elle pouvait posséder quelque chose qu'elle ne pouvait pas toucher. Son regard faisait des allers-retours entre Rambo et Sonia, qui lui assuraient qu'elle pouvait transférer l'argent vers son compte en banque, acheter de la nourriture avec et même payer sa part à Madame Shefali. Tout en les écoutant, Lalee se demanda combien de fois ils avaient répété ce discours, et à combien d'autres filles avant elle. Elle pensa au vieil homme qui leur apportait des légumes dans un chariot en bois tous les mercredis matin : est-ce que lui aussi, il accepterait cet argent virtuel ?

Sonia poursuivit, et Lalee avait du mal à suivre avec son accent et tous les mots anglais qu'elle utilisait.

– Certaines filles ont même des machines à carte. Personne n'a envie de se promener avec autant d'argent liquide. L'électronique, c'est mieux que les billets, je t'assure. Mais bon, tu verras, ça sera beaucoup plus clair pour toi après ce soir.

Rambo posa un petit sac devant Lalee.

– Il y a une robe là-dedans, et quelques autres trucs.

Lalee fronça les sourcils.

– Quels autres trucs ?

Rambo secoua la main.

– Du démaquillant, du rouge à lèvres… des trucs de filles, quoi.

Sonia acquiesça. Légèrement penchés au-dessus de la table, Sonia et Rambo regardaient Lalee avec une pointe de curiosité mêlée d'impatience.

Rambo leva la main droite et claqua des doigts. Lalee regarda le serveur en livrée défraîchie qui s'approcha derrière son épaule, le visage impassible. Sans lui adresser un coup d'œil, il la conduisit vers les toilettes au fond du bar. Il appuya sur l'interrupteur et, sans un mot, referma la porte derrière elle.

Elle examina la miteuse pièce aux murs vert pâle, éclairée par un tube lumineux. Elle aperçut deux cafards détaler derrière la cuvette. Au-dessus du lavabo jauni, un immense miroir lui renvoyait une image mouchetée.

Il y avait une robe noire dans le sac. Elle semblait presque chaude au toucher, comme si quelqu'un venait à peine de l'enlever. Lalee l'approcha de son nez. Ça sentait le parfum éventé, quelque chose de floral et d'épicé qui se mêlait à une vieille odeur de cigarette. Le petit sac contenait aussi un peu de maquillage, du lait nettoyant, un flacon de parfum et une boîte de préservatifs. Elle posa le nouveau smartphone sur le coin du lavabo puis, hésitante, le remit dans le sac.

Elle retourna dans la salle de restaurant en tirant sur le bas de la robe. Les visages de Sonia et Rambo, en pleine discussion, étaient si proches qu'on aurait pu les prendre pour un couple à un rendez-vous amoureux. Certains clients fixaient ouvertement la jeune femme des yeux, mais les serveurs ne leur prêtaient aucune attention.

Un peu plus loin, des garçons étaient en train d'installer des sièges autour d'une estrade en demi-cercle décorée de fleurs en plastique jaune. Rambo se leva en voyant Lalee revenir puis il fit signe aux deux femmes de le suivre.

14

Tilu s'épongeait le front devant la chambre de Lalee en clignant des yeux. Légèrement entrouverte, la porte métallique bleu pâle était toujours là avec sa peinture écaillée et les moisissures sur les murs tout autour. Un garçon d'à peine cinq ou six ans passa sa tête dans l'entrebâillement et le regarda avec des yeux écarquillés. Une femme pliait des vêtements sur le lit, un autre enfant sur ses genoux. S'apercevant de la présence de Tilu, elle vint à sa rencontre et tira son garçon par le bras pour le faire rentrer.

– Qu'est-ce que vous voulez ? Le magasin n'est pas encore ouvert, dit-elle avec un sourire en coin.

– Euh… Lalee ? bafouilla Tilu en s'essuyant le front avec son mouchoir.

La femme grimaça.

– Lalee n'est plus là. Partie.

Les deux petits s'étaient de nouveau rapprochés de la porte pour le dévisager.

Il comprit qu'il n'était pas censé rester là mais ne trouvait pas la force de partir. Il ne savait pas quoi faire.

La nouvelle femme qui s'affairait dans la chambre de Lalee, la scène qui avait vu naître son grand amour, lui jetait à présent des regards méfiants.

Il finit par s'éloigner lorsqu'une autre femme l'appela, mais il ne l'entendit pas dans le brouhaha de la cour. S'approchant par-derrière, Amina lui donna une petite tape sur l'épaule. Tilu tressaillit.

– Tu es le *babu* de Lalee, n'est-ce pas ? fit-elle.

Tilu aurait bien aimé que ce soit le cas, que Lalee soit sienne et qu'elle ne partage son lit qu'avec lui. Il n'aurait pas eu les moyens de payer, et Lalee n'aurait pas voulu de lui, mais l'idée que quelqu'un puisse penser le contraire lui apportait un peu de réconfort.

– Oui, oui, c'est ça, s'empressa-t-il de répondre.

– Elle ne t'a pas dit ? sourcilla Amina. Elle n'est plus là.

Le sang de Tilu ne fit qu'un tour. Ça ne pouvait qu'être la conséquence de ce meurtre. Il devait lui être arrivé quelque chose, sinon pourquoi aurait-elle soudain disparu ?

– Où l'ont-ils emmenée ? chuchota Tilu, la voix légèrement tremblante.

Amina le dévisagea longuement et posa sa main sur son épaule. N'importe qui, en les regardant, aurait pensé que Tilu était un client qu'Amina cherchait à enjôler.

– Emmenée ? murmura-t-elle à son oreille. Qu'est-ce que tu veux dire par là ? C'est juste qu'elle travaille à l'extérieur maintenant.

Elle jeta un rapide coup d'œil à la tenue de Tilu, sa *kurta* délavée qui avait visiblement rétréci au lavage, sa barbe de trois jours, ses lunettes bon marché.

– Et elle prend beaucoup plus cher, dit Amina en montrant du doigt les étages supérieurs. C'est pour les clients… VIP.

Tilu la regarda en clignant des yeux. Il ne savait plus quoi penser.

– Où est-elle ? Il faut que je la voie.

Amina balaya la cour du regard en faisant mine de rire.

– Tu n'as qu'à lui passer un coup de fil. Mais est-ce que tu as les moyens de payer ? Elle va partir, pendant quelque temps. Elle ne t'a pas dit ?

Amina s'écarta, mais Tilu la retint par la main d'un air suppliant.

– Tu ferais mieux de ne pas revenir ici, lui dit-elle.

Tilu se dépêcha de sortir du Lotus bleu, le visage à moitié caché derrière son mouchoir. Pendant un long moment, il marcha sans but. Il ne comprenait plus ce qui lui arrivait ; toutes sortes de sentiments se bousculaient dans sa tête. Il ne s'était jamais senti aussi désemparé, aussi impuissant. S'il revoyait Lalee, que lui dirait-il ? Tilu connaissait la Lalee de Sonagachi. Mais au-dehors, serait-elle encore la même ? Tout à coup, il repensa aux cigarettes plus longues, aux tarifs plus élevés, à cette nouvelle froideur dans son regard. Elle s'était éloignée de lui, elle était petit à petit devenue une autre, voilà ce qui s'était passé.

15

Tilu leva les yeux vers le ciel gris sombre. Les hauts immeubles étaient parsemés de rectangles lumineux plus brillants que les étoiles ne le seraient jamais dans cette ville congestionnée. Il resta ainsi jusqu'à en avoir mal au cou, bousculé par les passants qui se demandaient tout haut pourquoi on laissait autant de fous se balader dans les rues aux heures de pointe.

Park Street s'était autrefois nommée Burial Ground Road ; Sir Elijah Impey, le tout premier juge de la Cour suprême de Calcutta, y possédait un parc où chasser le chevreuil. Peu de gens savaient ça, mais Tilu le savait. En descendant dans la chaleur suffocante du métro Central, Tilu avait ressenti la même excitation qu'à son adolescence quand, à l'insu de son père, il fuyait la morosité de l'appartement familial du nord de Calcutta. Le ciel paraissait plus bleu, l'air parfumé, sans compter les femmes, les lumières et les odeurs de nourriture, tout un monde mystérieux et grisant qui s'ouvrait à lui. Encore aujourd'hui, Tilu sentait poindre en lui ce même envoûtement irrésistible de l'inconnu.

Dans la fièvre intestine du wagon, deux femmes l'avaient bousculé. Elles gloussaient et parlaient fort, sans se soucier des regards, libres dans leur corps. Tournant discrètement la tête, il s'était un instant attardé sur la rondeur de leurs formes. Celle que l'on entendait le plus, et qui devait avoir à peine dix-huit ans, portait un haut rouge sous lequel on devinait le bout de ses seins, tandis que ses cuisses étaient nues sous son short en jean. Tilu était scandalisé et secrètement excité. Il ne pouvait pas les regarder directement ; il aurait eu l'impression de faire quelque chose de mal, d'interdit, mais d'un autre côté, il n'était pas mécontent de savoir qu'un tel abandon, de telles invitations existaient en ce monde, même s'ils ne lui étaient pas destinés.

La bouche de métro de Park Street le recracha au milieu de milliers d'autres passagers, petits employés éreintés, petits rouages perdus dans d'immenses machines, badauds en quête de plaisir, touristes. Tilu s'écarta pour échapper à la marée humaine et demanda une Marlboro Light au vendeur de cigarettes et de faux parfums Calvin Klein qui occupait un kiosque sur le trottoir. *C'est ce goût-là que doivent avoir les lèvres de Lalee*, songea Tilu, *cette saveur brûlante, cette odeur contrefaite de l'étranger, et ce papier si exceptionnellement blanc*. Il valait mieux penser à Sir Elijah Impey et à son fameux parc aux chevreuils qui avait donné son nom à la rue. Seules deux grandes demeures de maître se dressaient alors dans l'avenue qui aboutissait à un cimetière. Tilu avait l'impression d'appartenir à une autre époque. L'époque héroïque de Calcutta, avec ses tribus de Thugs sauvages, ses bandits adorateurs de Kali, ses cartographes britanniques à la peau pâle et ses redoutables moustiques paludiques, voilà l'ère à laquelle il appartenait vraiment. Si seulement il avait pu naître en ce temps-là, il aurait fait quelque chose de sa vie.

Il leva les yeux vers les étages supérieurs des vieux immeubles, au-dessus des magasins. Les façades décaties portaient encore la marque de la grandeur impériale du passé. Tilu aimait cette splendeur fanée. Le tout nouveau panneau vert vif annonçant que Park Street se nommait désormais « Mother Teresa Sarani » l'interrompit dans ses rêveries nostalgiques. Il poussa un grognement et se tourna vers le vendeur de cigarettes qui essayait d'écouler ses faux parfums Gucci auprès de deux jeunes filles.

– Non mais regardez-moi ces idioties ! Il faudrait qu'on change de nom maintenant ! s'exclama Tilu. On ne va quand même pas recevoir des ordres de ce fils de nonne de maire ? C'était un endroit splendide ici autrefois, mais avec des paysans comme lui, on peut s'attendre à tout et n'importe quoi.

Le vendeur de cigarettes regarda au loin et répondit avec philosophie :

– Qu'importe le nom, la rue reste la même.

Après s'être rendu à Naples pour inaugurer une statue à l'effigie de Mère Teresa, le maire avait dès son retour entrepris de renommer Park Street en l'honneur de la sainte femme. En respectant la sanctification papale jusqu'au bout, la rue aurait dû s'appeler « Beata Teresa Sarani », mais le maire s'en était sagement tenu au plus familier « Mère », craignant que ce ne soit trop demander, même à un peuple aussi prétentieux que les Bengalis.

– De ce que j'en vois, cette sainte rue ressemble de

plus en plus à une décharge ! maugréa Tilu en se frayant un passage entre les femmes.

Il s'arrêta devant le bar *Trinca* qui affichait des bloody marys et des piña coladas à deux cents roupies. Un chanteur à la tenue criarde se produisait à l'intérieur. Tilu secoua la tête ; ces minables petits spectacles d'aujourd'hui n'arrivaient pas à la cheville de ce qui se faisait dans les *gentlemen's clubs* des années cinquante ou soixante, à en croire les octogénaires qui se souvenaient de ces glorieuses années, la larme à l'œil, leurs visages reprenant des couleurs à l'évocation de ces nuits oubliées. Il aurait voulu voir les danseuses du Golden Slipper et fumer des cigares cubains dans les salons huppés du club. Pourtant il le savait, pendant que ces élégants gentlemen fumaient en se racontant leurs exploits de jeunesse à Oxford et Cambridge, ses propres ancêtres se battaient en vain contre les moustiques, les pompes à eau défectueuses et les incessantes coupures d'électricité. Tilu aimait Park Street avec l'appétence des infortunés.

La chaleur du mois de juin était étouffante et Tilu se demanda quand la pluie finirait par tomber. C'était son moment favori de la journée, lorsque le ciel devenait gris-bleu et que les lumières des phares s'allumaient. Il sortit son mouchoir blanc de la poche de sa chemisette beige et s'essuya le front. Puis il se remit en marche, s'éloignant lentement du métro bondé pour s'enfoncer dans les ruelles obscures et rejoindre une destination qui lui était familière.

*

Le jeune employé népalais venait d'allumer la lampe à huile quand Tilu arriva devant le petit bar à *bangla*.

La nuit tombait et de plus en plus de personnes s'approchaient, solitaires, comme les membres d'une confrérie secrète de mélancoliques. Un peu plus loin, accroupi par terre en fumant une *bidi*, se trouvait le meilleur cuisinier de cervelle de mouton au curry, un chauve squelettique qui servait ses plats dans des coupelles en feuilles séchées, avec du piment vert et du gros sel. Le vendeur de *rotis* et de curry de légumes commençait juste à pétrir la montagne de pâte qui se trouvait devant lui, dégoulinant de sueur. Tilu adorait ce spectacle. Un jour, il parviendrait à mettre tout cela en mots, à le magnifier et l'immortaliser.

Il ne savait plus combien d'heures étaient passées depuis qu'il était sorti du Lotus bleu. Le temps semblait s'écouler plus lentement avec cette chaleur, comme un visqueux goutte-à-goutte. Un homme jovial, aussi gros que grand, prit place à côté de lui. Il commanda une assiette de pois chiches et une bouteille d'alcool qu'il partagea généreusement avec son nouvel ami. Il se trouvait justement qu'il avait lu et immensément apprécié tous les tomes de la série des *Belles-sœurs*. Tilu ne pouvait s'empêcher d'en être flatté, même s'il aurait aimé être connu pour quelque chose de meilleur. Un jour, espérait-il, il se retrouverait en tête de gondole à l'Oxford Bookstore de Park Street, où de superbes femmes en sari translucide se bousculeraient pour obtenir son autographe. En attendant, un gros homme saoul, c'était mieux que rien. Son père ne connaîtrait jamais ce bonheur magique de rencontrer quelqu'un qui a lu vos livres, même si c'était au coin d'une ruelle humide.

– Alors cette *boudi*, c'est qui ? Qui est cette vilaine belle-sœur dont tu parles tant ? Je crois qu'elle aurait besoin de recevoir une bonne correction, dit l'homme en partant d'un grand rire silencieux qui fit trembler tout son ventre.

– Personne, c'est un personnage imaginaire.

– Oh, allez ! Tu es en train de boire la moitié de cette pinte payée à la sueur de mon front, *dada*. Tu peux bien me dévoiler l'identité de cette talentueuse dame.

– C'est que… hésita Tilu.

La peau brune, les cheveux longs, l'odeur de sueur, la sensation de brûlure dans sa gorge, tout venait se fondre en une seule silhouette.

– C'est une femme que je connais, reprit-il. Une femme… indomptable.

– Il faut que tu me donnes son adresse, mon frère. Que je la rencontre au moins une fois avant de mourir.

– Non, je te le déconseille. Ça devient vite une addiction. Tu as une épouse, des enfants. Ne tombe pas là-dedans. Il y a des façons plus simples de se tuer.

– Mais qui en veut ? s'esclaffa l'homme. Je suis marié depuis seize ans, *dada*. J'ai fait tout ce qu'il y avait à faire, j'ai vu tout ce qu'il y avait à voir, les enfants, les accouchements à la maternité, les soldes chez Choitro, la belle-famille, la fête de Jamaishoshti pour les beaux-fils. Franchement, ça vaut pas le coup. C'est juste une longue attente jusqu'à ce que la mort vienne te cueillir. Moi, je dis non. J'en ai rien à foutre. Mieux vaut baiser une femme qui te donne l'impression d'être vivant.

Oh oui, se dit Tilu. Il pensa à Lalee, tirant sur sa cigarette blanche, le bassin cambré selon un angle étudié, la peau noire de son dos sous son sari légèrement défait, ses longs cheveux retombant d'un côté. Il ferma les yeux pour fixer l'image dans sa tête, et la brûler dans les tréfonds de sa mémoire.

– Elle est partie. Elle n'est plus là.

16

Lalee profita de ce que personne ne la regardait pour rajuster sa robe. Sonia attendait devant la fenêtre, les bras croisés, sifflant un air vaguement familier. Ça lui rappelait une berceuse d'autrefois, dans une autre vie. L'entendre ici, dans cette pièce froide et nue, lui faisait un effet désagréable. Une sensation de chaleur monta le long de son cou. De son côté, Rambo triturait les boutons d'un gros appareil photo. *Il ne sait probablement pas s'en servir*, pensa Lalee avec un petit sourire en coin. Rambo jura entre ses dents.

Rambo et Sonia l'avaient escortée jusqu'à cette chambre sur le palier, sans lui expliquer ce qui l'attendait. « Deux cent douze, deux cent douze, deux cent douze », s'était-elle répété tout bas en voyant le numéro sur la porte, jusqu'à ce qu'elle remarque que Sonia l'observait étrangement. Il lui semblait important de se souvenir de ce détail. Pourquoi l'avaient-ils amenée ici ? Un instant, elle envisagea de faire demi-tour et de s'enfuir en courant. Elle aurait peut-être le temps de regagner la sortie du bar puis elle monterait dans n'importe quel bus et…

et quoi, où ? Il y avait eu des moments, au début surtout, où elle s'était prise à rêver d'un temps d'« après ». Elle serra imperceptiblement les poings – un jour, il y aurait un autre endroit, il devait exister un autre horizon, quelque part. Mais pas ici, pas maintenant.

Rambo se tourna vers elle et fit claquer sa langue.

Lalee fronça les sourcils.

– Non, c'est pas toi, dit Rambo. C'est ce putain d'appareil qui ne marche pas. Trop de réglages.

Il pointa l'objectif vers elle et l'éblouissement du flash la fit sursauter. Assise sur le lit, elle prit appui sur ses mains et ferma un instant les yeux. La chambre sentait le désinfectant et la lumière était blanche et crue. Rambo avait parlé d'une sorte de catalogue, de clients fortunés. Il avait pointé du doigt Sonia en disant :

– Je t'ai déjà dit combien elle se faisait ? Soixante-dix mille roupies pour une nuit ; dix mille juste pour une danse, et plus si affinités.

Sonia avait esquissé un léger sourire avant de s'éloigner. Lalee ne le croyait pas. Elle n'avait jamais eu autant d'argent entre les mains. La fraîcheur des draps en coton blanc la fit frissonner. Qu'est-ce qu'on pouvait se payer avec des sommes pareilles ? Un nouveau toit ? Des murs de brique ? Un puits ? Des études ? Elle n'osait pas faire de projets, mais ce n'était pas désagréable de rêver. Le visage de Tilu surgit dans ses pensées, comme une fleur à la surface d'une rivière polluée. La misère dans le regard, son visage hagard, ses épaules voûtées, le découragement qui imprégnait son âme et son corps. Elle ouvrit les yeux.

– Pas trop mal, dit Rambo. En rajoutant un peu de lumière jaune, je vais peut-être pouvoir en tirer quelque chose.

Sonia vint poser sa tête blonde sur l'épaule de Rambo.

– Bon, il faut que j'y aille maintenant, chéri, dit-elle.

Rambo eut un sourire tendre qui surprit Lalee. Sonia tourna sur elle-même, ses cheveux caressant les bras de Rambo. *Quel idiot*, se dit Lalee. Il était tombé en plein dedans. La tête la première, et sans boussole.

Plus tard, en observant Sonia danser sous les spots multicolores depuis un recoin obscur du bar, Lalee eut la sensation de recevoir un coup de poignard. Aussi étincelante qu'une pierre précieuse, la grande femme blonde recevait une pluie de billets, comme une déesse inondée de pétales de fleurs. Elle portait une longue *ghagra* rose ornée de broderies, et un petit bustier bleu qui laissait voir son parfait ventre blanc, ceinturé de chaînes dorées. Les hommes la fixaient en tapant des mains, jetant à ses pieds des confettis et des billets. Les plus saouls s'avançaient vers la scène en titubant et tentaient de danser avec elle. Ils se dandinaient maladroitement comme des primates difformes. Sans se départir de son calme, Sonia souriait d'un air indéchiffrable en transperçant les hommes de ses yeux enjôleurs dans lesquels Lalee reconnaissait des lames de poignard.

Lalee se tourna vers Rambo. La moitié de son visage était éclairée par le halo d'un spot, l'autre par une lueur qui semblait venir de l'intérieur, quelque chose d'insaisissable et de dangereux. De l'amour insensé, ou bien le genre de désir rapace qui pousse au meurtre. C'était peut-être la déesse qui dansait sous ses yeux, ou les billets qui fendaient l'air. Lalee éprouvait de la haine envers eux. Envers Sonia, envers Rambo, et tous ces clients qui jetaient leur argent par terre, comme si ce n'était que de la poussière. Elle n'en avait jamais vu autant en une seule fois. Certaines familles ne gagnaient pas autant en une année. Elle se demanda s'ils ramassaient tout ce qu'il y avait, ou s'ils en avaient tellement qu'ils se fichaient des billets qui se perdaient dans le noir et entre les coussins moisis des canapés, les laissant aux rats et aux employés de ménage.

De temps à autre, un homme s'avançait vers Rambo et lui parlait à l'oreille. Tout sourire, Rambo sortait son téléphone et montrait l'écran. Lalee se rapprocha discrètement et vit qu'il faisait défiler des photos de femmes, mais elle était trop loin pour discerner les visages. Est-ce que ses photos à elle y étaient aussi ? Elle avait hésité lorsque Sonia et Rambo lui avaient demandé de prendre la pose devant l'objectif. Elle n'avait aucune confiance en eux. Sonia s'était assise sur le lit à côté d'elle et avait demandé à Rambo de sortir un moment. Puis, très posément, elle avait expliqué à Lalee que le genre de clients que Rambo allait lui fournir, et que Madame Shefali attendait qu'elle obtienne, étaient prêts à débourser beaucoup d'argent mais qu'avant, ils voulaient voir la marchandise. Elle n'en avait pas dit plus, laissant Lalee broder avec son imagination, son désespoir et ses désirs. Lalee n'était pas naïve, elle était simplement incapable de résister à ce puissant cocktail. Quand elle avait vu qu'elle était sur le point de céder, Sonia avait rajusté la robe de Lalee, retouché son maquillage et invité Rambo à revenir dans la chambre.

En la voyant danser, entourée de tous ces hommes qui s'enivraient, Lalee avait eu l'impression de la percer enfin à jour. C'était donc ça qu'elle faisait, elle dansait, offrait probablement ses services à des hommes riches et Rambo lui servait d'intermédiaire. Ça expliquait pourquoi il était devenu aussi flambeur ces derniers temps, et si cet idiot arrivait à se faire autant, elle ne pouvait pas imaginer ce que devait empocher Madame Shefali. Il y avait peut-être d'autres filles que Sonia, qui gagnaient encore plus que celles de la catégorie A, comme Maya.

Son cœur cessa de battre à cette pensée. Maya – encore elle. Le visage ravagé, la gorge sanglante, et cette odeur de chair brûlée par l'acide. Lalee eut un haut-le-cœur. La pièce sentait déjà la sueur et l'alcool, et maintenant cette atroce odeur qui lui revenait. Elle savait à quoi ça ressemble de brûler. Elle avait vu un homme en feu un jour. Il essayait de courir, tombant par terre puis rampant avant de se relever. Il y avait eu autrefois un village où régnait un équilibre fragile entre hindous et musulmans. Il avait suffi d'une étincelle pour que le village s'embrase. Elle s'en souvenait à peine, comme un rêve lointain. Elle n'avait plus rien à voir avec cette vie passée. Sa vie avait recommencé, sans histoire et sans origine, quand elle s'était réveillée dans une petite pièce, séparée des autres par du contreplaqué, où une plus jeune Madame Shefali possédait une vieille armoire Godrej remplie de saris et de *ghagra cholis* en polyester brillant. Un flot ininterrompu de filles était passé par là, comme Jigri, se succédant à l'infini comme sous l'effet d'une malédiction. Elles entraient dans la vie de Lalee, puis en sortaient. Comme Maya était venue, comme elle était partie.

17

Naskar tendait le cou derrière la silhouette rabougrie de Balok-*da* et celle, massive, de Samsher qui se tenait un peu en retrait sur le pas de la porte du commissariat, le visage à l'abri du soleil. Ses deux supérieurs lui cachaient la vue, mais Naskar n'osait rien dire. Le groupe de femmes qui occupait la cour avait considérablement augmenté depuis la veille. Une ou deux fois, lorsque ni Balok-*da* ni le sergent Singh n'étaient là, Naskar leur avait apporté un Thermos de thé, ou tout simplement de l'eau fraîche. On était tout de même au mois de juin et il ne voulait pas qu'elles s'évanouissent devant le *thana*. Il était beaucoup plus difficile d'échapper aux yeux perçants de Balok-*da* et à son réseau d'espions qu'à l'attention du sergent, plus flottante.

De ce qu'il pouvait en voir, la journaliste de la télé venue interviewer les femmes était assez jolie. D'autres personnes étaient arrivées dans la journée, des « gens des ONG », comme Balok-*da* les appelait avec dédain. Face à la caméra, la journaliste rajusta son étole et tapota le micro avant de se mettre à parler. Naskar l'entendait distinctement, sauf quand le sergent faisait un commentaire, ce dont il gratifiait ses collègues à chacune des phrases de la journaliste.

– *Nous nous trouvons en ce moment même dans le quartier de Sonagachi.*

– Au commissariat de Burtolla, tu veux dire, marmonna Samsher entre ses dents.

– *Les femmes qui se trouvent derrière moi manifestent...*

– Elles manifestent ? N'importe quoi. On n'est pas devant le siège du gouvernement, que je sache.

– *... depuis plusieurs jours. Elles demandent qu'une enquête policière digne de ce nom soit ouverte concernant l'assassinat de leur amie, une jeune mère et prostituée nommée Mohamaya Mondol, morte le 3 juin dernier.*

– *Bnara natok !* Une enquête digne de ce nom ? Sale journaliste de mes deux.

– *À mes côtés se trouve une représentante de l'ONG Nari Shakti Vahini, venue soutenir les femmes dans leur combat pour la justice, madame Vidya Deheja. Pouvez-vous nous expliquer pourquoi vous êtes là aujourd'hui ? Quelles sont vos revendications ?*

– *Nos revendications sont très simples. Nous voulons que les gens et la police prennent conscience de la gravité de la situation. Des femmes comme Maya sont la cible quotidienne d'agressions et de violences. Combien de jeunes filles et de femmes vont encore devoir mourir avant que nous nous réveillions ?*

– *Et quelle serait, selon vous, la solution pour sortir de cette situation ?*

– *Il faut aller chercher ces femmes là où elles se trouvent et les aider à changer de vie. Il n'y a pas d'autre solution. Il faut que la police organise des descentes dans ces endroits et qu'elle enquête de manière exhaustive et transparente, sans essayer de protéger les coupables. Nous devons venir au secours de ces filles et leur apporter tout le soutien dont elles ont besoin pour trouver leur place dans la société. Le trafic d'humains est un crime organisé, et il faut s'organiser pour le combattre.*

– *Selon vous, madame, quelle est l'ampleur de la situation à l'heure actuelle ?*

– *On sait très bien que la situation est dramatique. Mohamaya était une jeune femme brillante, qui a été amenée ici contre sa volonté. Elle avait deux enfants, elle voulait leur donner une bonne éducation et un meilleur avenir. Elle essayait de se sortir de cette vie, mais les gens qui vendent ces jeunes filles et ces femmes n'ont que faire de ce qu'elles veulent.*

– *Haan*, la victime t'a raconté sa vie avant de mourir, ou quoi ? Bouffonne de travailleuse sociale.

– *Chacun des hommes qui portent l'uniforme dans le quartier de Sonagachi a gagné de l'argent sur leur dos. Que ce soit en donnant des amendes aux clients ou en prélevant leur part auprès des filles et de leurs proxénètes. Ils savent exactement ce qui se passe ici. Ils savent par exemple qu'il y a eu un nouvel arrivage de filles récemment. Elles viennent du Népal, du Bangladesh, du Bihar et même du Myanmar. Nous menons une veille constante dans le quartier. Il y a des filles dans le lot qui ont tout juste sept ans… Sept ans ! D'après ma longue expérience, elles ne vivront pas plus d'un an. Mais on préfère sauver les bourreaux plutôt que les victimes.*

Samsher se retourna, furieux, et faillit percuter Naskar qui tendait l'oreille derrière son épaule.

– Je t'en foutrais, des enquêtes exhaustives et transparentes ! Elle croit quoi, que je reste planté là à m'arracher les poils des couilles toute la journée, peut-être ?

Cette interview allait passer à la télé. Avec en prime

cinq ou six furoncles d'intellectuels morts-vivants pour débattre sans fin du sujet sur les plateaux en toussant et postillonnant.

À l'intérieur du commissariat, l'activité était plus que réduite. Un agent tentait de raisonner deux ivrognes à moitié assoupis sur un banc en bois, les mains ficelées derrière le dos. La plus grande partie du personnel était accaparée par le spectacle qui se jouait à l'extérieur. Samsher s'assit à son bureau et se mit à tripoter pensivement la boule en verre qui lui servait de presse-papier, comme à peu près tous les fonctionnaires du pays. Cette affaire était partie pour durer, maintenant que les médias s'en étaient emparés.

Levant la tête, il aperçut Balok sur le seuil de la porte et lui fit signe d'entrer.

– Qui s'est rendu au Lotus bleu quand cette... chose est arrivée, Balok-*da* ? demanda Samsher.

– J'y suis allé avec le jeune Biswas, chef, répondit Balok en regardant droit devant lui d'un air stoïque. Elle était morte, bien sûr. La chose s'est produite aux alentours de minuit, je crois ; on y était vers 2 heures du matin. Ils ne voulaient pas qu'on emporte le corps, mais puisqu'il n'y avait pas de famille et que c'était un meurtre, je leur ai dit qu'on devait l'emmener à la morgue de la police, chef. J'ai passé un coup de fil à Knatapukur et des agents sont venus le chercher.

– Et les indices ? Vous avez examiné la scène de crime ?

Balok Ghosh fronça légèrement les sourcils et haussa les épaules.

– Non, chef. Quand on est arrivé, l'endroit avait déjà été comme qui dirait nettoyé. Vous savez comment ils sont, ils préfèrent s'en occuper eux-mêmes. Tout le monde était convaincu que c'était un client qui avait fait ça, mais personne n'avait rien vu. Ce soir-là, elle était devant l'immeuble, comme d'habitude, à attendre les clients, et il y a toujours beaucoup de monde dehors. Ce salaud lui a cassé une bouteille entière d'acide phénique sur le visage et la lui a enfoncée dans la gorge. Il y avait du verre partout sur le sol.

– Et alors, qu'est-ce que vous en avez fait ? Vous l'avez ramassé ?

– Non, chef. Ils avaient tout nettoyé, même le sang. Et ils avaient bougé le corps. Ils ne voulaient pas laisser les choses dans cet état trop longtemps, j'imagine.

Samsher poussa un long soupir. Balok attendit que le sergent parle puis, au bout de quelques minutes de silence, il se résolut à égrainer quelques éléments supplémentaires. Lorsqu'il s'agissait de transmettre des informations à ses supérieurs, Balok croyait fermement au principe du goutte-à-goutte.

– Biswas est en poste au kiosque au carrefour de Sovabazar, chef, à la sortie de Sonagachi. Il dit que deux camionnettes de journalistes sont arrivées il y a environ une heure. Ils vont vouloir en avoir pour leur argent.

Samsher gémit.

– Et on n'a rien, aucun indice ? Il y avait peut-être des empreintes sur la bouteille, ma parole ! Si ce truc monte en épingle, ce qui risque fort d'arriver, qu'est-ce que je vais dire au commissaire adjoint de Lalbazar, quand il va appeler ?

Balok Ghosh répondit par un nouveau haussement d'épaules, comme pour montrer que depuis toutes ces années, il en avait vu, des empreintes, et qu'il n'y avait pas de quoi en faire si grand cas.

– Ce serait comme chercher une aiguille dans une

botte de foin, chef. Après combien de gens va-t-il falloir courir ? Il devait y avoir une bonne dizaine d'empreintes sur cette bouteille, et presque aucune chance de les identifier.

Samsher hocha la tête. Les empreintes et les indices, ça ne marche que dans les séries américaines, ou quand quelqu'un de vraiment connu est tué et que le Bureau des enquêtes criminelles prend les choses en main. Dans ces cas-là, on déploie les grands moyens pour confondre les criminels. Mais ça n'arriverait certainement pas pour une prostituée de Sonagachi, qui avait Dieu sait combien de clients par jour, et il n'allait pas se coltiner une tâche pareille tout seul.

– Qui nous a avertis du meurtre ?

– Personne, chef. C'est Biswas qui était de patrouille là-bas. Il a vu qu'il y avait de l'agitation et des types qui partaient en courant, alors il est allé voir et deux filles lui ont dit ce qui s'était passé. Je ne crois pas que les ONG soient venues avant le matin. Mais je suis sûr qu'elles ont été prévenues le soir même, parce qu'il y a des filles là-dedans qui sont tout le temps en contact avec elles avec leurs téléphones portables.

Samsher hocha la tête.

– Le corps est toujours là ?

– À la morgue de Calcutta. Ils ont fait une autopsie, même si la cause du décès est assez évidente. Et personne n'est venu le chercher, évidemment. Ces filles… Elles n'ont personne pour les emmener au crématorium.

Samsher vida sa tasse de thé et se leva de son siège pivotant, puis coiffa sa casquette blanche et attrapa sa matraque.

– Balok-*da*, vous venez avec moi. On va aller toucher deux mots aux gens de la morgue. Ils nous ont envoyé leur rapport ou pas ? Et dites au chauffeur de sortir la Jeep.

Sans grande motivation, Samsher Singh et Balok Ghosh sortirent à grands pas du commissariat de Burtolla pour aller rendre visite à une morte.

18

Ce n'était pas que les médias ne parlaient jamais de Sonagachi. De temps à autre, un journaliste décidait d'écrire un article sur la vie des femmes du quartier, leurs enfants et l'utilité du travail des ONG. Et quand un crime sanglant survenait dans ce qui était le plus gros quartier de prostituées du pays, les chaînes de télé envoyaient leurs camionnettes. Lalee regarda les filles du Lotus bleu qui s'étaient groupées sur le balcon du premier étage pour écouter la journaliste de la télé parler face à la caméra. Elle soupira. Ça devait être Malini qui avait organisé ça. Lalee n'aimait pas trop la manière dont les gens de l'extérieur parlaient de ce qui se passait ici. Même si les ONG locales et la coopérative essayaient d'encourager une couverture médiatique impartiale, elle ne pouvait s'empêcher de penser que tous ces commentateurs invités sur les plateaux télé pour débattre de la situation des femmes de Sonagachi ne connaissaient pas grand-chose de leur vie ni de ce quartier de légende. Au mieux, ils avaient une vague idée des luttes et des traumatismes, visibles et invisibles, dont elles souffraient, mais ils ne savaient rien des rires, des amitiés, de ces menus détails du quotidien qui existaient ici, comme dans les quartiers respectables.

Il était tard lorsqu'elle était rentrée la veille avec Sonia. Elle ne comprenait pas encore complètement comment marchaient les affaires de la jeune femme. Elle évoluait dans un mystérieux univers d'argent, de bars à striptease et de clients fortunés. Mais Lalee commençait à penser qu'il y avait autre chose derrière tout ça, dont on ne lui avait pas parlé. Et Rambo, quelle place occupait-il ? Les filles comme Sonia n'avaient pas besoin d'un maquereau comme lui, ni de Madame Shefali d'ailleurs. Il devait y avoir une raison pour que Madame Shefali ait demandé à Sonia de passer tout ce temps avec elle, mais elle ne savait pas exactement laquelle. Si elle la questionnait, elle aurait peut-être une réponse, mais elle n'était pas sûre de pouvoir la croire.

*

Après le spectacle de la veille, Sonia avait déposé Lalee au Lotus bleu avant de repartir. Lalee n'avait pas demandé où elle allait. Pendant le trajet en voiture, Sonia lui avait de nouveau expliqué comment accepter les paiements sur son portefeuille électronique et transférer l'argent sur son compte bancaire. Les sommes qui s'affichaient sur les comptes de Sonia, ou du moins ce qu'elle lui en avait montré, semblaient irréelles. Dans un coin de sa tête, Lalee ne pouvait s'empêcher de penser que tout ça n'était qu'une belle arnaque.

En rentrant au Lotus bleu, sans réfléchir, elle avait pris la direction de son ancienne chambre. La vue d'une autre femme dans la pièce l'avait d'abord étrangement secouée. Elle était restée hébétée devant la porte ouverte, à contempler les murs familiers, les posters qu'une autre avait collés dessus, et ce coin dans l'alcôve où un pot d'huile de moutarde s'était un jour renversé. Puis elle avait traîné les pieds jusqu'à l'étage et s'était endormie dans une autre chambre, qui ne lui appartenait pas.

Elle décida de se rendre au petit magasin d'en face pour acheter quelques articles et peut-être boire un thé. En chemin, elle passerait voir la nouvelle fille qui avait repris sa chambre.

Elle frappa à la porte.

– C'est ouvert, répondit une voix. Il faut pousser fort. Cette fichue porte n'arrête pas de se coincer.

Lalee appuya sur la poignée. Une jeune femme était assise sur le lit double face à la fenêtre, en train de se maquiller devant un miroir en plastique.

– Comment tu t'appelles ? demanda Lalee.

– Chanda.

– Je ne t'ai encore jamais vue ici. T'es une des nouvelles filles de Madame Shefali ?

Chanda se tourna vers elle et hocha distraitement la tête.

– Je viens juste d'emménager. C'était ta chambre, c'est ça ? Madame Shefali m'a dit que je pouvais l'avoir en *adhiya*.

Chanda se mit à rire et Lalee remarqua les deux fossettes qui se creusaient de chaque côté de sa bouche, et qui lui donnaient l'air encore plus jeune.

– Madame Shefali pourrait ouvrir une banque avec tout ce qu'elle gagne. On fait tout le travail et elle prend la moitié, sans même avoir à laisser tomber le bout de son sari. Au moins je n'aurai pas à payer de loyer. Tu sais combien elle fait payer les filles de la catégorie A maintenant ?

– Je m'appelle Lalee.

– Je sais.

Chanda était concentrée sur le trait de khôl qu'elle peinait à tracer le long de ses cils. Elle s'interrompit pour pointer du doigt la camionnette de la télé garée dans la rue.

– T'as vu ? Ils sont là depuis ce matin. Ils n'arrêtent pas de poser des questions. C'est Tara News. Ils viennent à cause de la marche aux flambeaux organisée par la coopérative. Tu y vas ? Ou bien c'est le genre de choses que les filles de l'étage comme toi ne sont pas censées faire ?

– Je ne sais pas.

– Tout le quartier participe. Malini est venue parler à Madame Shefali avec cinq autres femmes. On y va toutes.

Sans laisser à Lalee le temps de répondre, elle inclina la tête vers la chambre voisine.

– Tu sais que ça s'est passé juste là, dans cette chambre ? demanda-t-elle en oubliant que Lalee connaissait déjà l'histoire. J'ai des frissons rien que d'y penser. Je ne l'ai pas vue, mais j'ai entendu dire ce qui est arrivé à son visage. Mon Dieu. Il paraît que Mohamaya avait deux enfants. Apparemment, ils vivent avec ses parents. Ils ne sont pas au courant de ce qu'elle fait. Ils croient qu'elle a un travail en ville. Son mari est mort et ses parents sont très vieux. Tu sais, la dame de l'ONG, Deepa, la grande qui est toujours avec Malini ?

Lalee hocha la tête.

– Elle nous a montré une photo des enfants de Maya. Un garçon et une fille. La fille est très jolie, elle a de grands yeux. C'est trop triste de les voir. Ils sont si jeunes, et ils ne sont pour rien dans toute cette histoire.

Elle s'arrêta un instant pour reprendre sa respiration.

– Tu savais que Maya avait passé une audition pour un rôle dans une série télé ? Et elle était bénévole dans cette ONG, elle allait voir les filles pour leur parler du sida et leur donner des préservatifs et tout ça. Madame Shefali n'aimait pas trop, mais elle ne disait rien. Sûrement à cause de Malini. À ce qui paraît, c'est cette dame de l'ONG qui l'avait aidée à passer l'audition pour la série. Ça ne serait pas génial si l'une de nous arrivait à percer au cinéma ou à la télé ? Ça pourrait être moi, ou même toi, qui sait ! dit Chanda en continuant à se maquiller.

Lalee examina les images collées aux murs : diverses héroïnes de Bollywood, Madhuri Dixit dans un soutien-gorge en pointe, Kareena Kapoor en robe rouge, Priyanka Chopra dans un sari jaune. En plus des dieux et déesses du calendrier, ces icônes du glamour aux formes distordues par les rugosités des murs étaient les éléments de décoration les plus prisés chez les filles du Lotus bleu.

Des bruits de coups et des gémissements leur parvinrent soudain de l'étage.

– J'espère que c'est pas trop douloureux, dit Chanda.

– Qu'est-ce que tu veux dire ? Qu'est-ce qui se passe là-haut ?

– T'as qu'à aller voir, moi je ne dis rien. Je veux pas d'ennuis. Et de toute façon, c'est pas nos affaires.

Chanda gardait les yeux fixés sur son miroir, soulignant à présent au crayon le contour de ses lèvres d'un trait exagérément épais.

Lalee tendit l'oreille au milieu du brouhaha ambiant. Les voix en provenance de l'étage lui étaient familières. Elle crut reconnaître Amina.

Elle monta les marches quatre à quatre et s'arrêta sur le palier pour reprendre son souffle. Elle distinguait clairement une voix d'homme, pas très grave, mais pleine de rage. C'était Chintu, l'homme de main favori de Madame Shefali. Il affublait sa cible invisible d'une multitude de noms, pour la plupart des variations sur le thème de la prostitution. *C'est tout de même incroyable*, songea Lalee, *le nombre de synonymes qu'une même langue peut inventer pour parler de nous. Toute une population liée seulement par son gagne-pain, réduite à une injure. Au moins, nous, on fait ce qu'on fait, mais même les autres en sont affublées. Toutes les femmes sont tôt ou tard transformées en obscénité.* De légers bruits de pleurs vinrent interrompre ses pensées. Elle gravit les dernières marches à pas de loup.

Chintu, petit et trapu, se tenait au milieu de la pièce avec ce qui ressemblait à un fouet. Amina pleurait à genoux dans un coin, le front appuyé contre le mur. Elle était en legging et soutien-gorge, les cheveux en bataille. Une fois que les yeux de Lalee se furent habitués à l'obscurité, elle constata que ce qu'elle avait pris pour un fouet était une ceinture, dotée d'une large boucle en métal. Le dos d'Amina était couvert de lacérations. Chintu s'avança vers la jeune femme recroquevillée par terre et l'agrippa par les cheveux, prêt à lui cogner la tête contre le mur. Lalee fondit sur lui, et ils vinrent tous deux rouler sur le sol en ciment. Mue par une fureur instinctive, elle revint à la charge et se mit à le frapper et le griffer de toutes ses forces. Il aurait été impossible de dire combien de temps le corps-à-corps dura. Pour Lalee, cela sembla n'être qu'une fraction de seconde.

Une voix grave et familière se fit soudain entendre, comme surgie de nulle part.

– Pas le visage, Chintu. Jamais le visage. Tu devrais le savoir.

Lalee et Chintu se figèrent instantanément, comme deux chats de gouttière auxquels on aurait jeté un seau d'eau glacée. La colère de Lalee se dissipa ; son champ de vision s'élargit. Madame Shefali entra par une porte sur la gauche, dissimulée derrière un rideau brillant.

Elle fit claquer sa langue et secoua la tête.

– Voyons, combien de fois vais-je devoir te le répéter ?

Sa voix était douce, comme si elle réprimandait Chintu pour avoir oublié d'éteindre une lumière.

Encore fou de rage, celui-ci n'avait pas quitté Lalee des yeux. Madame Shefali s'avança et se laissa lourdement tomber sur un siège en plastique.

Lalee ne l'avait jamais entendue élever la voix, ni vu quiconque lui désobéir ou même la contredire. Elle ne levait la main sur personne, mais déchaînait la violence autour d'elle. Et pourtant, certaines filles ne la quittaient pas d'une semelle. Elle savait se faire craindre autant que respecter, s'attirant même chez certaines personnes une loyauté sans bornes.

Sans dire un mot, Chintu enroula sa ceinture et quitta la pièce. Ses pas résonnèrent dans l'escalier, puis une porte claqua.

Madame Shefali tenait dans sa main gauche une petite boîte en cuivre. C'était un bel objet, incrusté de pierres semi-précieuses. Elle posa la boîte sur ses genoux et l'ouvrit. À l'intérieur étaient soigneusement rangées des feuilles de bétel repliées en forme de cônes. Elle en choisit une et, très cérémonieusement, l'engloutit dans sa bouche grande ouverte. Au bout d'un moment, elle s'adressa à la jeune femme recroquevillée contre le mur.

– Va te rafraîchir un peu. Il faut que tu sois prête pour ce soir.

Amina s'était arrêtée de pleurer dès que Madame Shefali était entrée dans la pièce. Elle s'essuya le nez du revers de la main et se leva en chancelant avant de gagner l'escalier. Lalee attendit que le bruit des pas d'Amina s'estompe.

– Qu'est-ce qui s'est passé ? demanda-t-elle tout bas pour masquer les tremblements de colère dans sa voix.

Madame Shefali fixa un point derrière la tête de Lalee en mâchant pensivement.

– Il est revenu ? Te demander de l'argent ? demanda-t-elle.

Lalee se figea, prise au dépourvu. La vieille femme se mit à rire.

– C'est pour ça que tu voulais ce prêt, n'est-ce pas ? Satanées filles, on dirait que vous n'apprenez jamais rien. Tu sais combien j'ai déboursé pour toi, il y a vingt ans ? Deux mille roupies. Ça ne paraît peut-être pas beaucoup de nos jours, mais c'était bien assez pour eux. Et tu continues à leur donner ton argent ?

Lalee bredouilla, incapable de trouver la juste réplique. Le sourire ironique de Madame Shefali l'en empêchait. Elle détourna le regard. Au bout de plusieurs minutes, Madame Shefali reprit la parole.

– Ce n'est jamais bon, Lalee, quand des gens de l'extérieur s'incrustent dans nos affaires. Ça doit rester entre nous, tu comprends ? Ils n'en ont rien à faire de ce qui nous arrive. Plus ils restent à l'écart, mieux on se porte, crois-moi. Enfin bref, tu n'auras pas ton prêt. La banque coopérative ne pourra jamais te prêter une telle somme. Mais si tu veux, tu peux te faire de l'argent. Il y a de bons clients qui sont prêts à payer. Et tu devras peut-être t'absenter quelques jours, mais la Russe t'accompagnera.

– Pour aller où ?

– Tu verras. D'abord dans un hôtel, puis tu iras dans un bel endroit passer quelques nuits. Tu sais, comme les médecins qui vont à domicile. Imagine-toi ça comme une visite médicale. Les visites à domicile sont toujours mieux payées.

Madame Shefali se leva de son siège et mit en mouvement sa généreuse silhouette.

– Et qu'est-ce qu'elle avait fait de mal ? s'écria Lalee dans son dos. Pourquoi envoyer votre gorille tabasser Amina ?

Madame Shefali se retourna, sourit et s'éloigna de nouveau à pas lents, comme si elle avait absolument tout son temps.

Lalee resta seule dans la pièce obscure, bouillonnante de colère. Elle donna un coup de pied dans le siège en plastique et martela de ses poings l'assise encore chaude. Puis elle se laissa tomber à genoux. Madame Shefali avait eu la même expression, il y avait longtemps de cela. Lalee était venue la trouver en pleurs un jour, une culotte ensanglantée à la main. Elle craignait que les hommes de la nuit précédente, ceux que Madame Shefali lui avait envoyés à intervalles réguliers, n'aient cassé quelque chose en elle. Et maintenant elle saignait. Madame Shefali avait souri, de ce même sourire qui aujourd'hui encore parvenait à l'atteindre au plus profond d'elle-même. Elle avait pris des bouts de tissu, en avait plié un et avait expliqué à Lalee comment s'en servir, jusqu'à ce qu'elle ait l'argent pour s'acheter des serviettes hygiéniques. Et cette nuit-là, elle l'avait vendue à un homme qui aimait les femmes qui saignent.

19

Deepa aurait pu prendre l'ascenseur, mais elle décida de monter les six étages à pied. À mi-chemin du quatrième, elle s'arrêta, un peu essoufflée, et aperçut deux cafards se glisser dans une fissure qu'elle n'avait encore jamais remarquée. La soirée de lancement littéraire à laquelle elle venait d'assister avait été plutôt ennuyeuse. On pouvait repérer quelques personnalités connues qui se tenaient à l'écart de la foule, l'air las, tandis que les aspirants à la célébrité faisaient des ronds de jambe aux écrivains, aux éditeurs et à tous ceux qui voulaient bien leur adresser la parole. Leur soif désespérée de reconnaissance et leur extrême susceptibilité épuisaient Deepa. Mais elle avait des engagements à honorer. Apparemment, le livre était basé sur l'histoire vraie du meurtre d'une jeune femme et de son enfant qui avait fait grand bruit quelques années plus tôt. Deepa en avait acheté un exemplaire par devoir, même si elle n'avait aucune intention de le lire. Elle se demandait si l'affaire serait un jour résolue. Elle esquissa un léger sourire. Dans la vraie vie, il faut souvent attendre longtemps avant que justice soit faite. Elle-même avait déposé un nombre incalculable de plaintes, et elle aurait pu écrire des livres entiers sur le lent passage des semaines, des mois et des années avant que quelqu'un ne se décide à bouger. Les gens qui n'avaient jamais eu à mettre les pieds dans un commissariat et les considéraient comme des léproseries s'imaginaient que la machine se mettait en branle dès qu'un crime était commis et que la police s'empressait d'enquêter. En réalité, l'horizon d'attente ne cessait bien souvent de reculer à mesure que les jours passaient.

Deepa enfonça la clef dans la serrure et tendit l'oreille. Des accords de John Coltrane lui parvenaient depuis l'intérieur de l'appartement. Elle prit une grande inspiration puis expira lentement en pressant son front contre la surface irrégulière du bois sculpté. C'était la porte de Vishal, leur porte. Vingt ans plus tôt, quand il avait reçu l'appartement de ses parents en cadeau de mariage, il avait déclaré avec sa verve habituelle qu'il allait remplacer la porte existante, ordinaire, par une porte birmane. Les beaux-parents de Deepa s'étaient retenus de tout commentaire. L'éducation, avait-elle alors pensé, l'éducation et l'argent. Voilà d'où venait le détachement de Vishal face aux choses matérielles. Le moment était resté, pour Deepa, comme le symbole de son entrée dans cette nouvelle famille.

Elle tourna la clef dans la serrure et entra. Une voix sonore et chaleureuse l'accueillit, couvrant momentanément les notes de Coltrane qui s'échappaient avec un son parfait des enceintes Bose, dissimulées comme des œufs de Pâques dans l'appartement.

– *Begum*, appela Vishal en appuyant inutilement sur la dernière syllabe, comme il le faisait quand il se sentait d'humeur romantique. Viens donc voir ce que t'a préparé ton mari.

Deepa entra dans la cuisine sifflante et crépitante, et Vishal émergea, comme à son habitude, telle une petite montagne dans le brouillard. Tenant sa spatule comme une lance, il serra Deepa contre son torse, un cigare dans l'autre main.

– Tu as fait brûler quelque chose ? demanda-t-elle.

– Non, pourquoi ? Tu sens une odeur de brûlé ?

Deepa secoua la tête.

Vishal attrapa sa cigarette électronique sur le plan de travail et laissa échapper un grand nuage de fumée en tournant la tête sur le côté. Mais des petites volutes blanches flottèrent jusqu'à elle.

– C'est pas grave, sourit Deepa. Comment peux-tu fumer ces deux trucs en même temps ?

Il ne répondit pas, accaparé par la cuisson de la viande et la musique de Coltrane.

Deepa alla dans son bureau en laissant la porte ouverte. Il y avait quelque chose de réconfortant à entendre Vishal déambuler dans la maison, chantonnant et cuisinant des choses bizarres. En vingt ans, elle ne s'était jamais laissée aller à prendre pour acquis ce confort qu'il lui apportait, cette confiance durable qui les unissait. Elle avait toujours eu l'impression que c'était quelque chose qu'elle avait volé, auquel elle n'avait pas réellement droit. Elle alluma la lampe mais resta debout. Vishal entrait rarement dans la pièce, et jamais en son absence. Elle passa un doigt sur la surface irrégulière du vieux bureau. C'était la seule chose qu'elle avait apportée dans cette maison. Le deuxième tiroir renfermait une pochette qu'elle n'avait pas ouverte depuis longtemps. Elle l'attrapa, défit la ficelle qui l'entourait d'une main légèrement tremblante, et posa les photographies sur la table, l'une après l'autre. Sathi, vingt-six ans. Protima-*di*, cinquante-deux ans. Sonal, quarante-trois ans. Tezima, vingt-trois ans. Elle y ajouta celle de Mohamaya, vingt-huit ans. Des femmes qui étaient mortes et qu'elle avait connues, avec lesquelles elle avait mangé, ri, s'était parfois disputée et mise en colère. Elle s'assit en chancelant.

Vishal était sur le point de frapper, mais il se ravisa en voyant son expression. Il entra à pas feutrés et posa un verre de whisky sur son bureau, précautionneusement, comme si c'était un autel. Deepa se pencha sur le côté, agrippa la *kurta* en coton de Vishal et le serra fort dans ses bras.

Puis elle pressa sa joue contre le verre froid rempli de glaçons.

– Tu n'aurais pas dû épouser une..., tu sais, une travailleuse sociale.

– T'aurais pas dû épouser un Parsi, grogna affectueusement Vishal derrière sa barbe.

Entre les cheveux en bataille, les sourcils broussailleux et maintenant cette énorme barbe, on ne voyait plus que ses petits yeux qui, en vingt ans, n'avaient rien perdu de leur malice.

– Tu sais ce qu'on dit. Ils sont tous un peu fous.

– Un peu, tu crois ? fit Deepa en haussant les sourcils.

Vishal lui sourit et se laissa tomber dans le vieux fauteuil à bascule.

– Écoute, dit-il au bout d'un moment, peu importe ce que disent tes détracteurs dans les débats télévisés ou les interviews, ou comment ils ou elles défendent leurs méthodes. Ça ne compromet en rien ton travail ni ton intégrité. (Deepa écoutait sans rien dire.) Ton expérience n'est pas moins légitime que celle des autres. Tu as le droit d'avoir tes convictions.

– Tu veux savoir ce qu'elle m'a dit ? La première fois que je l'ai rencontrée ? demanda Deepa d'une voix grave qui se confondait avec les basses de la musique. Elle m'a expliqué la différence entre les fonds communs de placement en actions et en obligations.

Elle sourit et ferma les yeux en se passant le verre sur le front.

– Puis elle m'a fait remarquer que je la fixais la bouche ouverte. Elle était intelligente, et elle avait de l'assurance, notre Maya. Toujours des projets plein la tête.

Vishal continua à l'écouter attentivement, comme il savait le faire.

– Elle ne m'a jamais dit d'où elle venait, reprit-elle. Ou comment elle était arrivée ici. Généralement elles finissent toujours par en parler, l'histoire finit par sortir. Bien sûr je n'ai jamais demandé, mais c'était étrange, et je crois que j'avais une sorte d'admiration pour cette espèce de fierté qu'elle avait. Elle était un peu différente des autres, même si elle faisait partie du groupe. Je continue à penser que c'est de ma faute.

Elle ouvrit un instant les yeux, sans avoir à prier Vishal de ne pas l'interrompre ou essayer de la contredire. C'était peine perdue.

– C'était ma responsabilité, et j'ai échoué, poursuivit-elle en s'appuyant contre les épais coussins du fauteuil. Elle a fait un choix, et moi qui ne cesse de parler de choix, je ne pouvais pas l'empêcher de prendre cette décision. Mais ça n'aurait pas dû être elle. Ni aucune des autres, d'ailleurs.

– Tu ne peux pas les protéger. Ce n'est pas ton boulot, dit Vishal d'une voix douce et posée.

– Ça devrait être le boulot de quelqu'un, répondit-elle tout bas. Je ne sais pas de qui, Dieu, le diable, la religion, mais quelqu'un, quelque chose. Qui veille sur elles ?

La musique s'arrêta. Au bout d'un long moment, Deepa reprit.

– Comment tu crois que Malini réagira quand elle apprendra que c'est moi qui étais censée veiller sur elle ? Comment justifier un tel degré de trahison ?

Vishal se leva et vint s'agenouiller à côté d'elle. Deepa passa son bras autour de sa nuque et enfouit sa main dans les cheveux de Vishal. Il posa la tête sur son épaule et elle sentit le bout humide de son nez et la chaleur de son corps dans la fraîcheur de l'air conditionné.

– Allez, viens manger, murmura-t-il.

Deepa hocha la tête, les yeux fermés.

20

Samsher Singh avait la nausée mais il se retint héroïquement de vomir, histoire de ne pas perdre la face devant ses subordonnés. En réalité, il n'avait encore jamais pris part à une enquête pour meurtre. Il avait vu des morts, des accidentés de la route, des gens lynchés, mais il n'avait jamais vu un corps dans cet état, recousu après l'autopsie et rigide comme de la glace, dans le tiroir d'une morgue. Et pour ne rien arranger, c'était le corps nu d'une femme de vingt-huit ans. Sa poitrine s'étalait sous ses yeux, froide et ferme, à la fois érotique et répugnante. Samsher, qui n'avait pas l'habitude d'être confronté à des émotions dérangeantes, ressentait un mélange d'excitation et de dégoût. Il allait avoir des cauchemars, ça ne faisait aucun doute. Il quitta la pièce frigorifiée et alla prendre l'air dehors. Cette odeur nauséabonde de mort et de formol risquait de le hanter longtemps. Tandis qu'il inspirait à pleins poumons, Samsher se rendit compte qu'un jeune employé de la morgue l'observait. Il se tourna vers lui et se gratta la gorge.

Le jeune homme, dont le badge indiquait le patronyme Chatterjee, était en train de s'essuyer les mains sur une petite serviette d'un air calme et détaché.

– Dites-moi, ça fait longtemps que vous avez ce corps ? demanda Smasher en essayant d'adopter un ton paternaliste.

Le technicien glissa la serviette dans la poche de sa blouse et la laissa pendre.

– Non, pas vraiment, comparé à tous les corps non identifiés que personne ne vient réclamer. Ça ne fait qu'une semaine et des poussières qu'elle est là.

– Et c'est vous qui avez fait… la chose ? demanda Samsher en mimant des ciseaux avec ses doigts.

L'homme se mit à rire. Visiblement, il n'était pas surpris par l'ignorance du policier.

– Non, moi je suis l'assistant du docteur. Je me contente d'écrire les rapports. Mais je peux vous en donner une copie si vous voulez.

Samsher secoua la tête.

– Dites-moi juste ce que vous avez trouvé.

– Eh bien, la cause du décès semble être l'arrêt des fonctions respiratoires après la rupture de la veine jugulaire, à cause de l'acide. Et bien sûr, la bouteille lui a ensuite été enfoncée dans la gorge. Je pense que l'acide était d'abord destiné à son visage, mais on en a aussi retrouvé une grande quantité au niveau du cou. Elle avait également une bosse sur la tête. Elle a dû perdre connaissance avant d'être aspergée d'acide. Il y a aussi des signes d'asphyxie, mais ce n'est pas la cause ultime du décès.

Samsher se concentrait pour tout retenir, mais il soupçonnait l'assistant d'utiliser plus de jargon médical que nécessaire.

– Ça expliquerait pourquoi elle n'a pas crié, dit Samsher après un moment de réflexion. Je veux dire, cet endroit est plein comme un œuf. Il y a des gens partout. Quelqu'un l'aurait entendue si elle avait crié. Il y a au moins une vingtaine d'autres filles qui vivent au premier et au second étage de la maison. Mais s'il l'a étranglée, le tueur a dû se mettre de l'acide sur les mains, non ?

– Pas nécessairement. Il a pu l'étrangler avant de lui jeter l'acide au visage.

Samsher soupira. Il allait falloir interroger la ville entière à ce compte-là. Pas étonnant que les enquêtes de police indiennes n'aillent jamais très loin. Oh, il avait vu les séries télé lui aussi, *Police Patrol* et tout ça. C'était de la fiction, pas la réalité. Peut-être qu'un jour il rencontrerait l'un de ces superflics et qu'il découvrirait enfin leurs secrets, mais ça lui paraissait quand même tiré par les cheveux.

Sur le chemin du retour, Samsher resta silencieux, contrairement à son habitude. Balok Ghosh savait que dans ces cas-là, il valait mieux ne pas le déranger.

– Ce que c'est désagréable, n'est-ce pas, Balok-*da* ? finit par dire le sergent.

– C'est un boulot de chien, chef. On est les chiens des éboueurs, comme dit l'expression.

Samsher hocha la tête. C'était une phrase que son père aimait à répéter.

– Balok-*da*, je sais ce que Rambo nous a dit mais… cette fille, est-ce qu'elle avait vraiment un *babu* ?

– Elles en ont toutes. Je ne sais pas comment elles peuvent être aussi bêtes. Elles donnent tout leur argent, toutes leurs économies au premier trou du cul qui leur promet de les épouser, si je peux me permettre ce langage, chef. Même celles qui se sont déjà fait avoir. C'est à se demander comment elles sont assez bêtes pour retomber si souvent dans le même panneau.

– Vous croyez que c'est le *babu* qui a fait le coup ? Sept fois sur dix, c'est le cas.

Balok Ghosh acquiesça. Quand la victime est une épouse, fut-il tenté d'ajouter, c'est le mari ou la belle-famille dix fois sur dix.

– Ces *babus*, ils n'hésitent pas à les cogner, et pourtant elles continuent à leur donner leur argent et à leur obéir. Est-ce qu'il y a eu un problème particulier cette fois-ci ? Comment savoir ? Il y a toujours un problème, avec ces gens. Dans cet endroit-là, ce genre de choses, c'est monnaie courante, chef.

Samsher réfléchit un moment d'un air pensif.

– Mais les médias sont sur le coup maintenant, et bientôt on va avoir la hiérarchie sur le dos. On ne peut pas rester les bras croisés. Comment s'appelle le *babu* ?

– Salman Khan, chef.

– Quoi ? Comme la star de cinéma ?

– *Arrey*, son vrai nom, c'est Pappu Sheikh. Le type est une espèce de coq et un grand fan de l'acteur, il s'habille comme lui, il parle comme lui, tout ça. Alors les gens l'appellent Salman Khan, Sallu Bhai.

Avant d'entrer dans les embouteillages de Sovabazar, Samsher posa une question à laquelle Balok Ghosh ne s'était pas préparé.

– Et comment elle s'appelait, cette fille ?

Balok Ghosh ne savait pas. Il attrapa le rapport d'autopsie sur la banquette arrière et lut la première page.

– Mohamaya, chef. Mohamaya Mondol.

21

Tilu observait l'immense poêle à frire qui scintillait tandis que le cuisinier s'épongeait le front de la main gauche. Il avait prévu de déjeuner d'une simple assiette de riz au curry, mais Bhoga lui avait assuré que c'étaient les meilleures nouilles *chow mein* du quartier.

– *Syaar*, le marché est en plein boom en ce moment, dit Bhoga en suivant des yeux une passante qui se pressait pour attraper le bus. N'acceptez pas moins de mille roupies pour le prochain livre. Le patron va vouloir tirer les prix vers le bas. Je vous le dis.

Tilu leva les yeux vers le ciel et les câbles électriques qui pendaient juste au-dessus de leurs têtes.

– On verra, répondit-il. J'ai de grands projets en ce moment.

Bhoga se tourna vers lui, les yeux écarquillés.

– Une nouvelle série érotique ? C'est une bonne idée ça. Les *Belles-sœurs* marchent bien, mais je pense que vous pourriez faire encore mieux. Pourquoi pas l'histoire d'une belle-sœur expatriée ? Avec un mari qui s'absente, parce qu'il est dans la marine par exemple…

Tilu regarda Bhoga, son plus fidèle lecteur, son plus grand fan. Il ne savait pas exactement quel âge il avait. Bhoga était légèrement plus petit que lui, d'un cheveu peut-être, et ça n'était pas pour rien dans l'affection que Tilu lui portait, dans un monde où l'écrasante majorité des gens le dépassait. Avant de rejoindre l'entreprise d'Amulyaratan Chakladar à College Street, Bhoga avait été vendeur ambulant de remèdes ayurvédiques, comme son père et son grand-père avant lui. La recette du remède à tous les problèmes d'arthrose avait été révélée en rêve à son arrière-grand-père, et Bhoga avait un temps continué d'en faire profiter les passagers du train reliant quotidiennement Shonarpur à Calcutta. Tilu ne comprenait pas pourquoi il avait troqué ce métier pour venir dormir dans les ateliers sans fenêtres de Chakladar, et Bhoga n'avait jamais vraiment donné de raison. En tout cas, le jeune homme était probablement le seul véritable ami sur lequel Tilu pouvait compter.

Le cuisinier saisit un demi-oignon violacé qu'il trancha rapidement avant de jeter les morceaux dans une flaque d'huile au milieu de la poêle. Puis il ajouta des lamelles de chou blanc et remua le tout.

– Je suis en train de lire le dernier, dit Bhoga. Je n'ai lu que cinq pages pour l'instant.

Tilu semblait ailleurs, perdu dans ses pensées. *Les écrivains*, pensa Bhoga, *ils sont capables de voir l'univers dans une goutte d'eau.* Malgré sa courte expérience en tant qu'assistant d'un éditeur, il en avait déjà rencontré beaucoup, des écrivains. Mais aucun n'avait le talent de Tilu *babu*. Tout ce qu'il savait des femmes, c'était de lui qu'il l'avait appris. Sans parler des nouveaux mots bengalis, mais il y avait une pile de dictionnaires fraîchement imprimés dans un coin de l'entrepôt, au même endroit que le vieux matelas défoncé qui lui servait de lit, ce qui était pratique.

– Lequel ? Et alors ? ne put s'empêcher de demander Tilu anxieusement, comme le font tous les écrivains. Ça te plaît ?

– Mon préféré, c'est le premier, *syaar*. Vous savez, la partie où elle courbe un peu son doigt vers le haut, comme ça, et elle…

– Oui, oui, je vois de quoi tu parles, s'empressa de dire Tilu.

– C'est bien, c'est scientifique. J'aime bien apprendre ce genre de choses. Ça pourra peut-être m'être utile un jour. Mais *syaar*, si je peux me permettre, ajouta Bhoga en fronçant légèrement les sourcils, j'ai moins apprécié le troisième.

– *La Belle-sœur au bain* ?

– Oui, trop d'arbres, trop de routes de campagne et de lanternes. Je veux dire, j'aime bien les descriptions, et j'adore les vôtres. Mais le lecteur, quand il ouvre un livre qui s'appelle *La Belle-sœur au bain*, quel genre de descriptions est-ce qu'il s'attend à trouver ? questionna Bhoga en tournant une paume vers le ciel. Si vous voulez mon avis de professionnel, c'est dommage de noyer les gémissements de plaisir derrière des cris de chacal. Même si c'est une espèce protégée.

– Mon prochain livre, dit Tilu sur le ton de la confidence, sera très différent.

Bhoga enleva ses lunettes de soleil et regarda Tilu droit dans les yeux. Il les avait achetées de nuit, à un vendeur de rue près de New Market. Le matin suivant, il avait remarqué qu'un des verres était bleu foncé et l'autre vert bouteille. Sur le moment, il avait voulu retourner dire le fond de sa pensée au vendeur, mais finalement il les avait gardées. Si quelqu'un lui faisait une réflexion, il dirait que c'était une nouvelle tendance mode.

– Tu as entendu parler de Job Charnock ? demanda Tilu. Mon livre racontera son histoire.

Bhoga fit non de la tête. Tilu fut déçu, mais c'était aussi la raison pour laquelle il écrivait, après tout. L'édification des masses. Un bon livre instruit en même temps qu'il divertit.

– Il a fondé Calcutta, expliqua Tilu en suivant des yeux les gestes du cuisinier.

À l'aide d'une longue baguette en métal et d'une spatule, celui-ci soulevait le monticule de nouilles blanches puis les laissait pleuvoir dans l'huile grésillante.

– Ça parlera de… reprit Tilu en écartant les mains vers le ciel, les câbles électriques et le chien famélique qui reniflait le sol à quelques pas de là. Du temps d'avant, avant que tout ça ne devienne… comme ça. Ça parlera d'une époque glorieuse. Tu saisis ?

Bhoga secoua la tête en fixant Tilu d'un air hébété.

– Autrefois, nous étions grands. Cet endroit était un immense parc. Imagine un peu : le *sahib* Job Charnock, éperdument amoureux d'une femme hindoue, sillonne la jungle de Calcutta. C'est un explorateur.

– C'est quoi, un explorateur ?

Tilu réfléchit un instant avant de répondre. Bhoga n'avait-il jamais lu de récits d'aventures ?

– C'est une personne qui va d'un endroit à un autre, qui explore, dit-il.

Rien ne s'illuminait dans le regard de Bhoga.

– Un endroit comme… comme… hésita Tilu qui s'efforçait de trouver un lieu exotique invitant à l'aventure. Comme la Thaïlande. Imagine que cet explorateur aille en Thaïlande et qu'il tombe sur un gang international qui vole les bijoux du roi… Enfin, quelque chose comme ça, conclut-il, à court d'inspiration.

– Les bijoux du roi… vous voulez dire… ça ? sourit Bhoga en pointant vers le bas.

– Mais non, des diamants, des rubis, ce genre de choses.

– Ah bon, dit Bhoga sans enthousiasme. Tout le monde va en Thaïlande de nos jours.

– Bon, alors disons l'Afrique.

– Mais vous voulez dire qu'il y a un métier comme ça ? Il y a des gens qui deviennent explorateurs ? Comme d'autres font dentiste ou comptable ?

– Non, non, dit Tilu en agitant les mains avec impatience. Si c'était un simple métier, ça n'aurait rien d'extraordinaire. Disons qu'il y a des gens qui sont comme ça, qui aiment partir à l'aventure.

– OK, alors où est-ce qu'il va ce *sahib*-là, Job ? En Thaïlande ou en Afrique ?

– Nulle part. Il est ici, à Calcutta. Calcutta était comme l'Afrique à l'époque. Il y avait partout des bandits, des Thugs, des tigres du Bengale ! s'exclama Tilu en faisant de grands gestes de la main, manquant d'emporter les lunettes de Bhoga au passage. Ce sera un roman historique, Bhoga. Ça se passe dans la première moitié du dix-neuvième siècle. Les Britanniques sont déjà là, mais la ville est encore un repaire de bandits. Job doit retrouver le précieux diamant du rajah de Munsigarh avant qu'il ne soit à jamais perdu.

Le cuisinier leur fit passer deux assiettes en plastique remplies de nouilles *chow mein* aux œufs, oignons et piments. Bhoga se mit à manger à grosses bouchées tandis que Tilu, transporté à une époque où tout n'était que jungle, marécages et moustiques, n'avait plus grand appétit.

Sur le chemin du retour, Bhoga marcha d'un pas traînant, histoire de retarder le plus possible l'heure de reprendre le travail.

– J'ai vu un tigre du Bengale, une fois, dit-il. Au zoo d'Alipore. Enfin un tigre, mon cul, oui. Oh pardon, *syaar*. Je veux dire, il était endormi, ils l'avaient drogué, je crois. Ça ne valait pas le coup.

Mais *saab* l'écrivain était ailleurs. Bhoga avait lu des tas de livres érotiques. En tout cas, tous ceux qui passaient par les tables d'imprimerie de chez Ma Tara Publishing Works, et même d'autres, achetés ou échangés. Au bout du compte, une fois qu'il s'était lavé les mains en évitant de tacher son pantalon, histoire de ne pas avoir à le laver trop souvent, cet homme et ses livres arrivaient à le toucher au cœur. C'était sexuel, certes, et Bhoga avait beaucoup appris sur ce sujet. Mais *Voilà la mousson, belle-sœur* l'avait ému aux larmes. La lune était pleine ce soir-là, et il avait dégoté une demi-bouteille de *bangla* dans le bureau de Chakladar. Tilu Shau avait une plume magique. Mais comme tous les écrivains, il avait parfois des lubies, telle qu'écrire un « grand » livre, comme s'il y avait une sorte de génie qui finirait par sortir si on frottait la lampe assez fort. Enfin, mieux valait le laisser aller au bout de son idée. Il finirait par revenir à sa série des *Belles-sœurs*, et tout rentrerait dans l'ordre.

Lorsqu'ils débouchèrent dans la ruelle de Ma Tara Publishing Works, ils trouvèrent un Amulyaratan Chakladar excédé, accablant de reproches le garçon en nage qui tentait d'accrocher au-dessus de la porte une enseigne criarde. Comme à son habitude, Chakladar supervisait les opérations en lançant de mauvaises blagues. Tilu s'approcha, mais le vieil homme était si occupé à vociférer qu'il mit un moment à remarquer sa présence.

– Ah, vous voilà, dit-il avec une légère grimace. Allez-y, entrez, je vous rejoins dans quelques minutes.

L'intérieur était sombre et vétuste, mais avait l'avantage de conserver un peu de fraîcheur. Les murs étaient bordés de petites piles de livres attachées avec de la ficelle. Tilu s'avança devant celles qui contenaient son dernier tome des *Belles-sœurs*. Sur la couverture, une femme aux formes généreuses et au teint exagérément pâle contemplait la pleine lune. Ses longs cheveux noirs masquaient une partie de son ample derrière, tandis qu'une sorte de sari glissait de ses épaules pour révéler le profil anatomiquement douteux d'un sein surgonflé. Avec sa bouche entrouverte, et sa tête renversée vers l'arrière, on aurait pu se demander si elle était en extase ou en train de se muer en louve, mais le titre de « *Belle-sœur* » suffisait à renseigner le lecteur. Tilu laissa échapper un léger soupir. Si seulement Lalee avait pu voir ça. Malheureusement, le nom de l'auteur ne figurait jamais sur ce genre de livres.

– Magnifique couverture, n'est-ce pas, *syaar* ? s'écria Bhoga.

– Ça ne fait pas un peu trop ? demanda Tilu qui avait le sentiment, peut-être à tort, que l'artiste avait essayé de le surpasser.

– Quoi ? Mais non ! De nos jours il faut capter l'attention du client, *syaar*. On est trop nombreux sur le marché. Rien que dans cette rue, on est au moins quatre dans le secteur du livre érotique. On a de la chance d'avoir cet artiste. C'est une pépite.

Chakladar se joignit à eux avec sa moue coutumière.

– Le monde va mal, je vous le dis. Il m'installe une pauvre enseigne au-dessus de la porte et il me demande trois cents roupies. Prétendant que ce serait le tarif actuel. Tout ce qui les intéresse, c'est de vous saigner aux quatre veines.

D'un air bougon, il sortit une vieille clef avec laquelle il ouvrit une lourde boîte.

– Je suppose que vous êtes venu chercher l'argent du dernier volume ? Attendez deux minutes que je règle cette histoire d'enseigne avec ce voleur.

Chakladar prit une liasse de billets de cent roupies et referma précautionneusement la boîte avant de sortir du recoin obscur qui lui servait de bureau derrière le comptoir.

Tilu aimait bien s'asseoir là, au milieu des piles de livres. Quand c'était calme, ce qui était rarement le cas, on entendait le ronronnement de l'imprimante au sous-sol. Même s'il voulait rester prudent, ce nouveau projet de livre l'enthousiasmait, et il était content d'en avoir parlé à Bhoga. Il imaginait le jeune homme découvrant le manuscrit, frémissant d'excitation lorsque Job devrait se défendre contre cent Thugs dans la jungle épaisse de Chowringhee. Et ce moment où Job manquerait de perdre la tête lorsque les affreux brahmanes l'empêcheraient d'épouser la veuve hindoue dont il était tombé éperdument amoureux. Oh, le désespoir ! Peut-être que cette femme pourrait prendre les traits de Lalee ? Mais comme à chaque fois qu'il pensait à elle, Tilu se sentit gagné par la mélancolie.

– Vous voulez voir un truc, *syaar* ? murmura Bhoga en jetant des coups d'œil autour de lui pour s'assurer que Chakladar n'écoutait pas. C'est incroyable ce qu'ils arrivent à faire avec les ordinateurs de nos jours. Vous pourrez demander au patron de vous faire une couverture comme ça la prochaine fois.

Tilu suivit Bhoga dans la petite pièce adjacente, où deux hommes étaient assis devant un écran d'ordinateur qui clignotait. Pianotant sur le clavier, le plus jeune suivait les ordres de son aîné, un homme à l'allure clinquante qui sortit de sa poche un mouchoir vert vif pour s'essuyer le front.

– *Ai*, Bablu ! lança Bhoga à l'adresse du plus jeune. Montre au *saab* l'écrivain ce que tu fais. Regardez, *saab*, dit-il en posant une main sur le dos de Tilu. Vous pourrez demander à Bablu de faire votre couverture la prochaine fois.

Tilu s'avança derrière Bablu. Des rangées de femmes aux visages pixelisés défilaient sur l'écran, accompagnées de la bannière clignotante : *Kolkata Call Girls High Class Russian Escorts*. Tilu se pencha légèrement pour lire ce qui était écrit.

Nos escorts VIP sont à votre service pour répondre à vos plus doux fantasmes. Formules tout compris. Ne restez pas seul dans la Ville de la Joie. La fille de vos rêves n'attend que vous !

Bablu lui sourit et fit lentement défiler les images. Les prénoms des femmes étaient inscrits sous chaque photo : Pamela, Olivia, Jasmine, Lovely, Missha et là, dans le coin, Lalee. Hébété, Tilu se tourna vers l'homme plus âgé, debout à côté de lui. Il lui fallut un moment pour réaliser qu'il l'avait déjà rencontré. C'était Rambo Maity. Il traînait souvent dans les rues de Sonagachi, et Tilu l'avait vu maintes fois à l'entrée du Lotus bleu.

– Le top du top, hein ? dit Rambo en lui décochant un clin d'œil.

En sa qualité de maquereau et parfois de rabatteur, Rambo s'enorgueillissait de ses capacités à sonder instantanément les gens, à distinguer d'un simple regard les riches et puissants des pauvres et faibles. Tilu lui faisait pitié. Il lui rappelait trop ses propres débuts, quand il fallait ramper devant de misérables clients comme lui.

Tilu fixait l'écran. Il ne voyait qu'un seul visage, celui de Lalee. Sous sa photo, un autre nom était affiché, ainsi que des chiffres : *1 h = 15 000 roupies ; 2-3 h = 20 000 roupies ; la nuit = 30 000 roupies.*

– OK, vous m'en imprimez cinquante exemplaires, dit Rambo. Juste les rangées du haut. Les autres filles ne seront visibles que sur le site, tant pis. Je patiente dehors.

Il tourna les talons.

– Attendez ! s'écria Tilu en lui courant après. Je connais cette fille.

Rambo s'assit sur une table et sortit son paquet d'India Kings.

– Cette fille-là… pourquoi… comment… ?

Rambo sourit. À quelques mètres de là, Chakladar qui insultait une cible invisible se tourna vers eux et s'approcha. Bablu réapparut avec un paquet à la main.

– Voilà le résultat, Rambo-*da*, dit-il en posant sur le comptoir un dépliant plastifié. Ça rend bien, non ?

– Là, ça fera trois mille, déclara Chakladar.

– Quoi ? Trois mille ? s'exclama Rambo. C'est une blague ?

Et tandis que les deux hommes marchandaient en s'accusant mutuellement de chercher à flouer l'autre, Tilu ne pouvait détacher ses yeux de ce visage qu'il avait cru si bien connaître. C'était Lalee, sans l'ombre d'un doute, même si un autre nom figurait sous sa photo.

Tilu regarda Rambo, toujours en pleine négociation avec Chakladar. Lalee ne faisait que s'éloigner davantage de lui. Il tendit le bras et s'empara du dépliant. Rambo cessa brusquement de parlementer.

– Hé ! vous êtes pas bien ou quoi ? s'écria-t-il en lui arrachant le dépliant des mains. De quel droit vous touchez aux affaires des autres ?

– Eh bien, c'est peut-être un futur client, rétorqua Chakladar à la place de Tilu. Ou bien est-ce que vous ne traitez plus qu'avec des « VIP » maintenant ? (Chakladar enfila ses lunettes et regarda la photo de Lalee.) Un peu foncée, non ?

– Elle n'est pas disponible, dit sèchement Rambo en reprenant les photos. Écoutez, donnez-moi un prix, n'importe lequel, qu'on en finisse. J'ai pas de temps à perdre avec ces conneries.

Tilu était en colère. La familiarité apparente de Rambo envers Lalee était comme une gifle en plein visage, comme si lui, Tilu Shau, n'avait pas fait l'amour à cette femme mois après mois, laissant sur son lit la plus grande partie de ses maigres revenus. Et cet homme, cette espèce de coq qui se pavanait avec sa photo, qui était-il ? Avait-il une relation privilégiée avec elle ? Était-il plus que son maquereau ? Était-il son amant, son *babu* ? *Non, Lalee ne ferait pas ça*, essaya-t-il de se convaincre. *Ce n'est pas son genre. Elle ne fait confiance à personne.* À chaque fois qu'il avait essayé d'obtenir d'elle la moindre information personnelle, et de savoir si elle avait un amant, elle avait ricané. Elle ne voulait rien avoir à faire avec ces hommes qui vivaient aux crochets de leur femme. *Lalee ne prendrait jamais de* babu, se répéta-t-il. Mais un jour, il deviendrait son homme, le seul homme de sa vie.

Il s'empara d'un autre dépliant et le retourna. Encore une photo d'elle, différente cette fois-ci : elle portait une longue chemise blanche dont les boutons étaient défaits de manière à dévoiler une grande partie de sa poitrine. Elle avait en effet la peau sombre, ce que le blanc de la chemise ne faisait qu'accentuer. Ses jambes étaient élancées, et ses cheveux retombaient sur ses cuisses. Elle fixait l'objectif avec un demi-sourire. Elle paraissait si éloignée de lui sur cette photo. Il aurait voulu la toucher, sentir sa peau contre la sienne. Simplement s'endormir à ses côtés, et se réveiller le matin en ouvrant les yeux sur son visage.

– Elle n'est pas dispo, OK ? grogna Rambo en agitant son doigt devant le nez de Tilu. C'est compris, ou vous avez besoin que je vous le réexplique à ma façon ?

Un rare élan de révolte submergea Tilu.

– Et pourquoi, elle n'est pas disponible ? demanda-t-il en essayant de se faire le plus grand possible. C'est votre petite amie ou quoi ?

Rambo souffla d'un air excédé et ferma un moment les yeux en se massant les tempes. Puis il approcha son visage de celui de Tilu.

– Arrêtez un peu vos conneries. Vous avez déjà entendu parler d'un endroit qui s'appelle Nandankanan ? murmura-t-il.

Tilu fit non de la tête.

– C'est du genre ultra sélect, vous voyez ? C'est pas pour vous. Vous voulez une fille ? Je peux vous en trouver une centaine. Je vous laisse ma carte, vous m'appelez quand vous voulez. Mais cette fille-là, elle n'est pas pour vous. Elle sera partie dans pas longtemps. Ce genre de filles, elles partent en voyage à l'étranger. Vous avez vu toutes les étrangères que j'ai dans mon catalogue ? En plus, ajouta Rambo en riant, vous avez vu ses nouveaux tarifs ? Peu importe si elle vous a dit « je t'aime » ; elle n'est plus dans vos moyens.

Tilu s'assit, livide. Rambo lui arracha le dépliant des mains et sortit de chez Ma Tara. Il était trop tard lorsque Tilu, ayant soudain repris ses esprits, s'élança dans la rue à sa poursuite. Rambo Maity avait déjà disparu dans la foule bruyante de College Street.

22

Chinmoy Naskar était assis à son bureau en train de se demander comment orthographier « acide phénique », lorsque le téléphone sonna. Après avoir décroché, son premier réflexe fut de se mettre au garde-à-vous et d'esquisser un salut maladroit, avant de se rendre compte que son interlocuteur ne pouvait pas le voir.

– Oui, tout de suite, monsieur le commissaire adjoint, veuillez patienter un instant, monsieur le commissaire adjoint.

Posant le combiné, il entra dans le bureau de Samsher, chuchota quelque chose que son supérieur ne comprit pas, puis se mit à faire de grands gestes vers le téléphone du sergent, jusqu'à ce que celui-ci finisse par décrocher.

– C'est le commissaire adjoint North à l'appareil, rugit une voix grave dans le combiné. Je viens d'avoir le cabinet du Premier ministre au téléphone. Vous avez vu le journal, sergent ?

– Non, chef, c'est que… Il est encore tôt et je viens juste d'arriver… j'allais justement…

– Quoi ? Vous ne comprenez donc pas que les médias profitent de votre fainéantise pour nous traîner dans la boue ? Ouvrez le journal.

Samsher farfouilla dans le désordre accumulé sur son bureau, avant de mettre la main sur l'édition du jour. En deuxième page figurait le titre d'un article annonçant l'organisation d'une marche aux flambeaux pour dénoncer le récent meurtre de Sonagachi. Une grande photo l'accompagnait, montrant plusieurs femmes rassemblées autour d'une estrade improvisée, écoutant quelqu'un parler au micro. Une dame âgée tenait une pancarte où était écrit en anglais « *Stop the Murders* ».

Je t'en foutrais des pancartes en anglais, pensa Samsher. *Qui est-ce qui est venu les leur écrire ? Tout ça pour attirer les caméras.*

– Évidemment, ils vont sauter sur l'occasion ! reprit son interlocuteur. Pourquoi ces rapaces laisseraient passer une aubaine pareille ? La police a toujours le mauvais rôle. Si cette manifestation a lieu, il y en aura d'autres qui suivront, et on peut être sûr que ça va faire la une de tous les médias. Ce matin, aux infos, il y avait déjà un débat avec pas moins de cinq experts, vous n'avez pas vu ? On va sûrement avoir droit à une de ces féminazies enragées, vous verrez. Écoutez-moi bien maintenant, sergent. Je n'ai pas envie qu'on ait l'air d'une bande de crétins. Ça ne va pas s'arrêter à ce meurtre, les médias vont ressortir toutes leurs salades de trafic d'êtres humains et d'esclavage sexuel, de corruption, de pots-de-vin, en veux-tu en voilà.

– Mais, chef, vous savez bien que dès qu'on apprend l'existence d'un trafic, on réagit immédiatement et on organise une opération de sauvetage, commença Samsher sans grande conviction. Quant aux pots-de-vin, il ne pouvait pas vraiment en nier l'existence sans mentir éhontément.

– Épargnez-moi ça, abrégea le commissaire adjoint. Vous n'êtes peut-être pas personnellement en cause, sergent, mais une chose est sûre, les médias ne vont pas nous faire de cadeaux. Enfin bref, je voudrais qu'avec vos hommes, vous leur montriez un peu que vous vous démenez, d'accord ? Vous en êtes où, pour l'instant ?

Samsher se sentait en terrain plus sûr.

– On a ouvert une enquête préliminaire, répondit-il. Euh... vous parlez bien du meurtre de la fille de Sonagachi, chef ?

– Bien entendu. Ne soyez pas stupide. Lisez les journaux, enfin ! Il y a déjà deux ou trois grosses ONG sur le coup, dont une qui a son QG à Delhi et une visibilité internationale. Elles font tout ce qu'elles peuvent pour attirer l'attention des médias. Tant que l'affaire est dans la presse, il faut absolument qu'on se bouge et qu'on donne une bonne image de la police.

– Et... est-ce que ça veut dire qu'on doit enquêter, chef ? demanda Samsher.

– Mais enfin, évidemment ! Vous le faites exprès ou quoi ? Il faut au moins donner l'impression que la police enquête. Sachez que j'y veillerai personnellement, Singh. Et que le Bureau des enquêtes criminelles est aussi sur le coup. On ne peut pas se permettre d'avoir un nouveau scandale sur le dos, juste après l'affaire du viol de Park Street. Vous m'avez bien compris ?

– Oui, chef, bien entendu, ne vous inquiétez pas, vous pouvez me faire confiance.

– Y a intérêt, Singh, dit le commissaire adjoint avant de raccrocher.

23

« À celui qui te nourrit, il faudra un jour en payer le prix », disait souvent le père de Lalee. Elle s'étonnait de toutes ces bribes de son passé qui lui revenaient en mémoire ces temps-ci.

Il n'était pas loin de 21 heures. Les trottoirs de Park Street étaient bordés de mendiants et de vendeurs de livres d'occasion. Une longue berline noire vint se garer devant l'hôtel. Derrière les vitres teintées, Lalee aperçut une femme, belle et très chic, qui la toisa avant de détourner la tête, comme si elle n'était qu'une petite chose insignifiante. Lalee frissonna. À quelques pas de là, Sonia adressa un signe de main au chauffeur qui venait de les déposer. Puis elle sortit de son sac une cigarette roulée et chercha son briquet.

– Ça m'aide à décompresser, c'est tout, dit-elle en voyant que Lalee l'observait.

Lalee regarda autour d'elle. Elle se sentait un peu perdue au milieu du flot de passants. Elle repensa à la manière dont cette femme dans la voiture l'avait regardée, l'exposant pour ce qu'elle était. Ignorant les gamins des rues qui voulaient lui vendre mille et une choses, elle s'approcha de l'échoppe jouxtant l'hôtel et commanda une galette roulée aux œufs.

– Qu'est-ce que tu fais, *darling* ? héla Sonia. Il y a tout ce qu'il faut à l'intérieur.

Lalee fit mine de ne pas entendre.

– Ça fera cinquante roupies, dit le jeune vendeur en tendant la main derrière le comptoir.

– Cinquante ? C'est du vol, protesta Lalee. Cinquante pour une galette ? Hier, c'était seulement trente.

Le garçon ne répondit pas, fixant un point au loin.

– C'est pas parce qu'on est dans Park Street que…

– *Arrey* madame, si vous voulez manger, vous payez, sinon vous mangez pas, OK ? Moi j'ai une file de gens qui attendent. C'est nous qui faisons les meilleurs *kathi rolls* de Calcutta. On ne les remplit pas de pommes de terre, ici. Et notre galette au mouton est célèbre dans le monde entier, grommela-t-il.

Lalee croisa les bras. Elle sortait rarement de Sonagachi, et jamais pour se rendre dans un hôtel chic des beaux quartiers. Elle ne se sentait pas à son aise ici. Mais au moins, elle avait de quoi se payer à manger. Elle tendit un billet de cinquante roupies au petit vendeur.

Elle regarda le cuisinier en sueur aplatir la pâte huileuse, la faire sauter en l'air puis fouetter les œufs avant de frire le tout dans la poêle.

Un peu plus loin sur le trottoir, Sonia écrasa sa cigarette à demi fumée du bout de son escarpin à talon rouge. Elle se rafraîchit la bouche avec un petit spray, grimaça et sortit de son sac une bouteille de parfum dont elle s'aspergea abondamment, comme si elle prenait une douche. Lalee serra les dents à la vue d'un tel gâchis. Elle n'avait acheté du parfum qu'une fois dans sa vie, il y avait longtemps de cela. Elle se souvenait du nom – Blue Lady, avec sur la boîte la silhouette d'une femme coiffée d'un chapeau au ruban bleu. À chaque fois qu'elle sortait le flacon de sa boîte, elle se demandait si l'occasion en valait la peine. *Quand on est riche, on peut se payer le luxe de gaspiller*, pensa-t-elle.

Sonia s'avança vers une petite porte sur le côté, et entra dans le hall de l'hôtel pavé de carreaux noirs et blancs, suivie de près par Lalee. Un couple partageait un dessert à une table près de l'entrée. La femme détourna le regard, feignant l'indifférence, mais l'homme suivit Sonia des yeux et tourna même la tête sur son passage. Lalee ne put retenir un sourire. Instinctivement, elle tira sur sa robe. C'était une robe sans manches, noire et brillante, qui remontait le long de ses cuisses dès qu'elle faisait un pas. Sonia l'avait sortie de sa valise et la lui avait nonchalamment lancée. Lalee n'avait pas vu Sonia dedans, mais elle imaginait que la robe devait parfaitement épouser ses courbes et sa taille de poupée, tout en montrant ce qu'il fallait de ses longues cuisses blanches. Sur elle en revanche, la robe lui donnait l'impression d'avoir la poitrine tombante et le ventre trop rond. Elle se passa la main dans les cheveux. Au moins, ils sont propres, même s'ils bouclent aux mauvais endroits, se dit-elle en redressant les épaules.

Devant elle, Sonia avançait avec l'assurance d'une femme qui n'a jamais douté d'être à sa place où que ce soit. Des fauteuils blancs et ronds comme des coquilles d'œuf étaient alignés le long du vestibule tapissé de miroirs. Rambo apparut à l'autre bout de la pièce, pivotant sur son siège comme un enfant sur un tourniquet. Sonia le rejoignit, se pencha en avant et déposa un petit baiser sur sa joue. Il sourit de toutes ses dents. Lalee réprima une grimace. Sans vraiment savoir pourquoi, elle éprouvait une profonde aversion pour lui. Il portait ses habituelles lunettes aviateur à monture dorée, une chemise satinée et des mocassins brillants à bout pointu. Laissant Sonia et Rambo à leur tête-à-tête, Lalee jeta un coup d'œil aux deux vigiles en costume noir qui l'ignoraient poliment. Elle hésita à leur demander où se trouvaient les toilettes, mais en voyant le soin qu'ils prenaient à éviter son regard, elle comprit qu'ils savaient exactement qui elle était, comme si son activité était imprimée sur chaque centimètre carré de sa peau. Elle se mit en marche d'un pas décidé, déterminée à trouver son chemin toute seule. Elle emprunta un couloir et suivit un groupe de jeunes filles qui gloussaient bruyamment en s'échangeant des blagues en anglais. Elle attendit son tour devant la porte, puis entra. Il y avait un canapé dans un coin, des lavabos en granit noir surmontés de grands miroirs éclairés par des spots diffusant une lumière douce et flatteuse. À côté du canapé trônait un palmier Areca dans un pot doré. Lalee se regarda dans le miroir et prit une profonde inspiration, s'appuyant des deux mains sur le rebord du lavabo. Elle avait du mal à affronter son reflet dans cet immense miroir à la surface impeccable. Fermant les yeux, elle essayait de respirer lentement quand quelqu'un lui donna une petite tape sur l'épaule.

– Dépêche-toi, les clients attendent, dit Sonia.

Lalee la suivit en évitant les regards, gardant les yeux fixés sur la blondeur éclatante de Sonia au milieu de cette mer de visages bruns. Elles entrèrent dans une salle de restaurant où chaque table était enveloppée d'un doux cocon de lumière. Des serveurs en livrée virevoltaient de l'une à l'autre comme des abeilles. Sonia se dirigea vers un coin de la salle où deux hommes étaient confortablement installés sur un canapé en cuir marron. Elle se pencha en avant et enlaça l'un d'eux, un gros homme d'une cinquantaine d'années, auquel elle chuchota quelque chose à l'oreille. Tous deux se mirent à rire. Sonia se redressa et fit signe à Lalee d'avancer.

– C'est mon amie, dit-elle en se laissant tomber sur le canapé.

Lalee sourit et vint s'asseoir à côté du deuxième homme.

Une assiette de frites était posée sur la table basse. Lalee hésita à tendre le bras pour en attraper une, mais les frites froides étaient aussi peu appétissantes que les deux hommes à côté d'elle.

Il y avait aussi une bouteille de vin mousseux dont le goulot était enveloppé d'une serviette blanche dans un seau à glaçons. Malgré la climatisation, des gouttelettes de condensation roulaient le long du verre. Lalee en essuya une avec le doigt. Son voisin se racla la gorge en touillant les glaçons de son whisky. Retirant sa main de la bouteille, elle se tourna vers lui en souriant. Elle avait du mal à déterminer son âge, sans doute pas loin de la quarantaine. Ses vêtements étaient plutôt ordinaires, il portait des lunettes et ses cheveux clairsemés étaient plaqués vers la gauche. Il la regarda et sourit en rajustant ses lunettes. *Il ressemble à une sorte de laquais*, pensa-t-elle. Le gros homme qui continuait à chuchoter à l'oreille de Sonia semblait être le patron. Lalee ressentit une soudaine inquiétude. Sonia avait le meilleur client, celui qui rapporterait le plus.

L'odeur des restes froids étalés sur la table lui parvint aux narines. Pourquoi les gens commandaient-ils à manger, qui plus est dans un endroit aussi chic, si c'était pour ne pas y toucher ? La galette qu'elle avait avalée un peu plus tôt ne l'avait pas vraiment rassasiée. Elle se demanda si quelqu'un allait commander autre chose.

– Maity, viens là, dit le gros homme en tournant la tête sur le côté.

Lalee pivota et aperçut Rambo derrière un palmier. Le client se redressa et lui fit signe d'approcher. Désarçonné, Rambo sourit bêtement et s'avança en traînant un siège.

– Pile à l'heure, hein ? Et tu nous as dégoté du blanc et du noir. Joli contraste, rit l'homme.

Sonia détourna un instant les yeux, le sourire figé. Lalee observa le client, la manière dont il parlait à Rambo, d'une voix calme, mais avec autorité. Il avait visiblement l'habitude qu'on lui obéisse sans avoir besoin de hausser le ton. Probablement un peu plus vieux que son ami, autour de la cinquantaine, il n'était pas gros mais un peu enveloppé, avec un visage rond. Il portait une chemise pâle, les manches remontées jusqu'aux coudes, avec au poignet une élégante montre chromée.

Sonia s'était lovée dans ses bras comme une lapine dans son terrier. *Cette femme est semblable à un liquide*, songea Lalee ; en présence de n'importe quel homme, elle avait cette capacité à épouser le corps de l'autre. Lalee ne pouvait s'empêcher de se demander quel genre d'escort-girl Sonia était, et à quel point elle pouvait la surpasser.

Sonia tendit le bras vers la bouteille de vin.

– Oh, du Cava, fit-elle.

Comme par magie, un jeune serveur en chemise blanche, gilet noir et nœud papillon surgit devant les deux jeunes femmes avec deux verres à vin.

– Un rhum, commanda Rambo.

– Voulez-vous du Coca avec, monsieur ?

– Non, juste des glaçons.

Le gros homme ôta son bras des épaules de Sonia et poussa l'assiette de frites vers Lalee.

– Vous pouvez m'appeler monsieur Ray, dit-il. Lalee, c'est ça ?

– Euh, oui… merci.

Ray leva la main et un autre serveur apparut pour remplir les verres.

– Et voici mon associé, Shamik. Un garçon brillant. Je suis sûr que l'une d'entre vous va passer un très bon moment avec lui ce soir, dit Ray.

Shamik lança un clin d'œil à Lalee.

– Tous les détails ont été réglés, Maity ? s'enquit Ray.

– Oui, monsieur. Bien sûr. Avec nous, vous n'avez aucun souci à vous faire. Tout est organisé. On est à votre service du début à la fin, répondit Rambo avec déférence.

– Formidable. Et maintenant, peut-être que vous pourriez aller finir votre verre ailleurs, avec vos amis, Maity ? dit Ray avec flegme.

Rambo cligna des yeux plusieurs fois, peinant visiblement à trouver l'attitude à adopter.

– Bien sûr, monsieur, bien entendu. Et donc, on se voit plus tard ? demanda-t-il, ce à quoi Ray ne jugea pas nécessaire de répondre.

Comme plus personne ne lui prêtait attention, Rambo s'éloigna. Avant de disparaître, il adressa à Lalee un pouce en l'air.

24

Rambo sortit fumer une cigarette devant l'hôtel. Ces temps-ci, il essayait différentes marques. D'abord les Marlboro, mais les blanches, c'était comme avaler de l'air, et les rouges avaient le même goût que le plus mauvais tabac à rouler indien. Quant aux Camel, il ne savait pas si c'était à cause de l'image sur le paquet, mais il avait l'impression de fumer de la merde de chameau. Depuis peu, il était passé aux India Kings, et pour le moment le patriotisme semblait lui réussir. Il avait remarqué que depuis qu'il gagnait mieux sa vie, son corps était devenu plus sensible : il supportait moins bien les fortes chaleurs, les odeurs et les goûts déplaisants, et ainsi de suite – luxe qu'il n'avait jamais pu se permettre avant. Être riche est toute une expérience existentielle, commençait-il à comprendre ; à la fois physique, émotionnelle et spirituelle. Il alluma une India Kings spécial filtre extra-longue, avec un briquet en forme de dragon qui crachait du feu en chantant « *London Bridge is falling down, falling down, falling down, London Bridge is...* ». Soufflant un rond de fumée parfait, Rambo se mit tranquillement en marche.

Les gens normaux s'imaginent que la prostitution se borne à des zones bien délimitées dans la ville, songea-t-il ; *des endroits qu'ils évitent ou ne veulent pas voir, ou bien dans lesquels ils s'aventurent de temps à autre.* Mais pour quelqu'un comme lui, la ville entière était parsemée de points rouges, bien plus nombreux et disséminés que la plupart des gens ne le soupçonnaient. Les prostituées vont partout. C'était Sonia qui lui avait dit ça : « Rambo chéri, les putes, elles vont parrrtout », avait-elle susurré en roulant les « r ». Il sourit à ce souvenir. C'était une bonne réplique, qu'il ne s'était pas privé de répéter d'ailleurs, et c'était vrai. Par exemple, le trottoir sur lequel il marchait en ce moment même n'était pas seulement situé dans un quartier chic, avec ses nombreux bars et restaurants réputés. C'était aussi l'antichambre d'un immense bordel.

Il continua en direction de Mirza Ghalib Street en évitant les nids-de-poule et les enfants qui le suppliaient d'acheter des chewing-gums, de l'encens et des babioles dont il n'avait que faire, puis il s'arrêta devant un petit kiosque sur le trottoir. Le vendeur de *paans* faisait de bonnes affaires dans cette rue ; les feuilles de bétel fourrées coûtaient le double de ce qu'on payait partout ailleurs et elles étaient agrémentées de tout un éventail de bouillies ultra sucrées aux arômes artificiels et à l'aspect plastifié. Rambo aimait bien s'arrêter là. Le *paanwallah* finissait par le connaître, à force ; ils étaient tous les deux aux trottoirs de Park Street ce que les vieux majordomes sont aux demeures huppées ou les concierges discrets aux grands hôtels de New York. Ce kiosque-ci, situé dans Mirza Ghalib Street, juste en face de Karnani Mansion, était l'un des points de chute favoris de Rambo, comme d'à peu près tous les maquereaux du quartier qui se respectaient.

Lakshmi Pandey, le vendeur de *paans*, gardait toujours un œil attentif sur ce qui se tramait dans l'immeuble d'en face. Il accueillit Rambo avec un large sourire et, avec l'aplomb d'un faiseur de miracles, il se mit à préparer une feuille de bétel sucrée. Puis il releva la tête et se fendit d'un sourire plus large encore.

– Oh, *aaiye*, *aaiye*, *sahib*. Vous aviez oublié votre vieux serviteur ! s'exclama-t-il.

Rambo Maity, qui fumait pensivement en contemplant les sombres entrailles de Karnani Mansion, se retourna pour voir qui était le nouveau client préféré de Pandey.

Samsher Singh était assis dans une Jeep de la police, vitre baissée, à côté d'un homme chauve et dodu à la moustache tombante, en qui Rambo reconnut instantanément l'inspecteur en chef du commissariat de Park Street, un certain Bose. Derrière eux se trouvait le vieil adjoint de Samsher, Balok Gosh.

– Ah, Maity, lança Samsher d'un ton bougon.

– Ça alors, ça fait un sacré bail, Maity, enchaîna Bose, qui était visiblement de meilleure humeur que son collègue. Les affaires marchent bien, à ce qu'il paraît ? Vous ne venez plus dormir chez nous, crier et donner des coups de pied ? C'est pas gentil ça, d'oublier ses vieux amis. Vous devriez passer nous voir de temps en temps, nous tenir un peu au courant des dernières nouvelles. Sinon, on va devoir aller les chercher par nous-mêmes, et c'est trop de travail, pas vrai ? gloussa Bose. Ce serait jeter l'argent du contribuable par la fenêtre. Hein, Maity ?

Rambo n'avait jamais pu encadrer l'inspecteur Bose. Ce n'était pas seulement parce qu'ils jouaient dans des équipes adverses. Rambo connaissait de nombreux policiers – certains étaient des clients, voire des amis. Mais il y avait chez l'inspecteur Bose un côté sournois qu'il détestait. Les hommes comme lui sont pourris de l'intérieur.

– Je suis votre humble serviteur, dit Rambo en affichant un faux sourire. Si je peux faire quoi que ce soit, surtout…

– Oh, stop ! l'interrompit Samsher. Vous ne nous parlez que quand vous avez besoin de sauver votre peau.

Rambo se demandait ce qui était arrivé à Samsher pour qu'il soit de si mauvais poil.

– Enfin bon, qu'est-ce que vous fabriquez dans les parages ? reprit Samsher en adressant un signe de tête à Pandey. (Le jeune employé du vendeur s'approcha avec des *paans* et un paquet de cigarettes Gold Flake.) Mets-nous aussi deux Pepsi, Pandey, ajouta-t-il en direction de celui-ci. Il fait une chaleur à crever aujourd'hui.

– J'ai quelques affaires à régler, c'est tout, répondit Rambo. Il faut bien faire bouillir la marmite.

– Eh bien, allez la faire bouillir ailleurs. Karnani Mansion et tout le business qui va avec, c'est fini.

– Vous ne pouvez pas laisser un seul endroit tranquille ? dit l'inspecteur Bose. C'est une rue historique, une icône de notre belle ville et là aussi, il faut que vous y mettiez vos sales pattes ?

– Inspecteur, dit Rambo, le business de Park Street, ça ne date pas d'hier. C'est la réalité, je n'y peux…

– Vous êtes pires que des rats, le coupa Bose en balayant l'air de la main. Je veux dire, c'est un bâtiment ancien, poursuivit-il en gobant un *paan*. Probablement construit par un de ces vieux abrutis de Britanniques. Et vous, qu'est-ce que vous faites ? Vous en faites un bordel. Le moindre mètre carré devient un bordel, avec vous. C'est lamentable. On avait condamné un de ces appartements, là-bas, et qu'est-ce qui s'est passé, hein, Balok-*da* ? Dites-lui ce qui s'est passé, dit Bose en buvant une gorgée de Pepsi avec une paille blanche.

Assis à l'arrière de la Jeep avec un vieux fusil rouillé, Balosh Ghosh se pencha en avant.

– Je ne vais rien lui apprendre, chef. Il est déjà au courant. Ils sont tous au courant de ce qui se passe dans cet endroit.

– Vous avez sûrement raison. *Sala*, un de vos collègues avait organisé tout un trafic là-dedans et les voisins se plaignaient. Il se trouve que finalement, la maquerelle a réussi à obtenir du juge qu'on lui rouvre l'appartement. Les voisins ont fait poster des agents de sécurité à tous les étages, mais quelqu'un les a payés pour qu'ils ferment l'œil quand les clients venaient. Alors ils ont fait barricader les portes de l'immeuble à 20 heures tous les soirs. Mais maintenant, *sala*, les clients passent par ce couloir-là, à côté, ils grimpent l'escalier, enjambent une fenêtre cassée et escaladent la corniche pour entrer dans l'appartement.

Bose but une longue gorgée de Pepsi.

– Quelle corniche ? demanda Rambo en se retournant vers la façade.

– Là, juste au-dessus du Mocambo.

– Non ?! s'étonna Rambo d'un air admiratif.

Quoiqu'un peu vieillot, le Mocambo était l'un des restaurants les plus réputés de Calcutta.

– Si, et maintenant, non seulement les voisins se plaignent, mais aussi les propriétaires du restaurant et leurs clients. Vous savez jusqu'où va la queue devant le Mocambo, d'habitude ?

– Chef, dit Balok Ghosh en se raclant la gorge, pardonnez-moi de vous couper la parole, mais je voudrais dire quelque chose.

– Bien sûr, bien sûr, nous sommes en démocratie, allez-y, dit l'inspecteur Bose.

– Ces voisins, chef, ils ont quand même du culot. Ils se plaignent, mais la moitié d'entre eux participe au trafic.

– Allons, allons, Balok-*da*, ne dites pas des choses comme ça, l'interrompit Bose. Vous risquez de vous retrouver avec un procès en diffamation. J'ai vu des familles tout ce qu'il y a de plus respectables ici, de vieilles familles, de vieilles grand-mères.

– Oui, chef, elles vivent là depuis des générations, mais combien paient-elles de loyer ? Pas plus de deux cents roupies. Alors que nulle part ailleurs dans cette ville vous ne trouverez de grands appartements comme ça en dessous de sept ou huit mille.

Balok Ghosh était lancé. Ce genre d'injustices le mettait hors de lui. Il était réconfortant de se dire que la demeure dans laquelle ces riches se prélassaient pour trois fois rien n'était en réalité qu'une espèce de taudis infesté de rats, bien connu d'une certaine frange de la population comme un antre de la luxure. Après tout, ils n'avaient pas tellement de raisons de se plaindre. Ils ne payaient pas aussi cher que lui de loyer.

– C'est pas faux, dit Bose. Les propriétaires pourraient se faire des millions, des millions, je vous le dis.

Rambo avait envie de s'esquiver, mais il ne voyait pas comment le faire poliment. Il hésita un instant mais finit par rester. Samsher Singh regardait de l'autre côté de la rue. Il n'avait pratiquement pas ouvert la bouche depuis le début de la conversation et Rambo se demanda ce qu'il faisait là. Park Street était dans le secteur de Bose, tandis que celui de Singh était plus au nord. Rambo savait que les deux policiers étaient amis, comme peuvent l'être deux hommes à l'intégrité douteuse faisant le même boulot dans la même ville. Il n'était probablement pas là pour le travail, mais pour boire un verre chez Oly Pub.

– Et qu'est-ce qui vous amène ici, inspecteur ? demanda Rambo.

– Oh, voyez-vous ça ! s'exclama Bose, les yeux pétillants. Voilà qu'on nous interroge ! Hein, Maity ? Vous croyez que ces rues vous appartiennent ? Vous avez les yeux plus gros que le ventre, mon garçon. Des comme vous, on en a cinq par jour au commissariat.

– Non, bien sûr, dit Rambo avec déférence. Je ne voulais pas vous manquer de respect, je voulais juste…

– On fait de la reconnaissance de terrain. Vous savez ce que ça signifie, Maity ?

Samsher se racla la gorge et se tourna vers son collègue en fronçant les sourcils. Bose leva une main en l'air.

– Bah, c'est pas un grand secret, autant lui dire. S'il en parle à ses petits copains, c'est autant derrière lesquels on n'aura pas à courir. J'ai mal à la hanche quand il commence à pleuvoir. J'ai pas la force de faire des kilomètres.

– Tu devrais aller voir ce vieux *baba* que ma mère a trouvé, dit Samsher. Il fait des remèdes aux plantes. Les gens viennent le consulter de très loin.

– Tu sais que certains de ces *babas* ont des trucs vraiment puissants ? répondit Bose avec enthousiasme.

Des herbes magiques, ça vient d'Afghanistan, par là. Tu en prends un tout petit peu, et ton pénis reste en l'air pendant cinq heures, parfois même douze. Comme la tour Eiffel !

– Quoi ? Mais d'où tu sors ces conneries ? dit Samsher.

Samsher Singh n'en pouvait plus. Il regarda Rambo d'un air excédé.

– Vous savez ce qui se passe dans vos rues, ou pas ? Je vous l'ai dit l'autre jour, vous avez intérêt à jouer franc-jeu avec moi. Je ne sais pas pourquoi je perds mon temps avec vous. Tout le monde le sait, vous et vos semblables, vous êtes les pires menteurs qui soient.

– Mais, sergent, j'ai jamais…

Samsher leva une main.

– Épargnez-moi ça, Maity. Une marche aux flambeaux va avoir lieu à Sonagachi même d'ici peu. Et vous ne vous êtes pas dit que c'était la peine de m'en parler ? Heureusement que j'ai d'autres informateurs. Même si pas un d'entre vous n'est digne de confiance.

– Quoi ? dit Rambo, franchement désemparé.

– Ah, dit l'inspecteur Bose en crachant un gros mollard de jus de bétel rouge sur le trottoir. Vous n'étiez pas au courant, hein ? Les putes de Sonagachi ont organisé un défilé dans les rues, avec des bougies, pour protester contre le meurtre de cette fille, là. Comment elle est morte, déjà ? demanda l'inspecteur en se tournant vers Samsher.

– Acide, marmonna celui-ci en retour.

– Ah, à l'ancienne. On se croirait dans les années 1990. Tu te rappelles, Singh ? Tous les deux mois, on avait une attaque à l'acide. Que des histoires de disputes amoureuses et de jalousie.

– Qu'est-ce que tu en sais, toi, d'abord ? lança Samsher. T'étais déjà dans les beaux quartiers, avec les riches hommes d'affaires et les call-girls de luxe. Avec les petits avantages qui vont avec, et les contacts. Pratique pour faire rentrer son neveu à St Xavier. Dans mes rues à moi, j'ai des putes qui se font tuer tous les mois.

– C'est ce que tu crois, l'interrompit Bose. Moi aussi j'ai des problèmes. T'as pas entendu parler de cette affaire de viol, le mois dernier ?

– Laquelle ? Il y en a tellement que je n'arrive plus à suivre.

– *Arrey*, tu sais, celle qui a fait la une des journaux. Et je peux te dire que cette femme ne va pas en rester là. On ne voulait pas ouvrir d'enquête préliminaire au début, naturellement. Une Anglo-Indienne qui va dans une boîte de nuit, qui rentre en voiture avec un type, et tout à coup elle veut qu'on croie que c'est un viol. Qui peut avaler une histoire pareille ? Évidemment, on lui a fait comprendre que ce n'était pas possible, mais elle nous a menacés d'en parler aux médias, donc on a été obligés de prendre sa plainte.

– Oui ? Et alors ?

– Si seulement ça en était resté là. Mais non, elle veut absolument en faire tout un foin. Elle dit qu'ils l'ont violée à plusieurs, mais les gens qu'elle accuse sont puissants, alors bien sûr ça attire l'attention. Et elle a deux filles.

– Qu'est-ce que faisait une mère de deux enfants dans une boîte de nuit de Park Street avec des hommes, franchement ? marmonna Samsher.

– Exactement. Et tu sais ce qu'a dit l'élue de la circonscription ?

– Qu'est-ce qu'il a dit ?

– Elle. Elle a dit qu'il s'agissait probablement d'un malentendu entre une dame et son client.

Tiens, pensa Rambo, *les prostituées insistent rarement pour porter plainte, d'habitude.*

L'inspecteur Bose alluma une cigarette, sortit son téléphone et se tourna vers Rambo.

– Attendez une minute, dit-il avec sa cigarette au coin de la bouche. Je crois que j'ai une photo d'elle quelque part. Là, la voilà.

Dès qu'il s'était rapproché de Bose, Rambo avait compris pourquoi il était aussi bavard : il sentait le whisky à plein nez. Rambo connaissait la marque de son whisky préféré, Royal Challenge. Il faut bien être fidèle à quelque chose, même si ce n'est qu'à une marque d'alcool. Rambo tendit le cou vers l'écran en prenant soin de ne pas marcher dans le crachat rouge de jus de bétel.

– Non, je ne pense pas l'avoir vue, dit-il. Mais je ne connais pas tout le monde. Il y a de nouvelles filles tous les jours.

– Tous les jours ? répéta Samsher en fronçant les sourcils.

Rambo se figea. Même s'ils étaient au courant et fermaient les yeux, et qu'une grande partie des affaires conclues dans le milieu dépendait de leur discrétion, il y avait des choses dont on ne parlait pas ouvertement avec des policiers. Sauf quand ils étaient, si l'on peut dire, activement impliqués dans le business. Dans le cas présent, Rambo préférait que la conversation s'oriente dans une autre direction.

– Non, sa tête ne me dit vraiment rien.

Heureusement, Samsher laissa passer.

– Et donc, reprit Bose, dès que cette idiote de députée a fait ce commentaire, les féministes sont montées au créneau, et la victime aussi. Non mais franchement, une victime de viol qui n'a même pas honte. Qui ne cherche même pas à se cacher ou à oublier ce qui lui est arrivé ni rien. On dirait qu'elle veut absolument que tout le monde soit au courant. J'ai jamais vu un truc pareil. Et bien sûr, les médias et ces lesbiennes de féministes en font leur beurre, ricana-t-il. Ils la soutiennent, ils sont à fond derrière elle, et c'est sur nous qu'on met la pression pour mettre la main sur ces hommes. Apparemment, il y aurait des vidéos de surveillance. Aucune honte, poursuivit-il. Non monsieur. Elle refuse de lâcher le morceau. Il n'y a plus aucune pudeur…

Samsher marmonna quelque chose que Bose ne comprit pas.

– Hein ?

– Je dis, répéta Samsher, que ça ne serait quand même pas tout à fait normal si c'était elle qui devait se cacher.

Bose écarquilla les yeux.

– Qu'est-ce que tu veux dire ?

– Eh bien, elle a été violée et torturée, et elle devrait aller se cacher ? Ça n'a pas de sens. Oui, oui, je sais que c'est ce qui se passe d'habitude, mais logiquement, si ces types contre qui elle porte plainte l'ont agressée, ça devrait plutôt être à eux d'aller se cacher, non ?

Bose dévisagea Samsher et éclata de rire.

– Vous entendez ça, Balok-*da* ? Votre chef a perdu la boule. Bientôt, il va rejoindre le mouvement de libération des lesbiennes, ma parole ! Il va partir secourir toutes les filles de Sonagachi, et qu'est-ce que vous allez devenir vous autres, hein, Balok-*da* ? Vous n'aurez plus que vos petits salaires pour vivre ! s'esclaffa Bose, tout seul.

25

Lalee n'avait jamais vu une chambre pareille. Un immense lit trônait au milieu de la pièce, dans des tons crème et dorés d'une parfaite élégance. Deux sièges et une grande table en bois étaient installés devant la baie vitrée qui donnait sur la ville et ses lumières. Lalee s'avança et regarda Park Street en contrebas, ses enseignes lumineuses, ses feux de circulation et ses taxis ocre longeant le trottoir. Elle avait l'impression d'être un fantôme caché dans les recoins sombres de la ville.

M. Ray enleva ses chaussures, s'approcha de la table et se versa un whisky. Lalee se retourna. Un autre verre était posé sur un petit napperon en papier à côté de la bouteille et d'une coupelle en métal brillant remplie de gros glaçons. M. Ray servit Lalee et poussa le verre dans sa direction.

– Je déteste les minuscules bouteilles qu'ils vous servent d'habitude, dit M. Ray. Au moins, ici, ils connaissent mes goûts.

En s'asseyant sur le lit, Lalee eut l'impression agréable de s'enfoncer dans un cocon moelleux. Le matelas était épais, et les draps faits du coton le plus doux. Elle passa sa main sur le somptueux tissu. L'extrémité de la couette était repliée et soigneusement rentrée sous l'épaisseur du matelas. Lalee ne voyait pas quelle en était l'utilité. Il semblait qu'il allait falloir tirer dessus pour s'en servir. M. Ray la regardait fixement tout en sirotant son whisky. Elle se leva et commença à enlever sa robe.

Il se dirigea vers l'autre coin de la pièce et s'assit dans un fauteuil éclairé par une haute lampe à pied dont la lumière jaune se reflétait dans ses lunettes. Il lui adressa un léger sourire.

– Rien ne presse. On a le temps, dit-il en pointant son verre resté sur la table. J'espère que vous aimez le whisky ? Il paraît que les dames n'aiment pas trop ça, mais je ne connais rien d'autre qui soit buvable.

Lalee, qui avait déjà fait passer la moitié de sa robe par-dessus ses épaules, ne savait pas s'il valait mieux l'enlever complètement ou la remettre. En la voyant hésiter, M. Ray eut un petit rire. Elle renfila sa robe et attrapa le verre.

– Détendez-vous. (Lalee se rassit sur le lit.) Je déteste me presser. Les très riches et les très pauvres, ils peuvent aller à la vitesse qu'ils veulent. Ce sont les hommes comme moi qui courent tout le temps à droite et à gauche.

Lalee avait du mal à croire que M. Ray courait beaucoup – il avait quand même l'allure d'un homme riche. Ses vêtements n'avaient rien d'extraordinaire, il était plutôt petit et bedonnant, mais il semblait sûr de lui. Comme s'il n'avait aucun doute sur sa place en ce monde, et rien à prouver à personne. Lalee n'avait pas rencontré beaucoup d'hommes comme ça à Sonagachi. Elle avait connu des désespérés, des pauvres, des brutes et d'autres qui se vantaient d'avoir du pouvoir, mais jamais d'hommes véritablement puissants. Ils étaient dans d'autres lits, avec d'autres femmes, comme Sonia ou Mohamaya.

Elle sourit et prit un air intéressé en se rappelant que tous les hommes quels qu'ils soient aiment que les femmes les écoutent attentivement.

M. Ray but quelques gorgées de whisky et reposa doucement son verre sur la table.

– Parlez-moi un peu de vous, de votre histoire, dit-il.

Lalee sentit ses muscles se contracter mais s'efforça de garder le sourire. Il y en avait toujours un ou deux qui voulaient qu'elle leur raconte sa vie. La satisfaction se lisait aisément sur leurs visages. Pour certains clients, il y avait d'autres plaisirs que la simple possession de la chair. Ils voulaient plus – un nom, une histoire, un récit. Quelque chose qui ne leur appartenait pas ; quelque chose qui n'avait pas de prix. Lalee avait sa façon à elle d'honorer ce genre de demande, quand un simple refus ne suffisait pas. Elle avait des tas d'histoires en réserve, pour les clients attendris comme pour les dévoués travailleurs sociaux. Certaines étaient les siennes, les autres auraient tout aussi bien pu l'être.

– Qu'est-ce que vous voulez dire, mon histoire ? demanda-t-elle en buvant une gorgée de whisky.

– Qui vous êtes, quel est votre vrai nom, comment vous en êtes venue à cette... vie, dit-il en levant légèrement son verre dans sa direction.

– Je crains que ça ne plombe l'ambiance, dit Lalee. La plupart des messieurs ont d'autres activités en tête.

M. Ray gloussa de nouveau puis se leva, défit sa ceinture et sortit le bas de sa chemise de son pantalon. Lalee crut y voir un signal. Mais il se rassit confortablement dans son fauteuil et reprit son verre.

– Continuez, dit-il.

– Mon vrai nom, c'est Jigri. (M. Ray leva un sourcil.) Je suis d'un petit village du Jharkhand. Je suis... arrivée ici quand j'étais petite.

– Qui vous a amenée ?

Lalee marqua une pause, cherchant à savoir si c'était de l'empathie ou de l'excitation qu'elle lisait dans son regard. Les travailleurs sociaux et les journalistes posaient cette question pour certaines raisons, les clients pour d'autres. L'histoire de la prostituée pouvait très bien faire partie de l'expérience érotique. Pendant que les clients buvaient ses paroles, elle avait l'impression qu'ils se masturbaient émotionnellement. Mais elle n'arrivait pas à classer l'expression indéchiffrable de M. Ray dans une catégorie. Elle se demanda s'il était différent, s'il était possible qu'il soit meilleur.

– Qu'allez-vous faire de mon histoire ? Un article ? dit-elle en riant maladroitement.

Il se contenta de lui adresser un sourire.

Lalee s'assit au bord du lit en se rapprochant du fauteuil de M. Ray.

– Racontez-moi, murmura-t-il.

Il attrapa une mèche de ses longs cheveux noirs qu'il examina attentivement, comme s'ils avaient un intérêt scientifique.

– Eh bien, c'est un peu la même histoire que celles des autres filles qui atterrissent à Sonagachi. Je suis née dans un petit village, et mon père était fermier. J'étais l'aînée. J'avais trois sœurs et un frère, tous très jeunes quand mon père s'est suicidé.

– Pourquoi ? demanda M. Ray en fronçant les sourcils.

– L'histoire classique. Il y a eu la sécheresse, mon

père a emprunté de l'argent, puis ça a été pareil l'année suivante et les dettes se sont accumulées jusqu'à ce qu'il ne puisse plus rembourser ou même nous nourrir. Je me souviens comme on avait faim.

M. Ray but une autre gorgée, le front plissé.

– Après sa mort, ma mère m'a envoyée ici vivre avec ma tante, pour trouver du travail, peut-être comme domestique dans une maison. C'était la première fois que je rencontrais cette tante. Un jour, elle m'a dit qu'on allait rendre visite à des parents qui m'aideraient à trouver du travail, et elle m'a amenée à Sonagachi. Elle m'a laissée là en disant qu'elle reviendrait me chercher le soir.

– Et ?

– Le soir est tombé, mais elle n'est jamais revenue, enchaîna savamment Lalee. J'ai attendu toute la nuit, et j'ai pleuré toute la journée du lendemain. Les habitantes de la maison où elle m'avait amenée, une femme d'une quarantaine d'années et deux jeunes filles, étaient gentilles avec moi au début. Elles m'ont dit que ma tante m'avait vendue pour cinq mille roupies et que l'argent irait à ma famille pour nourrir mon frère et mes sœurs, que peut-être mon frère pourrait aller à l'école et avoir un bon travail et que c'était pour le mieux. Mais quand elles ont vu que je n'arrêtais pas de pleurer, elles ont commencé à me frapper. Jamais sur le visage, les cuisses ou l'estomac – il y a des règles là-dessus dans les maisons closes. Elles me donnaient des coups de canne sur les tibias et les mollets, parfois sur le dos.

Elle s'arrêta, mais M. Ray garda le silence. Il se leva pour remplir son verre, même s'il ne l'avait pas encore fini.

– Et ? demanda-t-il d'une voix douce.

– D'abord, je ne savais pas ce qui allait m'arriver. Ça m'a pris un peu de temps, j'étais jeune, mais ce n'était pas très compliqué à comprendre finalement. Au début, je pleurais, je suppliais ces hommes qui venaient me voir de partir, de ne pas me toucher. Ils riaient parfois, mais la plupart me frappaient. C'étaient des hommes pauvres. Des marins, des camionneurs, des ouvriers, qui payaient avec de l'argent gagné à la sueur de leur front. Ils n'allaient pas me laisser filer comme ça.

M. Ray prit le verre de Lalee et le remplit de whisky. Elle n'avait eu le temps d'en boire que deux gorgées, mais il était déjà à moitié vide.

– Continuez, la pria M. Ray en poussant le verre dans sa direction.

Lalee sourit intérieurement. Oui, c'était bien ce genre de clients-là.

– Un soir où il n'y avait pas beaucoup de clients, j'ai vu que la patronne s'était endormie devant la télé, à moitié saoule. Les jeunes filles ne faisaient pas attention à moi, alors j'en ai profité pour m'enfuir. Je n'avais aucune idée d'où aller. Je courais juste le plus vite possible. C'était l'hiver et il était tard. Et là, j'ai vu un policier. Je me suis précipitée vers lui et je lui ai tout raconté. Il m'a emmenée au commissariat en disant qu'il allait m'aider.

– Et alors ?

Lalee rit.

– À votre avis ? Lui et son collègue, ils ont profité de moi toute la nuit dans la réserve du commissariat. (Elle détourna les yeux.) Le matin, je suis retournée au bordel.

– Votre patronne, elle vous a battue ?

– Non. Elle n'était pas vraiment méchante. Elle me

nourrissait et m'apprenait des choses, elle essayait de me protéger, à sa façon. Elle ne m'a jamais demandé ce qui s'était passé.

– Incroyable, dit M. Ray.

– Vous croyez que j'étais la première à tenter de s'enfuir ? Beaucoup de filles s'échappent. Mais quand elles voient comment ça se passe dehors, elles reviennent. (Lalee attrapa son verre et but une gorgée.) Certaines réussissent même à retourner chez elles, mais leurs familles n'en veulent plus. D'autres sont plus intelligentes et ne gâchent pas leur énergie à fuir, en tout cas pas juste en prenant leurs jambes à leur cou sans savoir où aller.

Elle sourit en guise de conclusion, et posa une main sur la cuisse de M. Ray. Cette fois-ci, il n'opposa pas d'objection et se laissa faire d'un air distrait, en se penchant de temps à autre vers la table pour boire une gorgée de whisky. Au début, Lalee fut désarçonnée, puis elle s'habitua à la nature fragmentaire de leurs ébats. Il n'était pas mauvais amant mais manquait de passion, la traitant comme une simple curiosité capable de le distraire un instant, sans plus. Dès qu'elle cherchait à prendre le dessus, M. Ray s'en amusait un moment, mais finissait par reprendre le contrôle, parfois avec impatience. Après quelques tentatives, elle abandonna et le laissa faire.

Après coup, tandis que M. Ray ronflait sur le dos, Lalee resta un moment assise, les jambes allongées sur le lit. Il n'y avait pas si longtemps, elle aurait cru impossible de passer une nuit dans un endroit pareil. Combien pouvait coûter cette chambre ? Cinq mille, dix mille roupies la nuit ? Quinze ? Elle tourna la tête vers M. Ray, dont le torse se soulevait doucement sous la couette, et elle essaya d'imaginer comment ça pouvait être d'avoir autant d'argent à dépenser en une seule nuit. La plupart des filles qu'elle connaissait gagnaient moins que ça par mois. Et Mohamaya, combien gagnait-elle ? Allait-elle dans ce genre d'hôtels chics ? Depuis le meurtre, Lalee ne cessait de penser à la jeune femme qu'elle n'avait pas si bien connue, et à chaque fois elle sentait de la colère monter en elle. Ça aurait pu arriver à n'importe quelle fille. Ça aurait pu être elle. Pour la plupart des gens, les prostituées de Sonagachi étaient interchangeables. C'était l'argent qui faisait ça. Plus on s'habitue à en avoir, moins on se préoccupe de ce qu'on peut acheter avec.

Elle se leva sur la pointe des pieds en prenant soin de remettre les draps sur le large torse de M. Ray. Elle récupéra ses lunettes, restées en équilibre au bord du lit et les posa délicatement sur la table de nuit. Puis elle se servit un autre verre. M. Ray se tourna dans son sommeil en poussant un léger grognement.

Elle s'approcha de la baie vitrée et s'assit par terre, les genoux repliés sous le menton. Elle avait toujours envisagé Park Street comme un endroit joyeux et opulent. Même les prostituées d'ici avaient de plus beaux habits, de plus beaux cheveux, elles avaient de l'argent et des noms anglais. Mais à cette heure-ci, la rue n'avait pas fière allure. Depuis le cinquième étage, elle avait une vue dégagée sur les étages délabrés des vieux immeubles coloniaux vers lesquels les gens oubliaient de lever les yeux quand ils venaient dîner et boire un verre.

Les magasins et les restaurants chics du rez-de-chaussée avaient depuis longtemps baissé leurs rideaux. Sur le trottoir, des sans-abri étaient recroquevillés sous des couvertures et des journaux, détournant le regard de la gaieté tapageuse des fêtards qui émergeaient par intermittence de l'hôtel, tandis que des taxis jaunes remontaient lentement la rue à l'affût de passagers.

26

La porte était toujours ouverte. Vishal ne frappa pas ; il se contenta d'entrer. L'odeur familière le rendait toujours un peu mélancolique. Rien n'avait changé dans l'appartement. Il se demanda si son impression aurait été différente s'il était parti vivre ailleurs, pour étudier ou trouver un emploi, comme le faisaient tant d'autres dans cette ville où il n'y avait jamais assez de travail pour grimper dans l'échelle sociale. Serait-il devenu un autre homme, s'il avait quitté cette ville dans laquelle il avait grandi ? Son regard aurait-il changé au point de remarquer les toiles d'araignée et la patine jaunie des meubles anciens ? L'appartement de ses parents portait la mémoire de la petite communauté des Parsis de Calcutta, formant l'un des derniers bastions d'une culture qui menaçait de disparaître.

Sa mère et ses amies, Mmes Barwani, Mistry, Edulji et D'souza faisaient une partie de cartes autour de la petite table basse qui était déjà à la même place et tenait sur ses trois pieds avant sa naissance. Au cours des longues après-midi de jeu qui pouvaient s'éterniser jusque tard dans la soirée, Vishal s'était souvent demandé pourquoi elles pariaient des sommes aussi ridiculement basses, si on les comparait, par exemple, à la moindre des bagues qu'elles avaient aux doigts. Il avait mis longtemps à comprendre que c'était le plaisir de jouer et de passer du temps ensemble qui comptait, bien plus que le fait de gagner ou de perdre. C'étaient des femmes qui n'avaient jamais eu à travailler pour vivre, même si leurs journées étaient saturées de réunions, expositions et autres événements caritatifs à organiser.

– Comment ça va, *Ma* ? Pas le temps d'aller au temple d'Anjuman en ce moment ?

– Oh, tais-toi, dit sa mère en balayant mollement l'air de la main. Je suis au conseil d'administration, j'y vais tout le temps. Dis-moi, ce n'est pas aujourd'hui que Deepa passe à la télé ?

Vishal hocha la tête, mais il doutait que sa mère ait très envie de regarder.

– Alors allume. Papaji dort et il ne risque pas de se réveiller de sitôt.

Vishal alla dans la cuisine vider les sacs de provisions qu'il avait apportés. Comme tout dans cette maison, la cuisine était ancienne et regorgeant de recoins obscurs, avec des ustensiles dignes d'une galerie d'antiquités, le tout méticuleusement conservé. Vishal aimait remplir les placards de produits exotiques et coûteux qu'il était le seul à savoir où dénicher. Il espérait que *Ma* Currimbhoy appréciait ses attentions, même si elle ne lui disait jamais rien.

Il retourna dans le salon, s'affala dans le canapé et alluma le poste en baissant le volume. Deepa était à la télévision.

– *Oh, arrêtez,* souffla Vidya Dehejia à l'écran. *Toutes ces maisons closes, le Lotus bleu et... et... l'autre, Nanda*

Ranir Bari, elles ont des cachettes au sous-sol où elles mettent les mineures dès qu'il y a une descente de police.

– *Donc d'après vous, madame Dehejia, on trouverait dans ces maisons closes un grand nombre de mineures victimes de trafiquants ?*

– *Absolument. Et tous ceux qui prétendent le contraire mentent. Mais bien entendu, la question est de savoir ce qui pousse les gens à mentir. Le trafic sexuel est un phénomène mondial et il est évident que beaucoup en tirent profit, y compris parmi ceux qui prétendent vouloir y mettre un terme.*

– *Je crois comprendre,* dit la présentatrice avec le sourire carnassier d'un requin, *qu'il s'agit d'un reproche qui vous est directement adressé, madame Deepa Marhatta.*

– *Depuis 1995, la coopérative des travailleuses du sexe de Sonagachi mène une veille sans relâche auprès des femmes pour s'assurer qu'elles ne travaillent pas sous la contrainte et vérifier qu'il n'y a pas de mineures parmi elles. En organisant ces descentes de police, vous délégitimisez leur profession, leur droit à se fédérer et leurs revendications en matière de droit du travail. Depuis des années, elles dépensent une grande partie de leurs ressources à faire passer aux femmes des scanners osseux permettant de déterminer leur âge, et elles passent beaucoup de temps à aller leur parler pour veiller à ce qu'elles aient bien l'âge légal et qu'elles soient là par choix.*

– *Par choix !* explosa Vidya Dehejia. *C'est facile de parler de choix quand on est à l'abri dans son petit cocon de privilégiée. Ces femmes n'ont pas le choix. Je répète, elles n'ont aucun choix. Aucune d'entre elles n'aurait choisi cette vie si on lui avait demandé son avis. Et c'est précisément pour cette raison qu'il faut continuer à multiplier les descentes de police et à tout faire pour sortir ces femmes de cet enfer. Il faut aller les chercher, les sauver et les aider à changer de vie, et c'est exactement ce qu'essaie de faire Nari Shakti Vahini.*

Une vague d'applaudissements s'ensuivit. La caméra se tourna vers le public qui assistait à l'émission et dont une grande partie s'était levée pour applaudir en répétant : « Vive Nari Shakti Vahini ! » La journaliste sourit et leva une main en l'air pour faire le silence.

– *Je crois qu'il n'y a pas de doutes sur ce que le public en pense, madame Marhatta,* dit-elle. *Et vous, qu'en pensez-vous ?*

– *Bien sûr, tout cela semble très louable quand on présente les choses de cette façon,* commença Deepa. *Mais en fin de compte, c'est de la bigoterie.*

– *De la bigoterie ? Voyez-vous ça !* s'exclama Dehejia.

La présentatrice lui fit signe de garder son calme.

– *Oui,* poursuivit Deepa. *Dans ce contexte, faire des choix est beaucoup plus complexe qu'on ne le croit à première vue. Alors oui, c'est vrai, beaucoup d'entre elles n'auraient pas « choisi » cette vie si elles avaient eu d'autres possibilités,* dit-elle en dessinant deux guillemets dans l'air. *Mais ces endroits où elles vivent, elles y sont aussi chez elles. Elles y ont fait* **leur** *vie, elles ont eu des enfants, parfois se sont mariées, c'est là qu'elles mangent, qu'elles dorment, qu'elles font vivre leurs familles. Ces chambres sont les seuls espaces sur lesquels elles ont un peu de contrôle, et les descentes répétées de la police ne sont qu'un moyen pour l'État de les opprimer…*

La foule se mit à siffler, et Vidya Dehejia sauta sur l'occasion.

– *Vous voyez ce que je veux dire ? Il y a des gens qui veulent que les femmes de Sonagachi restent là où elles sont, qu'elles continuent à être battues, à être assassinées, à être sexuellement exploitées. Il y a des gens pour qui jouer le rôle du sauveur est plus important que de sauver qui que ce soit.*

Parmi le public, les gens s'étaient levés et criaient en chœur « plus jamais ça », certains tenant des pancartes où était écrit #JusticeForMaya. Vidya Dehejia, qui refusait de croiser le regard de Deepa, se leva elle aussi, tandis que la présentatrice reprenait joyeusement son micro :

– *Ainsi se conclut notre débat du jour sur la réhabilitation des travailleuses du sexe dans notre société. Vous avez écouté les arguments de nos invitées, à vous maintenant de décider. Faites-nous partager votre opinion : faut-il porter secours aux femmes qui ont cruellement besoin de notre aide, ou bien faut-il « respecter leur choix » ? Appelez-nous ou envoyez-nous gratuitement un SMS au numéro qui s'affiche à l'écran…*

Vishal éteignit la télévision.

– Tu restes dîner, *beta* ? demanda sa mère en levant les yeux de ses cartes.

– Mets ton as, *Ma*, dit Vishal qui se levait déjà pour partir. Tu ne l'emporteras pas avec toi dans la tombe, tu sais.

Sa mère fronça légèrement les sourcils, concentrée sur le jeu. Les autres femmes chuchotaient entre elles, remontant leurs lunettes et réarrangeant leurs cartes en éventail en plissant les yeux.

– Tu viens dîner samedi ? demanda la mère de Vishal. Je le dirai à ton père.

– Pourquoi ? Tu vas encore chercher à me caser avec une de tes cousines, c'est ça ?

Elle lui jeta un coussin.

– Amène Deepa avec toi, évidemment, dit-elle en retournant à son jeu.

Vishal dit au revoir et referma la porte de l'appartement derrière lui.

27

Encore à moitié plongée dans le sommeil, Lalee entendit frapper à la porte. Il lui fallut un moment pour comprendre où elle était. Elle regarda autour d'elle et trouva deux billets flambant neufs de deux mille roupies sur la couette. Mais M. Ray s'était volatilisé.

Ses vêtements, sa culotte, son soutien-gorge et son sac en faux cuir écaillé juraient au milieu de la belle chambre. Elle enfila le peignoir qu'elle avait été secrètement enchantée de trouver dans le placard la veille au soir. Des murmures et des rires étouffés lui parvinrent de derrière la porte. Elle s'approcha, incertaine de ce qu'elle devait faire, et finit par ouvrir. Dans le couloir, deux femmes attendaient avec un chariot.

– On vient pour le ménage, madame, dit l'une d'elles en regardant Lalee de haut en bas.

Lalee ne comprenait pas ce qu'elle voulait dire.

– Changer les draps, laver la salle de bains, articula l'autre en pointant du doigt la chambre.

Lalee remarqua le regard complice que les deux femmes

échangèrent, le petit sourire qu'eut la plus grande avant de détourner la tête.

Elles savent qui je suis, pensa Lalee qui se sentit soudain toute petite en ce lieu étranger. Il y avait du mépris dans le regard de cette femme. Une expression qu'elle savait reconnaître entre mille. Elle se raidit. On ne la jetterait pas dehors.

– Revenez plus tard, lança-t-elle en anglais avant de claquer la porte.

Elle sortit son téléphone de son sac. Il y avait deux appels manqués de Rambo, et un de Madame Shefali. Elle ouvrit les rideaux dorés. Les fins voilages laissèrent entrer une douce lumière diaphane. La rue était encombrée par les embouteillages, mais on n'entendait que le paisible murmure de la climatisation dans la chambre. C'était tellement calme. Elle ouvrit les tiroirs et fouilla dans la trousse mise à disposition dans la salle de bains. Pouvait-elle emporter les petites bouteilles de shampoing, la brosse à dents, les chaussons en tissu éponge ? Ou est-ce qu'on l'accuserait de les avoir volés ? Les deux femmes de chambre risqueraient de la dénoncer. Elle préféra ne toucher à rien, et jeta un bref coup d'œil à cette baignoire qu'elle n'utiliserait jamais.

Son téléphone se mit à sonner. C'était Madame Shefali. Elle avait envie de ne pas répondre et de s'accorder encore quelques minutes de répit avant le retour à la réalité. Mais elle répondit. En cas de problème, Madame Shefali était la seule personne vers laquelle elle pouvait se tourner.

– Alors on travaille dur, dès le matin ? demanda cette dernière.

– Non, répondit Lalee. C'est juste que je me suis réveillée tard.

– Ah, très bien. Maintenant, prends tes affaires et descends dans le vestibule de l'hôtel. Chintu va passer te chercher.

– Le vestibule ? répéta Lalee.

– Oui, répondit Madame Shefali avec l'assurance d'une femme que ce mot avait désarçonnée, autrefois. C'est la grande pièce à côté de l'entrée principale. Assieds-toi là, le temps qu'il arrive. Personne ne te dira rien.

– Quand va-t-il arriver ?

– Il a… quelques affaires à régler d'abord. Il passera te chercher dès qu'il aura fini. Maintenant, sors de cette chambre. Tu ne me rapportes pas assez pour que je te paie une deuxième nuit d'hôtel.

Mais Lalee suspectait que si. M. Ray était un client riche et Madame Shefali savait y faire. Elle ne mentionna pas les deux billets qu'elle avait trouvés sur le lit, et éprouva une légère gratitude envers M. Ray ; le pourboire à lui seul dépassait de beaucoup son tarif habituel à Sonagachi.

*

En sortant de l'ascenseur, Lalee s'avança sur le sol en marbre blanc de l'hôtel et aperçut Sonia qui venait à sa rencontre d'un pas chaloupé. Elle se fondait parfaitement dans ce décor beige et or reflété à l'infini dans les miroirs qui tapissaient les murs. Lalee chercha Chintu des yeux. Cela faisait des années qu'elle le connaissait. Elle l'avait vu cogner les clients retors aussi bien que les filles et obéir aux ordres de Madame sans jamais sourciller. Lalee le haïssait de toutes ses forces, mais Chintu était aussi celui qui l'avait protégée, un jour, d'un client armé d'un couteau, prêt à lui casser les dents ou l'étrangler pour le simple plaisir de la voir souffrir. Les journaux étaient remplis d'histoires de chiens errants torturés, écorchés et brûlés vifs par pur sadisme. Lalee savait très bien de quels instincts ceux qui commettaient ces actes étaient faits. Elle avait plus d'une fois surpris cette même étincelle dans les yeux des clients. Chintu était parfois le seul rempart contre eux. C'était un drôle d'algèbre qui avait cours à Sonagachi ; l'algèbre du besoin.

Mais, en ce moment même, Lalee n'était pas à Sonagachi, Chintu restait invisible, et Sonia avançait vers elle avec l'œil du requin fondant sur sa proie.

– Viens, ma belle, la voiture est là. T'as passé une bonne nuit ? Moi oui, dit Sonia qui prenait déjà la direction de la sortie.

Lalee resta assise.

– Je dois attendre Chintu, dit-elle. Madame Shefali m'a appelée.

– Chintu est là, il nous attend dans la voiture. *Mere saath chalo*, articula Sonia en voyant que Lalee ne bougeait pas.

Sonia en savait visiblement plus qu'elle, et Lalee en fut agacée. Mais elle n'allait pas rester plantée là – les gens commençaient déjà à lui jeter des regards de travers.

Elle se leva à contrecœur, en colère contre Madame Shefali et Chintu qui n'avaient pas jugé bon de la prévenir. Pour la énième fois, elle se demanda si elle avait eu raison d'accepter la proposition de Madame Shefali. Mais elle n'avait pas vraiment eu le choix. Elle avait une dette envers elle – la dette qu'elle avait contractée quand Madame Shefali l'avait achetée. Mieux valait ne pas y penser. Peut-être que « l'étage » pourrait devenir un moyen de s'en libérer, ou au moins de vivre un peu mieux.

Sonia sortit d'immenses lunettes de soleil du sac à main en cuir bleu pâle qui pendait élégamment à son bras. À ses côtés, Lalee se sentait plus légitime, plus à sa place sur ce bout de trottoir, même en plein jour. Chintu arriva au volant d'une voiture noire et se gara devant elles. Sonia fit le tour pour s'asseoir à côté de lui, et fit signe à Lalee de monter à l'arrière.

En ouvrant la portière, elle découvrit Rambo Maity qui occupait une bonne moitié de la banquette. À côté de lui se trouvaient deux jeunes filles qui ne devaient pas avoir plus de douze ans. Elles étaient recroquevillées au fond de la banquette, l'une assise sur les genoux de l'autre. Elles étaient maigres et semblaient terrorisées. Lalee sut instantanément ce que cela signifiait. Sonagachi en avalait et en recrachait quotidiennement, des filles comme elles. Lalee avait été à leur place autrefois. Aujourd'hui, elle était d'une autre espèce. Elle s'était forgé une carapace, possédait les griffes et les crocs nécessaires pour survivre dans ce quartier. Mais voir leurs deux visages lui retourna l'estomac.

Ce sont des jumelles, réalisa-t-elle. Et plutôt jolies, derrière la saleté et les cheveux emmêlés. Elle eut envie de vomir à l'idée de ce qui les attendait. À l'avant, Sonia alluma la radio tandis que Chintu, comme à son habitude, restait muet.

Lalee se sentit submergée par une émotion qu'elle ne connaissait que trop bien. Elle se tourna rageusement vers Rambo.

– Qu'est-ce que ça veut dire ? Qu'est-ce que tu fais là et où tu les emmènes ?

Rambo recula en faisant mine d'avoir peur.

– *Arrey* madame ! Eh, on se calme, là. Elles vont au même endroit que toi. C'est les ordres de Madame Shefali.

– Dis-moi ce qui se passe, Rambo. Ou je te jure que je t'arrache les couilles. On va où ?

Le visage à moitié masqué par ses lunettes de soleil, Sonia se retourna.

– Calme-toi, Lalee. Tu auras très bientôt la réponse. Tu as passé le test hier soir. Félicitations.

Lalee essaya d'ouvrir la portière mais elle était verrouillée.

– Laissez-moi sortir ! hurla-t-elle.

Chintu soupira impatiemment à l'avant. Sonia baissa sa vitre et alluma une cigarette. L'air chaud de l'été s'infiltra à l'intérieur en se mélangeant doucement à la fumée. Les deux filles se mirent à toussoter derrière elle, mais Sonia continua à fumer comme si de rien n'était.

Lalee se tourna vers Rambo et leva le bras. Retirant ses lunettes de soleil, il lui saisit les poignets. Lalee remarqua qu'il avait un œil au beurre noir.

– La ferme, compris ? rugit-il. Tu as accepté les conditions de Madame Shefali, oui ou non ? Là, c'est la prochaine étape. Madame t'envoie chez un nouveau client.

– Elle m'aurait prévenue si c'était vrai ! s'exclama-t-elle en se raccrochant désespérément à sa colère pour ne pas céder au doute et à la peur qui étaient en train de l'assaillir.

– Tu crois ? rit Rambo. Détends-toi un peu. Madame Shefali a un gros client et elle a mis ses meilleures filles sur le coup. Tu vas te faire plein de pognon. Enfin, si tu te tiens bien. Tes manières de pute à deux balles, ça ne va pas le faire du tout là-bas. Ça pourrait même te tuer.

Lalee avait envie de le gifler, mais il lui tenait toujours fermement les poignets. Il se pencha vers elle.

– J'ai pas le droit de toucher à ton visage, murmura-t-il, sinon il te manquerait déjà une dent.

Lalee regarda les deux jeunes filles recroquevillées l'une contre l'autre dans le coin de la voiture. Elle libéra ses poignets et s'appuya contre le dossier. La voiture était silencieuse et glacée ; Sonia avait réglé la climatisation au maximum. Lalee réprima un frisson et ferma les yeux.

– Je vous demande juste de me dire où on va, essaya-t-elle une dernière fois.

– C'est un lieu saint, dit Sonia en laissant échapper un nuage de fumée. Le genre d'endroits dont vous raffolez, vous les Indiens. Et après ça, on s'en va loin. Très loin.

28

Assise en tailleur au milieu d'une montagne de papiers et de boîtes en carton pleines à craquer, Malini était en train d'éplucher attentivement un dossier, ses lunettes sur le nez. Deepa l'observait en silence.

– Arrête-toi un peu, Malini, finit-elle par lui dire. Il est tard, on ferait mieux d'aller manger.

Malini marmonna quelque chose ; à l'évidence, elle était ailleurs.

– On pourra revenir après si tu veux, insista Deepa. Allons d'abord dîner, et puis on pourra passer voir les filles au commissariat. On s'arrêtera au stand de Manik-*da* pour leur remplir un Thermos de thé.

Malini releva la tête.

– La situation est catastrophique, Deepa-*di*. On rentrait quatre ou cinq *lakhs* de roupies par jour avant la démonétisation. Puis tout à coup, on est descendu à quarante mille roupies. Et aujourd'hui, on est encore loin du compte. Tu te rappelles comment c'était en novembre dernier ?

Deepa hocha la tête. Leurs projets avaient été

sérieusement mis à mal par les répercussions du *note-bandi*, dans un pays où on payait encore massivement en liquide et où, du jour au lendemain, les gens avaient découvert que les billets qu'ils avaient entre les mains avaient moins de valeur que le journal de la veille. Mais Deepa n'avait pas envie de remettre le sujet sur la table.

– Les deux premiers jours ont été bons, souviens-toi. Juste après l'annonce de la démonétisation, quand on a dit aux filles d'accepter les billets dévalués, on a récupéré près de sept cent cinquante mille roupies en deux jours.

Des montagnes de billets inutilisables encombraient les coffres d'une multitude de petites coopératives à travers le pays, qu'il s'agît des travailleuses du sexe de Sonagachi ou de fermiers des régions rurales. Tous les billets n'avaient pu être échangés dans le court délai imparti, et tous n'avaient pas été retrouvés. Des billets cachés sous les matelas, dans les vieilles chaussettes, ou soigneusement dissimulés sous des statuettes de dieux ou de déesses, par des épouses maltraitées ou des prostituées qui espéraient rembourser leurs dettes. Il n'y avait pas eu assez de temps pour changer tous ces billets froissés, salis par la sueur et la peur. Encore fallait-il trouver une banque, faire la queue sur des kilomètres et gagner à sa cause les employés débordés.

Voilà une industrie de plusieurs centaines de milliards de dollars, bâtie sur le dos des femmes, des jeunes filles et des trans, et les coffres de la coopérative sont vides, songea Deepa avant de réaliser que Malini était en train de lui parler.

– On ne peut pas continuer comme ça, Deepa-*di*. Les prêts, c'est terminé, on n'a même plus assez de fonds pour que les femmes puissent retirer leur argent. Et la plupart arrivent au bout de leurs économies. Certaines sont déjà obligées d'accepter de travailler sans préservatif. Sinon les clients vont voir à côté.

Malini se leva et se mit à faire les cent pas.

– Il faut d'abord qu'on pense à celles qui ont des dettes. Il y en a plusieurs, comme Sonal, qui ont dû réemprunter de l'argent à leurs maquereaux. Elles n'arriveront jamais à rembourser. Et elles seront revendues à d'autres, voire pire.

Malini s'arrêta un instant et dévisagea Deepa. Celle-ci baissa les yeux et se pencha pour attraper son gros sac à main.

– Tu as entendu parler de quelque chose de ton côté, Deepa-*di* ?

Deepa secoua la tête sans croiser son regard et fit mine de chercher quelque chose dans son sac.

Soudain, des cris retentirent à l'extérieur et les deux femmes se ruèrent vers la terrasse. Malini était pieds nus, mais Deepa s'arrêta pour chausser ses sandales avant de descendre. Deux fourgons de police et trois voitures banalisées venaient d'entrer à toute allure dans la rue, obligeant les passants à se rabattre précipitamment sur le bord de la chaussée.

Trois policières escortèrent plusieurs femmes à l'extérieur du Lotus bleu. Deepa reconnut les visages, mais elle ne parvint pas à se souvenir des noms. Les descentes étaient si fréquentes que les policiers ne prenaient même plus la peine d'expliquer la raison de leur présence. L'officier en charge des opérations resta sur le côté en se contentant de crier froidement à ses subordonnées de rassembler les mineures. Non loin de là, Deepa aperçut une femme dodue en sari rose vif, qui observait la scène les bras croisés, l'allure impériale : c'était Vidya Dehejia, son interlocutrice lors du débat télévisé et l'une des responsables de l'ONG Nari Shakti Vahini. Vidya se tourna et adressa un petit sourire narquois à Deepa, qui esquissa un léger hochement de tête en retour. *Voilà le travail*, pensa-t-elle. L'État volant au secours de femmes innocentes, sous les feux des projecteurs, de la seule manière qu'il connaissait : par la force et la censure. Malini tenta d'expliquer au chef de la police, la voix légèrement tremblante, que la coopérative faisait passer aux femmes du Lotus bleu des scanners osseux pour s'assurer qu'aucune n'était mineure. Le policier ne la regarda même pas, mais lui cria quelque chose. Deepa posa une main sur l'épaule de Malini. Les femmes du Lotus bleu passaient les unes après les autres devant elles. Elle pouvait les toucher, elle entendait leurs voix, mais c'était comme si cela se déroulait dans un rêve dont elle n'était que spectatrice. Le visage sévère, les agentes tiraient les plus récalcitrantes par les cheveux, leur tordant les bras derrière le dos. Deepa ne pouvait s'empêcher de se demander comment ces policières pouvaient nourrir autant de détestation envers des femmes qu'elles ne connaissaient pas et dont le sort différait du leur par le simple hasard de la naissance. Elle avait rencontré toutes formes de haine, mais rien ne surpassait celle des femmes bien comme il faut envers les prostituées.

– Voilà, madame, dit l'officier de police en se tournant vers Deepa. Nous faisons ce que vous nous avez toutes demandé de faire. Secourir ces pauvres enfants des griffes de ces monstres !

Il rit en dévoilant des dents rougies par les feuilles de bétel.

Deepa le regarda attentivement. Un badge à sa poitrine indiquait le nom de Bose. Un paquet de cigarettes

India Kings sortait de la poche de sa chemise, tandis que des gouttelettes de sueur roulaient de son crâne chauve.

– Votre amie, là, reprit-il en pointant du doigt Malini, veut nous empêcher de faire notre travail. Quel est le problème ? On aide ces filles. On va les amener dans des foyers où elles auront des machines à coudre, des formations, tout ça. Vous dites que la police ne fait rien, mais vous n'êtes pas contentes quand on fait notre travail, alors quoi ?

Bose cracha par terre et regarda Deepa avec un grand sourire.

Deepa se retint de lui dire le fond de sa pensée. Elle avait envie de hurler, de lui dire de regarder autour de lui, qu'il était en train d'arracher ces femmes à leur foyer. Leur famille de fortune, leur refuge, leurs seules chances de gagner un peu d'argent. Cette descente de police menaçait une fois de plus de faire voler en éclats tout le travail de la coopérative pour soutenir les revendications des femmes, leur lutte syndicale, leurs efforts quotidiens pour s'assurer de la sécurité et de l'accord de celles qui travaillaient ici. Mais Deepa savait bien que tous ces arguments étaient inutiles face à la bêtise et à l'étroitesse d'esprit de Bose. Le souffle court, elle fit volte-face et se mit à courir. Elle avait laissé son téléphone dans son sac, dans le bureau de la coopérative. Si elle parvenait à contacter certains des avocats qui offraient de les aider bénévolement, peut-être pourrait-elle savoir où on emmenait les femmes, limiter leur éparpillement à travers la ville et éviter qu'elles n'atterrissent dans la rue ou dans des endroits où elles ne seraient pas en sécurité. Deepa courut et laissa Malini, comme une minuscule île, perdue au milieu d'une mer d'uniformes blancs.

29

Lalee se réveilla en sursaut à la nuit tombante. Des corbeaux s'étaient mis à croasser bruyamment à l'approche de la voiture qui s'arrêta devant un grand portail en fer forgé. Au-dessus des hautes grilles noires ornées de fleurs dorées, une grande arche arborait le fameux nom de Nandankanan. De chaque côté du portail étaient affichés d'immenses portraits du maître des lieux, le maharaja.

L'estomac de Lalee se noua ; elle avait l'impression d'être au bord d'un précipice. Elle se tourna vers Rambo, leva le bras et le gifla de toutes ses forces. Il la regarda d'abord d'un air interdit, puis la fureur envahit son visage. Mais au grand étonnement de Lalee, il se maîtrisa.

– Pourquoi tu me frappes, salope ? se contenta-t-il de grogner.

– Tu m'as droguée ! cria Lalee.

Les deux filles blotties l'une contre l'autre se réveillèrent.

– Comment tu oses faire ça ? Cette bouteille d'eau que tu m'as donnée, c'était ça ? Je vous emmerde, toi et

Shefali ! Si c'est un endroit aussi super que ça, pourquoi nous droguer pour nous y emmener, hein ?

Lalee remarqua que Sonia, toujours à la même place, était bien réveillée. Vitre baissée, elle fumait en silence, les sourcils froncés.

Chintu donna deux coups de klaxon puis il lança un regard appuyé à Rambo et Lalee dans le rétroviseur. Rambo se frotta la joue et s'adossa à la banquette en fermant les yeux. Lalee se redressa.

Deux hommes en uniforme noir et ceinture rouge s'approchèrent lentement des grilles, armés de lourds fusils. Ils déverrouillèrent le portail qui s'ouvrit en grinçant dans le silence. On n'entendait au loin que le passage des camions sur l'autoroute et le croassement des corbeaux. L'un des deux gardes avança vers la voiture et se baissa pour jeter un œil à Chintu et Sonia. Puis il fit signe à son collègue de les laisser passer.

La voiture pénétra lentement à l'intérieur de l'enceinte et suivit une allée en terre battue. Lalee remarqua la présence d'autres gardes derrière les grilles. Certains marchaient par petits groupes tandis que d'autres buvaient du thé ou mangeaient, mais tous portaient un fusil en bandoulière. Elle n'avait jamais vu autant d'hommes armés.

– C'est quoi cet endroit ? demanda-t-elle en espérant que quelqu'un lui réponde.

Chintu et Sonia regardaient droit devant eux, imperturbables. Seul Rambo poussa un soupir.

– On est où ? le pressa Lalee.

– C'est pas le moment de poser des questions, répondit Rambo d'une voix grave. Et surtout, à partir de maintenant, ne te fais pas remarquer. Tu fais exactement ce qu'on te dit de faire, d'accord ? ajouta-t-il en essayant de sourire.

Dans l'expression de Rambo, Lalee lut de la peur. Elle se demanda un instant si on ne l'avait pas forcé à venir, lui aussi. Mais le connaissant, il devait y trouver un avantage. En vétéran des dures lois de la rue, il avait dû prendre ses précautions. *Quoique*, songea-t-elle. Contre suffisamment d'argent, Rambo était prêt à faire n'importe quoi.

Chintu gara la voiture au fond d'un grand parking rempli de véhicules de toutes les tailles et catégories, du plus modeste au plus luxueux. Deux femmes escortées par des gardes vinrent à leur rencontre. Rambo tendit le bras pour ouvrir la portière et ordonna aux jumelles de sortir. Déjà debout, Sonia se délassait les jambes. Son jean skinny et son débardeur détonnaient par rapport à la tenue des deux autres femmes : entièrement vêtues de blanc, elles avaient les bras couverts jusqu'aux poignets et les cheveux voilés sous un pan de leur sari. Elles levèrent les yeux pour remettre aux deux filles ainsi qu'à Lalee et Sonia un fin châle rouge. Sonia commença par refuser, prétextant qu'il faisait trop chaud, mais elles lui mirent le châle entre les mains sans écouter.

Seul Chintu était encore dans la voiture. Lalee attendait nerveusement qu'il sorte, n'osant trop s'éloigner. Lorsqu'elle le vit reculer, un sentiment de panique s'empara d'elle. Il était leur dernier lien avec le monde extérieur. C'était bien la première fois qu'elle éprouvait un tel sentiment de détresse en le voyant s'éloigner. Elle faillit se mettre à courir derrière la voiture, mais Sonia la regarda en secouant la tête, comme si elle avait lu dans ses pensées. Sa nonchalance habituelle avait disparu, mais elle restait calme, maîtresse d'elle-même. Lalee regarda autour d'elle. Les deux gardes n'avaient pas l'air menaçant et semblaient surtout là pour la forme. Mais les murs qui se dressaient tout autour du parking et du grand parc arboré étaient impressionnants.

Les deux femmes en blanc couvrirent la tête des jumelles avec les châles rouges. Les deux filles se tenaient par la main, collées l'une contre l'autre. Lorsque toutes furent couvertes du même tissu, les deux hôtesses les escortèrent jusqu'à l'entrée du bâtiment, suivies des gardes.

De l'extérieur, l'édifice ressemblait à un grand temple. Des tourelles surmontées de tridents et des drapeaux colorés s'élançaient vers le ciel. D'épaisses colonnes supportaient un long porche, sous lequel étaient entreposées pêle-mêle d'innombrables chaussures et sandales. Les deux femmes pressèrent Lalee, Sonia et les deux filles à l'intérieur et elles se retrouvèrent à l'arrière d'une immense assemblée. À l'autre bout de la salle, le maharaja trônait sur un siège en velours rouge orné de roses, de soucis et de tubéreuses. Un écran géant le montrait en gros plan, souriant et tapant du pied sur le rythme de la musique. De grandes enceintes diffusaient des chants que la foule reprenait en chœur, dansant et frappant des mains.

Lalee se rapprocha instinctivement des jumelles tandis que Sonia se tenait à leurs côtés, les bras croisés, droite comme un piquet. Lalee remarqua ses sourcils froncés. La nonchalance habituelle de Sonia semblait avoir mystérieusement disparu depuis qu'elles étaient sorties de la voiture. En acceptant l'offre de Madame Shefali, Lalee était loin de se douter qu'elle atterrirait dans une communauté religieuse. Quand elle se laissait aller à penser à ce que la vie pourrait lui réserver, c'étaient plutôt de riches clients et des chambres d'hôtel qu'elle imaginait.

Et voilà qu'elle se retrouvait avec deux jeunes filles effrayées et une étrangère froide et distante, au beau milieu d'une foule en nage, dans une salle qui empestait la sueur, l'encens et les fleurs fanées. Elle s'essuya le front et regarda l'imposant barbu se lever à l'écran. Étendant les bras, les mains tournées vers le ciel, il renversa la tête en arrière, souriant à l'univers.

Dix jeunes femmes en sari blanc, manches longues et voile sur la tête s'avancèrent vers le trône rouge avec des plats en cuivre remplis d'offrandes.

Elles frottèrent quelque chose sur les bras et les pieds du maharaja qui les regarda faire d'un air béat, puis elles déposèrent des fleurs à ses pieds et allumèrent des lanternes avec lesquelles elles se mirent à tourner autour de leur gourou.

Lalee sentit soudain une main dans son dos. Les deux femmes restées en arrière lui firent signe de baisser la tête et de joindre les mains. À la vue de leurs visages fermés, Lalee préféra ne pas protester. Devant elle, une vieille femme était pliée en deux.

– Faites que mon fils me revienne, maharaja, ne cessait-elle de répéter en essuyant ses larmes. C'est mon seul fils, je vous en prie. Cette sorcière l'a envoûté, délivrez-le, maharaja, je vous en prie…

Un frisson parcourut le dos de Lalee en entendant la ferveur dans la voix de cette femme et dans celle des personnes qui l'entouraient. Elle sentait ses membres s'engourdir. L'air semblait se raréfier, la pièce rapetisser, et le contact oppressant de tous ces corps serrés les uns contre les autres commençait à devenir insupportable. Elle se voyait disparaître, écrasée sous leur poids.

N'y tenant plus, elle se retourna et joua des coudes jusqu'à la sortie. Dehors, il faisait à présent nuit noire.

Entre les arbres faiblement éclairés par les lanternes de la grande salle apparaissaient les silhouettes des gardes effectuant leur ronde. Lalee avala de grandes bouffées d'air puis se laissa tomber sur les genoux et vomit sur le sol sacré du temple.

30

Assis dans des fauteuils en plastique, Samsher Singh et Balok Ghosh buvaient une tasse de thé. Madame Shefali leur faisait face, encadrée par trois femmes de tailles et de corpulences différentes. Le sergent sentit un picotement dans son bras droit, et visualisa soudain le visage de sa mère. Il avait éprouvé un vague dégoût en empruntant l'escalier jusqu'aux appartements de Madame Shefali. Les marches noircies par la saleté étaient décorées de carreaux de porcelaine arborant des têtes de divinités, tandis que d'innombrables crachats de jus de bétel avaient laissé sur les murs des coulures marron semblables à du sang séché. Samsher approcha précautionneusement de ses lèvres la tasse de thé laiteux qu'on avait posée devant lui. Du coin de l'œil, il jeta un regard furtif aux jeunes femmes qui entouraient Madame Shefali, à la courbe de leurs seins et de leurs hanches.

Il essaya de chasser le malaise qu'il éprouvait, telle une araignée invisible remontant le long de sa colonne vertébrale et dans sa nuque. Bose ayant mené une descente à peine quarante-huit heures plus tôt et embarqué une cinquantaine de femmes de tous âges, ce n'était pas le meilleur moment pour venir demander une faveur. Il se racla la gorge. Une des filles eut un léger mouvement de recul, comme si elle était apeurée. Samsher en éprouva une certaine satisfaction ; ça le rassurait. Même si ça n'effaçait pas l'aigreur qui le rongeait depuis deux jours. Ce n'était pas lui, mais Bose que le commissaire adjoint avait chargé de superviser l'intervention. *Sala*, le chef l'appelait quand il avait besoin d'enguirlander quelqu'un, mais c'était Bose qui récoltait l'attention des caméras. Pourquoi ne pas lui avoir demandé ? C'était tout de même son secteur, il connaissait le quartier, les gens. Mais il leur montrerait de quoi il était capable ; cette affaire de meurtre était peut-être l'occasion qu'il attendait depuis longtemps. Il ne demandait pas grand-chose, juste une photo dans les journaux. Sa femme serait tellement fière, sans penser à sa mère… Oh, tout ce qu'elle pourrait raconter aux voisins…

Il leva les yeux et croisa le regard de Madame Shefali, qui l'observait fixement. Le calme et l'assurance de cette femme le désarçonnaient. Un homme de sa corpulence, en uniforme de policier, aurait dû l'impressionner un peu plus. Mais ce petit bout de femme rondouillarde, la bouche pleine de feuilles de bétel, semblait décidé à mener la danse.

Madame Shefali était la figure même de la politesse. Elle avait demandé qu'on leur apporte du thé et des *paans*, et avait accueilli le sergent avec pas moins de faste et de raffinement que les courtisanes d'autrefois envers un *nabab*. Samsher s'en était d'abord senti flatté, puis il avait commencé à se demander si elle ne se moquait pas de lui. Elle le regardait à présent avec un air de grande dame, sans mot dire. Samsher Singh se racla de nouveau la gorge.

– Nous sommes ici, madame, à propos du décès de l'une de vos filles.

Pas un muscle du visage de son interlocutrice ne bougea. Exactement comme s'il venait de parler du temps qu'il faisait. Légèrement irrité par son silence, il poursuivit.

– Vous avez remarqué la présence des chaînes de télévision devant votre porte, je suppose ? Et ce défilé aux flambeaux, vous êtes au courant ? Les médias vont se jeter dessus comme des rapaces, dit-il en secouant la tête. Alors voilà, il faut absolument que nous parlions et que je vous pose certaines questions.

Il reposa sa tasse en la faisant tinter contre la soucoupe.

– Mais mon cher *sahib*, dit Madame Shefali en ouvrant grand les mains, bien sûr que nous pouvons parler. Il y a deux jours, votre ami est venu et il a emmené un certain nombre de mes filles. Il a dit que c'était pour les sauver. (Elle se mit à rire.) Ce que je peux vous dire, c'est qu'en général, quand mes filles sont sauvées, et qu'elles reviennent de vos centres, elles me disent qu'elles ont été mises dans des cages, comme des poules.

Elle ne quittait pas Samsher des yeux, savourant le malaise qu'elle lisait sur son visage.

– Vous voyez, vos filles sauvées, elles retournent au trou à rat devant lequel vous plissez le nez. Oh, je pourrais vous en raconter, des histoires, *sahib*. Ces hommes en uniforme qui viennent en Jeep faire des descentes ici, et qui reviennent à la faveur de la nuit, dans une *kurta* toute propre, avec un petit coup dans le nez…

Samsher toussota. Il ne savait pas exactement ce qu'il allait demander à cette femme, mais pour le moment il avait juste envie qu'elle se taise. Il s'était vaguement pris à espérer que des informations cruciales se mettraient à pleuvoir dès qu'il commencerait l'interrogatoire, et que tout s'éclaircirait. Au lieu de quoi il se heurtait aux remparts infranchissables de la matriarche du bordel. Il se lança :

– À quelle heure le crime a-t-il été commis ?

– Il devait être aux alentours de minuit. Une de mes filles est descendue à cette heure-là pour… travailler. Elle est passée devant la chambre de Mohamaya, et c'est là qu'elle a vu la pauvre fille étendue par terre.

– Il n'y a pas eu de cris ? Personne n'a rien entendu, au moment où elle est morte ?

– Non. Il y a toujours de la musique ici, le soir. Pour attirer la clientèle, il faut que l'on se fasse un petit peu remarquer, vous comprenez ? La concurrence est rude, comme vous le savez, et puis les filles discutent entre elles, elles parlent avec les clients. Sans compter les enfants, les rabatteurs, les *babus*, et puis les domestiques aussi. Bref, on a parfois du mal à s'entendre. Mais en effet, c'est étrange qu'on n'ait rien entendu. En réalité, voyez-vous, sourit Madame Shefali, je comptais un peu sur vous pour nous donner des explications. Après tout, vous devez en savoir plus que nous sur ce genre de choses, non ?

Samsher préféra ne pas répondre.

– Personne n'a donc rien entendu jusqu'au moment où cette fille a découvert le corps ? demanda-t-il. Qui est-ce, d'ailleurs, cette fille ? Elle est ici ? J'aimerais lui parler.

Madame Shefali adressa un signe à l'une des femmes qui disparut aussitôt derrière une porte. Elle revint quelques instants plus tard avec une jeune femme aux yeux rougis, les cheveux en bataille. S'avançant avec gêne vers les deux policiers, elle lança un regard craintif à Madame Shefali.

– Voilà la fille qui a découvert le corps, dit cette dernière.

– Vous connaissiez la personne qui a été assassinée ? demanda Samsher à la jeune femme.

Elle regarda Madame Shefali avant de hocher la tête en silence.

– Comment vous appelez-vous ?

– Amina Bibi, murmura-t-elle en fixant ses pieds.

– Quelle heure était-il quand vous avez découvert le corps ?

Samsher était agacé par l'attitude de la jeune femme qui ne voulait regarder que Madame Shefali, mais il préféra ne rien dire.

– Je ne sais pas, répondit-elle. Environ minuit. Je venais de finir avec un client et je descendais en chercher un autre.

– Et vous connaissiez cette fille ? insista Samsher. Celle qui est morte. Elle s'appelait comment, déjà ?

– Mohamaya. Elle s'appelait Mohamaya.

– Oui, et alors, vous la connaissiez bien ?

– On était amies, dit Amina, tête baissée.

Madame Shefali fit claquer sa langue et Amina lui jeta un bref regard. Samsher craignait que la présence de sa patronne n'influence les réponses de la jeune femme. Mais s'il demandait à lui parler seul à seule, Madame Shefali et ses ouailles se débrouilleraient pour écouter aux portes. Inutile de se donner ce mal.

– Et donc, quand vous êtes arrivée dans la pièce, qu'est-ce que vous avez vu ?

– Elle était par terre. Je suis entrée dans la chambre, dit-elle en pleurant à grosses larmes. Et elle était morte. La moitié de son visage… avait disparu. Et sa gorge… c'était…

Elle ferma les yeux.

– Oui, bon, vous n'avez pas besoin de donner les détails, marmonna Samsher.

Elle ne pouvait pas avoir plus de vingt ans. Elle était menue, avec de grands yeux. Quelque chose en elle lui rappelait un amour de jeunesse. Le cœur du sergent s'attendrit.

– Et d'où venait l'acide ? demanda-t-il d'une voix plus douce.

– Je ne sais pas. (Elle s'essuya le nez du revers de la main.) C'est le produit qu'on met dans les toilettes. On en a toutes une bouteille pour laver les sanitaires et éloigner les serpents.

– Et vous le faites vous-mêmes ? Vous en achetez souvent, de ce produit ?

– Non, il y a un domestique qui s'en occupe, mais Mohamaya… elle venait juste de s'installer à son compte.

– À son compte, mais en restant chez vous ? demanda Samsher en se tournant vers Madame Shefali.

– Que voulez-vous, j'aime garder mes filles près de moi, *sahib*, répondit-elle en levant les mains vers le ciel. En particulier celles qui ne se sont jamais aventurées à l'extérieur toutes seules. Je suis leur mère, leur père et leur amie. Je suis tout pour elles ; c'est mon devoir de les protéger.

– Et pourtant, elle est morte sous votre toit, dit Samsher d'un ton acerbe.

– Mon toit, sergent, seulement mon toit, pas ma protection. Vous oubliez qu'elle me louait la chambre, c'est tout. Elle n'était plus à proprement parler une de mes filles. Elle avait remboursé ses dettes, elle ne me devait plus rien. Et donc elle s'est mise à son compte, ou du moins, c'est ce qu'elle croyait.

– Qu'est-ce que vous voulez dire ?

– Oh, ces filles, *sahib*, qu'est-ce que vous voulez que je vous dise ? Ce sont des cœurs d'artichaut. Elles regardent trop de films hindis. Elles voient Kareena, Katrina, Priyanka ou Deepika tomber folles amoureuses, se marier et vivre la belle vie avec un héros de rêve à l'écran, et elles croient que la même chose va leur arriver, à elles aussi. (Elle fit claquer sa langue d'un air désapprobateur.) Elles ont toutes leur héros de pacotille ici. En particulier celles qui se font un peu d'argent – car ce sont les femmes qui ramènent l'argent, chez nous. Les rôles homme-femme, ajouta Madame Shefali en haussant les épaules, sont assez différents de ce dont vous devez avoir l'habitude, j'imagine.

– Donc elle avait un amoureux ? demanda Samsher.

– Un *babu*, *sahib*, un *babu*. Le « mari » local, si l'on peut dire. Mais comme ça arrive souvent avec les filles comme Mohamaya, il ne s'agissait que d'un *babu lenewala*, pas d'un *denewala*. Du genre qui prend, sergent, pas du genre qui donne.

– Et alors qui est-ce, cet homme ? Vous le connaissez, je suppose ? demanda-t-il, même si on lui avait déjà donné l'information.

– Un jeune bon à rien du nom de Salman Khan ! s'esclaffa-t-elle. Imaginez ça un peu. Je vous le dis, sergent, ici on se croirait à Bollywood !

Samsher était troublé par la décontraction avec laquelle cette femme s'adressait à la police, alors qu'il s'agissait quand même d'un meurtre commis sous son toit.

– Et qu'est-ce que vous pouvez me dire de plus à son sujet ?

– Ah ça, rien de bon ! C'est un des nombreux parasites qui gravitent autour de Sonagachi. Cela dit, ajouta-t-elle en changeant d'accoudoir, il faut reconnaître qu'il a de l'entregent. Il est en rapport avec un autre monsieur – que vous connaissez, je crois –, un certain Rambo Maity. Et donc, ce Salman Khan, le *babu* de Mohamaya, serait comme qui dirait un collaborateur de notre M. Maity.

Samsher s'efforça de rester de marbre. Madame Shefali, de son côté, semblait assez contente d'elle. Chacun attendait que l'autre enchaîne, et que débute la négociation des informations. Samsher céda le premier.

– De quel genre de collaboration s'agirait-il ?

Madame Shefali sourit.

– J'ai beau n'être qu'une femme, *sahib*, je suis au courant de certaines choses. J'ai entendu dire récemment que les affaires marchaient très fort pour Rambo Maity. Et il m'est également revenu aux oreilles que Salman Khan et lui se connaissent très bien. Qu'ils traînent souvent ensemble.

– Qu'est-ce que vous voulez dire exactement ? insista Samsher.

– Eh bien, sergent, dit-elle en haussant les épaules, vous semblez croire que j'ai des pouvoirs surnaturels ? Je ne suis pas la Première ministre de ce pays, que je sache ! Je ne peux vous dire que ce que je sais. Il y a des milliers de façons de gagner de l'argent, dans cette ville. Et à Sonagachi, disons qu'il y en a des dizaines de milliers.

Elle se mit à rire à gorge déployée. Samsher était exaspéré. Il avait l'impression d'être en train de se faire avoir, mais il ne savait pas exactement comment.

– Et cette fille, elle était impliquée là-dedans ? Je veux dire, la fille qui a été tuée ? Elle participait à ce… ces combines de Rambo ?

Madame Shefali aurait poussé un soupir de soulagement si elle avait pu le faire. Il lui avait tout de même fallu quinze bonnes minutes pour amener le sergent à cette conclusion.

Lui, de son côté, avait du mal à réprimer son excitation à l'idée d'avoir enfin mis le doigt sur une piste solide.

– Vous avez des informations là-dessus ? Sur ce que cette fille faisait avec Rambo et l'autre type ?

Avant que Madame Shefali n'ait eu le temps de répondre, Amina laissa échapper un petit cri puis se couvrit la bouche.

Samsher se tourna vers elle.

– Alors ? Vous, que savez-vous ?

Amina regarda tour à tour Samsher et Madame Shefali, comme une biche effrayée par les phares d'une voiture. Le visage de sa patronne resta indéchiffrable. On ne pouvait y lire ni menaces ni encouragements.

– Il lui a dit que ce serait une bonne idée, bredouilla Amina. Que ça lui rapporterait beaucoup plus d'argent que les clients d'ici. Et que c'était… religieux. Ça devait la rendre pure, comme une vraie femme, pas comme… pas comme nous. Ils lui trouveraient un bon mari, si elle allait avec eux.

– Mais de quoi parlez-vous ? s'emporta Samsher. Comment ça, religieux ? Quel mari ?

– Mais elle ne voulait pas, *sahib*. Elle ne voulait pas y aller, elle me l'a dit. Mohamaya avait deux enfants. L'aîné, le garçon, il venait d'être admis dans un internat. Sa famille ne sait pas ce qu'elle fait… ce qu'elle faisait.

Elle avait toujours peur que quelqu'un ne la reconnaisse, ici. Alors si elle pouvait leur dire qu'elle était allée dans cet autre endroit…

Samsher regarda les deux femmes en faisant les gros yeux, espérant les intimider. Mais il était perdu. Cette histoire lui échappait complètement.

– Mais enfin, de quel endroit parlez-vous ? aboya-t-il.

Madame Shefali eut un petit sourire.

– Des filles qui prennent la fuite, il y en a tout le temps, sergent. On ne peut pas ouvrir une enquête à chaque fois. Et puisque maintenant vous savez tout ce que nous savons, et que malheureusement nous en savons si peu sur cette histoire… peut-être que vous pouvez laisser Amina aller se préparer pour la soirée ? La présence de policiers dans une maison close, ce n'est pas l'idéal pour les affaires. Nous sommes des travailleuses, vous comprenez ? ajouta-t-elle avec un grand sourire. Pas de salaire ni de congés payés pour nous. Et puis, il va falloir qu'elle se remette de cet interrogatoire, la pauvre petite.

Dès qu'elle lui eut fait signe de sortir, la jeune femme s'éclipsa.

D'un simple geste, Madame Shefali venait de mettre fin à l'interrogatoire. Et bien que Samsher Singh sût pertinemment qu'il pouvait les embarquer, elle et toute sa troupe, au commissariat, il était persuadé que ce serait peine perdue. À quoi bon s'embêter, maintenant qu'il avait une piste solide ? S'il arrivait à mettre la main sur ce *babu*, il avait de grandes chances de résoudre l'affaire. Au lieu de perdre son temps à tirer les vers du nez à ces femmes, il décida donc de partir.

31

En sortant du Lotus bleu, Samsher retrouva son adjoint qui l'avait devancé et l'attendait en buvant du thé et en fumant discrètement une *bidi*.

– Je n'aime pas ça, Balok-*da*. Je crois qu'elles nous cachent quelque chose. Elles se ferment comme des huîtres dès qu'on met le nez dans leurs affaires, même quand il s'agit d'un meurtre.

Dans son for intérieur, Balok Ghosh trouvait que la police gaspillait un temps et des moyens précieux à courir après le meurtrier d'une prostituée. Mais il décida tout de même de partager avec son chef certaines des informations qu'il avait glanées en parlant à ceux qui vont partout et qui voient tout – les domestiques, les *paanwallah*, les maquereaux et les petits voyous.

– Il y a peut-être autre chose, chef, dit-il prudemment.

– Quoi ? demanda Samsher avec curiosité.

Il connaissait la capacité de Balok à être au courant de tout. Les domestiques, les maquereaux et les pick-pockets disaient parfois des choses à un simple agent qu'ils n'osaient pas dire à un gradé comme lui.

– La fille qui a découvert le corps, c'est elle qui aurait prévenu l'ONG, chef. C'est ce que j'ai entendu dire, en tout cas, et un maquereau qui travaille de temps en temps pour Madame Shefali l'a dit aussi à l'agent Biswas, au kiosque du grand carrefour.

– J'aimerais bien savoir ce que cette fille a pu leur dire, répliqua Samsher d'un air songeur.

– Plus que ce qu'elle nous a dit, chef. Je crois qu'il y a peut-être une histoire de trafic sexuel derrière tout ça. Enfin, qui sait ? Mais Rambo Maity, vous croyez qu'il pourrait être à la tête d'une histoire pareille ? C'est un looser, chef, toujours en bas de n'importe quelle pyramide. À mon avis, c'est seulement la partie émergée de l'iceberg. Il s'est fourré dans un truc trop gros pour lui. Vous savez ce qui est prévu dans quelques jours, chef, n'est-ce pas ?

Samsher se tourna vers son adjoint.

– La manifestation ? Oui, mais c'est juste pour faire venir les journalistes. Quel rapport ?

Balok retint un soupir.

– Non, chef, pas ça. Il y a un gros arrivage de filles. Les ONG sont au courant, elles ont des informateurs partout. Mais ceux qui trafiquent les filles ? Peut-être qu'ils comptent sur l'événement pour faire diversion.

Samsher réfléchit. *Oui, ce n'est pas impossible*, songea-t-il.

– Mais cette Madame Shefali, elle ne prendrait pas un risque pareil ? Avec les médias qui sont partout depuis le meurtre, et la descente de police, il y a deux jours à peine. Et Rambo Maity, qu'est-ce qu'il viendrait faire dans tout ça ?

– Le meilleur moment, chef, c'est quand tout le monde regarde ailleurs.

– Mettons que les ONG aient des informations sur ce trafic, réfléchit tout haut Samsher. Elles ne viendraient pas nous en parler… elles iraient plutôt voir les médias. Mais ils n'en parlent pas, alors peut-être qu'ils ne sont pas encore au courant ?

– La plupart des descentes ne donnent rien, chef, parce que les gens savent à l'avance quand la police va intervenir. Le butin ne se trouve jamais là où on le cherche. Mais imaginez que les médias, que les ONG mettent la main sur des preuves de ce trafic. Alors là, ça pourrait déclencher une opération de grande envergure. Qui sait sur quoi on pourrait tomber ? Enfin, si vous voulez mon avis, chef, ce n'est pas ça le principal problème. Tout le monde sait qu'il y a des trafics.

Balok jeta un regard penaud au sergent. Ça ne se faisait pas de parler de pots-de-vin devant un supérieur ; chacun touchait sa part, mais on n'en parlait pas. Il poursuivit en essayant de l'emmener dans une direction plus favorable.

– Mais ceux qui sont au sommet de la pyramide, ceux qui trafiquent les filles, les enlèvent ou leur mentent pour les attirer dans leurs filets, ils viennent ici, chef. Ils concluent des marchés, ils livrent la marchandise, ils se parlent ici même. Imaginez ce que les ONG donneraient pour obtenir ce genre d'informations, je veux dire de vraies preuves, filmées ou enregistrées ?

– Donc ce que vous voulez dire, essaya de résumer Samsher, les yeux écarquillés, c'est que ce Rambo Maity pourrait être en cheville avec les ONG ? Pour confondre les trafiquants, c'est ça ?

Balok Ghosh ressentait ce que Madame Shefali avait éprouvé un peu plus tôt.

– Non, chef, dit-il en retenant un soupir. Ça, j'en

doute fort. Je pense plutôt que Rambo Maity n'est pas conscient du guêpier dans lequel il s'est fourré. (Il baissa la voix.) D'autant plus si cette fille qu'on a interrogée tout à l'heure a déjà prévenu les ONG.

Balok Ghosh n'ajouta pas qu'il avait entendu parler, par une ou deux sources fiables – placées si bas dans l'échelle sociale que personne n'aurait pensé à les interroger – de l'existence d'une vidéo compromettante, secrètement enregistrée sur un téléphone portable. C'était une information précieuse, et dangereuse, et il n'avait aucune intention de la divulguer gratuitement.

Samsher se raidit. On l'avait donc pris pour un triple idiot. Il fit volte-face et se dirigea d'un pas décidé vers le Lotus bleu qu'il venait de quitter. Plusieurs femmes s'étaient assises sur les marches de l'entrée, le visage peinturluré, obstruant le passage.

– Poussez-vous ! dit Samsher avec plus d'agressivité que nécessaire.

Les femmes se levèrent mollement. Elles avaient côtoyé et soudoyé trop de policiers pour avoir peur d'eux. L'une d'elles, les lèvres prune et vêtue d'un tee-shirt au logo de Facebook, grimpa l'escalier à la hâte, sans doute pour prévenir la matriarche.

Samsher joua des coudes et entra dans la première chambre qui se présentait à lui. Un peu gêné, il se rendit compte qu'il ne savait pas exactement où s'était produit le meurtre. Il se pencha vers Balok, qui l'avait rejoint, et lui chuchota quelque chose à l'oreille. Son adjoint hocha la tête et Samsher releva le menton.

Il balaya des yeux les murs verts, les posters de Bollywood, le grand lit et l'étagère encombrée de babioles. Il n'y avait pas grand-chose à voir de plus. Il se tourna vers Balok-*da*.

– Là ? demanda-t-il en pointant du doigt le seul espace disponible par terre.

Son adjoint hocha de nouveau la tête et Samsher s'agenouilla devant le lit, sur cette scène de crime que la police n'avait encore jamais inspectée. Il savait bien que ça ne servait à rien. Combien de clients étaient passés par là depuis le meurtre ? Combien de femmes avaient utilisé ce lit, cette chambre ? Tout avait été nettoyé au plus vite pour faire place aux clients suivants. Samsher était découragé. Comme il avait été bête de ne pas venir plus tôt ! Si des preuves avaient été cachées dans cette chambre, des preuves du meurtre lui-même ou du réseau de trafic humain auquel Balok-*da* avait fait allusion, elles avaient dû être emportées ou détruites depuis longtemps. Mais comment Samsher aurait-il pu deviner qu'on lui demanderait d'enquêter cette fois-ci ? Personne n'enquêtait jamais sur la mort d'une prostituée.

Madame Shefali entra dans la chambre. Toujours égale à elle-même, elle ne laissait transparaître aucun signe de contrariété.

– Oh, mais ça doit être mon jour de chance aujourd'hui, dit-elle avec un grand sourire. Le sergent nous aime tellement qu'il ne veut plus partir ! Souhaiteriez-vous tester ce que j'ai en réserve, *sahib* ? Comment les aimez-vous ?

Samsher ne répondit pas.

– Il faut que je fouille intégralement cette pièce, dit-il sèchement.

Madame Shefali demeura imperturbable.

– S'il le faut, alors il le faut, sergent. Notre survie ici dépend de votre bon vouloir, après tout. Je reste à votre entière disposition.

Mais même cette charmante proposition n'adoucit en rien l'humeur de Samsher. Il se mit à fouiller au hasard, en faisant plus de bruit qu'autre chose. Balok Ghosh esquissa quelques mouvements, histoire de ne pas contrarier son supérieur, mais il savait que c'était peine perdue. De temps à autre, le sergent se retournait pour poser une question à Madame Shefali, restée sur le seuil.

– Où l'avez-vous trouvée ?

– Au pied du lit.

– Et la bouteille d'acide ?

– À côté d'elle, cassée en deux.

– Qu'est-ce que vous en avez fait ?

– On l'a jetée.

En un peu moins de vingt minutes, le sergent Singh apporta la preuve irréfutable qu'il ne sert à rien de fouiller une scène de crime plusieurs jours après les faits. Il y avait sûrement autre chose à faire, mais il avait beau se creuser la tête, il ne voyait pas quoi.

– Il faut que je réinterroge cette fille, finit-il par dire, le visage grave. J'ai encore des questions à lui poser.

– Sergent, je vous l'assure, elle ne sait rien de plus que ce qu'elle vous a déjà dit. Et de toute façon, je lui ai donné des antalgiques et un somnifère. La pauvre, elle est très choquée depuis le meurtre, et l'interrogatoire de tout à l'heure n'a fait que remuer le couteau dans la plaie. Alors, si vous n'y voyez pas d'inconvénients, je l'enverrai plutôt vous parler demain, d'accord ? Et maintenant, si ça ne vous dérange pas, j'aimerais bien récupérer la chambre, parce que, voyez-vous, il y a la queue dehors.

En ressortant du Lotus bleu pour la seconde fois, Samsher avait le sentiment d'être passé à côté de quelque chose d'évident, qui aurait dû lui apparaître comme le nez au milieu de la figure. Il ne voyait pas ce qu'il pouvait faire de plus pour le moment, à part mettre la main sur ce fameux *babu*, qui était probablement l'assassin. Si le meurtre était lié à cette histoire de trafic, ça dépassait de loin ses pouvoirs de policier. Des hommes bien plus puissants que lui étaient à la tête de ce commerce. Il n'était pas entré dans les forces de l'ordre pour faire le ménage dans la ville, ou pour réparer toutes les injustices. C'était bon pour le cinéma, ça. Et d'ailleurs, si quelqu'un avait montré ce genre d'ambition au commissariat, tous ses collègues se seraient méfiés de lui et il aurait fini par être muté dans un endroit où personne ne voulait aller. Samsher Singh n'avait pas envie d'être un héros. Il aimait les films où le héros était un bon flic, et il y en avait un paquet. Une fois, il avait même bravé les foudres de sa mère pour emmener sa femme à une avant-première, mais il n'avait aucun désir de ressembler à ces hommes-là. Ce qu'il voulait, c'était vivre vieux, acheter un appartement au sud de Calcutta et se voir offrir une quantité enviable de pots-de-vin. Il n'avait pas envie de mourir.

32

Assise au bord de son lit, Lalee contemplait l'immense portrait du maharaja accroché au mur vert menthe, levant les mains en un geste de bénédiction. Plusieurs jours s'étaient écoulés depuis leur arrivée à l'ashram, mais elle n'était plus sûre du nombre exact. Après l'intensité, la colère et l'épuisement des premières quarante-huit heures, les journées avaient commencé à se mélanger. Faute de savoir où et pour quelle raison exacte elle se trouvait là, elle s'était mise à faire l'inventaire des plus petits détails et des événements les plus insignifiants pour les fixer dans sa mémoire.

L'endroit était régi par des horaires stricts. Le premier soir, elles avaient été conduites dans une chambre au fond du bâtiment. Les *sevikas*, leurs hôtesses, leur avaient donné pour consigne de se doucher et d'enfiler les tuniques blanches qu'elles leur avaient apportées. Dans le couloir, des femmes toutes de blanc vêtues, la tête couverte d'un long voile blanc, passaient à intervalles réguliers devant leur chambre sans jamais leur adresser un regard. Lalee les voyait se diriger vers la salle à manger commune, tandis qu'elle, Sonia et les jumelles devaient rester dans la chambre et attendre qu'on leur apporte leur repas. C'était un repas frugal, servi dans des assiettes métalliques déposées sur le pas de la porte, comme si on craignait qu'elles ne contaminent le reste de la communauté. Lalee savait de quel genre de contagion, de quelle lèpre invisible il s'agissait. Ceux qui en étaient frappés devenaient intouchables, sous-humains. Comme ces hommes qui récupéraient les restes de nourriture que sa mère jetait au bord de la rivière. À chaque fois qu'elle ramassait les assiettes composées de *daal*, de légumes et d'un cornichon, Lalee sentait les doigts invisibles de ce mal se poser sur elle. Mais elle avait besoin de manger et il n'y avait personne à qui se plaindre.

Les quatre petits lits étaient placés côte à côte. Sonia avait choisi le premier, et Lalee le deuxième pour laisser aux jumelles ceux du fond. Lorsqu'elle les vit revenir la première fois de leur douche, débarbouillées et les cheveux démêlés, Lalee s'aperçut qu'elles étaient plutôt jolies, et plus jeunes qu'elle ne l'avait cru au premier abord. L'une d'elles refusa de toucher à son repas et se recroquevilla sur son lit en pleurant silencieusement. Sa sœur s'assit à ses côtés, une main posée sur son épaule.

– Comment vous vous appelez ? chuchota Lalee.

– Moi c'est Durga, et elle, c'est Lakshmi, répondit la première.

– C'est Madame Shefali qui vous a envoyées ici ? Vous travaillez pour elle ? demanda Lalee d'une voix douce.

Elle était intriguée. Elle ne les avait jamais vues au Lotus bleu, et ça faisait longtemps qu'elle n'y avait pas croisé de filles aussi jeunes.

Durga secoua lentement la tête.

– C'est cet homme dans la voiture.
– Lequel ?
– Celui qui était assis à côté de nous, avec les lunettes de soleil.
– Oh, Rambo ? Où vous a-t-il trouvées ?
– À la gare de Sealdah.
– Qu'est-ce que vous faisiez là-bas ? Où sont vos parents ?

Durga baissa les yeux. Sa sœur se retourna vers Lalee.

– On n'a pas de parents, dit Lakshmi d'une voix étranglée. Cet homme, il nous a dit qu'il nous donnerait du travail et à manger si on allait avec lui. Il nous a emmenées dans un endroit, c'était à Calcutta, mais je ne sais pas où, et on est restées deux mois là-bas.

– Il nous envoyait… des hommes, ajouta Durga. Parfois ils nous gardaient ensemble, moi et Lakshmi, d'autres fois on était séparées. La première fois, c'était horrible.

Elle ferma les yeux et serra les poings en silence en tremblant légèrement. Lalee ne savait pas quoi dire.

– Il disait qu'il fallait que l'hymen reste intact, sinon on ne voudrait plus de nous, reprit Durga. Mais on devait quand même travailler pour payer notre nourriture, alors il nous envoyait les hommes. Ils avaient le droit de nous faire des choses… sauf déchirer l'hymen.

Ces derniers jours, avant d'arriver là, Lalee s'était dit qu'après tout, ce n'était qu'un travail comme un autre, et qu'avec des clients comme M. Ray, elle pourrait peut-être quitter Sonagachi. Elle s'était même mise à rêver de vacances à l'étranger, à se demander comment ça serait d'avoir un appartement, de l'argent, et un *babu* régulier qui paierait bien et auquel elle serait fidèle. Quand elle fermait les yeux, elle arrivait presque à toucher les deux lampes de chevet de chaque côté de son lit imaginaire, avec ses draps neufs et propres, et les crèmes coûteuses qui adouciraient et éclairciraient sa peau. Sa grand-mère racontait souvent l'histoire d'une jeune fille qui s'était baignée dans un lac magique et en était ressortie transformée en une magnifique femme. Lorsqu'un roi, parti chasser, l'avait aperçue, il avait aussitôt voulu l'épouser et la couvrir de trésors. Sans s'en rendre compte, Lalee s'était fabriqué son propre lac magique à partir de Rambo, de Madame Shefali et de l'étage du Lotus bleu, sans compter ce M. Ray, cette belle chambre d'hôtel climatisée de Park Street et Sonia, qu'elle avait suivie comme un mirage.

Sonia. Lalee fut soudain saisie d'un violent sentiment de haine à son égard. Tandis qu'elle et les jumelles étaient marquées au fer rouge de la peste, Sonia allait et venait à sa guise. Où était-elle passée, d'ailleurs ? Et que savait-elle ? Et Rambo, était-il toujours là ? Lalee essayait de se raccrocher à l'idée qu'elle avait un travail à faire, qu'elle était venue pour ça. Même si les conditions n'étaient pas claires, c'était toujours mieux que de croire qu'on l'avait enlevée et qu'elle était prisonnière. *Les hommes de religion savent toujours trouver de la place pour pécher entre les lignes des textes sacrés*, songea-t-elle. Soit elle était là pour faire un travail rémunéré, soit elle était une victime. Elle espérait qu'il s'agissait de la première option, mais elle n'en était plus si sûre.

Elle attrapa son téléphone à côté de son oreiller et ouvrit l'application que Rambo lui avait installée ; elle avait du mal à croire à la somme qui s'affichait. Si c'était bien de l'argent, où se trouvait-il ? Si cet argent lui appartenait, elle n'était pas une victime ; c'était bien un travail, et quand il serait fait, elle pourrait retourner à la vie qu'elle connaissait, et commencer à créer celle dont elle rêvait. Si c'était vraiment de l'argent, elle voulait l'avoir en main. Mais pas les billets jaunes de cinq cents roupies, qui ne valaient plus rien maintenant… Son cœur se serra. Si elle en avait une liasse entre les mains, elle les jetterait du balcon du Lotus bleu, ou elle y mettrait le feu avec son briquet, juste pour le sentiment de liberté que ça lui procurerait. L'écran de son téléphone redevint noir et elle pressa de nouveau le bouton, puis regarda les chiffres alignés. Elle pourrait donner cet argent à son frère. Mais il fallait qu'elle comprenne comment faire pour le toucher.

Les jumelles dormaient à présent. Lalee les observa, blotties l'une contre l'autre pour faire tenir leurs corps trop grands sur l'étroit lit métallique. Si elle était venue faire un travail, et rien qu'un travail, que faisait-elle ici, dans cette chambre, avec les deux filles ? Qu'attendait-on d'elles, au juste ?

33

Rambo marcha jusqu'à un bosquet, à l'écart du bâtiment éclairé et des chambres devant lesquels les gardes patrouillaient. Malgré l'immense arche de l'entrée qui affichait fièrement le fameux nom de Nandankanan, la plupart des gens l'appelaient le « palais ». Rambo trouvait pour sa part que le maharaja était un homme pompeux, mais il s'était bien gardé de le dire. Ces gens le terrifiaient – qu'il s'agît de ce paysan de Chintu, de Madame Shefali ou du tout-puissant maharaja.

C'étaient des requins, et lui n'était qu'un pauvre serpent non venimeux, de ceux qui restent parfois coincés dans les filets de pêche et dont personne ne veut. Rambo savait qu'il ne pesait pas bien lourd, mais il savait aussi qu'autour des requins gravitent toujours des gens qui voient et entendent tout. Et auprès de qui on peut se procurer de précieuses informations.

Certains achètent des tickets de loto. Rambo avait acheté des informations. Il avait tenté sa chance.

Il y avait un paquet d'argent à se faire. Surtout depuis qu'on n'avait plus besoin de billets ou de chèques, l'argent pleuvait du ciel. Sonia lui avait expliqué que ce n'était plus que des zéros et des uns. Il fallait imaginer ça, un peu. Rambo aurait bien aimé avoir un ami, un vrai ami à qui parler sans crainte d'être trahi. Il lui aurait expliqué, à cet ami imaginaire : « Des zéros et des uns, mon frère, ils sont tout autour de toi, ils passent dans le ciel comme ça, comme des... zzz... des courants électriques qui te passent au-dessus de la tête. » Comme des ondes de radio, avait dit Sonia.

Il se rendait compte qu'il prenait des risques. Mais c'était la première fois qu'il avait l'occasion de gagner autant d'argent. Il fallait bien faire des compromis. Tout ce qu'il voulait, c'était empocher le fric le plus vite possible et disparaître loin de ces gens dangereux.

Quelque part dans cet endroit se cachaient des montagnes de billets, d'or et de bijoux. Il essaya d'imaginer comment ça se présenterait : s'agirait-il d'un sac noir rempli de diamants étincelants, ou bien de statuettes en or massif, comme dans les films d'espionnage ? Rambo aimait penser à ça. Madame Shefali devait être au courant, elle aussi. Les voleurs n'ont pas de secrets les uns pour les autres. Ces filles, qu'il était censé transporter, combien faudrait-il en acheminer pour le prix d'un seul diamant, ou juste d'un petit sac de billets ? Le plan de Sonia était parfait. Elle était maligne. L'astrologue de sa mère avait toujours dit que sa destinée s'accomplirait grâce à son épouse. Et Sonia lui portait déjà chance. Elle lui faisait gagner de l'argent et lui offrait l'opportunité du siècle. Qui aurait cru qu'un garçon des bidonvilles comme lui finirait avec une *memsahib* ? Ensuite, ils prendraient la fuite, mais où, il ne savait pas. Sonia avait évoqué des endroits, mais rien de spécifique. Bangkok, puis peut-être Hong Kong et la Russie enneigée.

Rambo rêvait de sommets blancs et de chalets en bois où ils pourraient vivre heureux, tous les deux.

Il trouva un coin tranquille derrière des bambous, à l'abri des regards indiscrets, où il s'accroupit et sortit son smartphone. Il restait encore dix minutes avant son rendez-vous téléphonique, mais son pouls commençait déjà à s'accélérer. Les moustiques l'attaquaient de partout. Il essaya d'en écraser le plus possible à la lueur de son écran, puis son téléphone se mit enfin à vibrer. Il prit une grande inspiration avant de décrocher.

– Allô ? dit-il d'une voix tremblante. Oui, je peux fournir le... produit. Oui, oui. Comme vous aviez demandé. Jeunes, vierges. Ne vous inquiétez pas pour ça. On a vérifié. On peut vous livrer dans quelques jours, sans problème. Ne vous en faites pas, monsieur, ajouta Rambo en se fendant d'un sourire. Satisfaction garantie.

Il avait lu ça récemment, sur un panneau publicitaire. Une femme sexy était assise sur un immense matelas blanc, promettant de satisfaire tous vos désirs. Rambo aimait bien cette publicité, et ce slogan. C'était parfait pour les affaires. Il reprenait confiance ; ça allait marcher. Il s'en était fait toute une montagne, mais il savait ce qu'il faisait, il n'y avait pas de raisons d'avoir peur. Il avait les filles. En bonne santé, jeunes, vierges. Il se racla la gorge.

– On n'en fait plus des comme ça, de nos jours, murmura-t-il. De vraies filles de la campagne et... en plus ce sont des jumelles.

Quand il entendit la légère exclamation de surprise à l'autre bout du fil, il sut qu'il avait remporté des points.

– Il faudra juste ajouter un petit supplément, comme vous le savez, précisa-t-il.

Lorsque Rambo raccrocha et releva la tête, son cœur manqua un battement. Un homme se trouvait devant lui, sandales aux pieds et lunettes sur le nez. Il le suivit hors du bosquet.

– Tout s'est bien passé ? demanda l'homme d'une voix calme.

– Oui, monsieur, tout s'est bien passé, dit Rambo.

– Parfait, dit l'homme avec un grand sourire. Formidable.

Il tendit une main à Rambo qui la secoua en souriant nerveusement. Ils s'étaient croisés à plusieurs reprises ces derniers temps au Lotus bleu. Il sortait du lot avec son allure un peu austère et sa manière de parler toujours courtoise, et mettait Rambo mal à l'aise.

– Je ne connais pas votre nom, dit Rambo.

– Ah non ? Oh, je suis désolé. Je suis le régisseur, ici. C'est comme ça que tout le monde m'appelle.

Rambo n'était pas surpris. Il y a toujours un homme comme ça, qui n'a pas de nom mais régit tout – pas le roi mais son faiseur, plus dangereux que le roi lui-même.

– Comment s'est passé le coup de fil ? Tout est en ordre ? insista le régisseur.

Rambo était nerveux, mais il se rappela qu'il n'avait fait qu'obéir à des ordres. Il avait conclu le marché lui-même, mais en suivant les instructions de Madame Shefali. Puisque les filles transitaient par ici avant d'être exportées, certainement que le maharaja, comme cet aimable monsieur, était au courant des détails. Il n'était après tout qu'un petit rouage dans la machine.

– Oui, oui, répondit Rambo, le client attend qu'on lui envoie les filles.

– Monsieur Maity, je n'ai pas besoin d'en savoir

plus. Cela reste entre vous et votre patronne. Nous avons un arrangement. Et ne pas être informé de tout en fait partie.

Rambo n'osait plus rien dire. Il ne savait pas comment s'y prendre dans ce nouvel univers plein de secrets. Il essaya de se concentrer sur l'allée qui s'ouvrait devant eux, et se convaincre que tout irait bien. Il allait y arriver, s'en sortir sain et sauf et devenir riche.

– Cette chaleur est insupportable, dit l'homme. Même à cette distance du centre-ville, c'est étouffant. D'habitude on a un peu de brise le soir, avec la mer et Diamond Harbour à proximité, mais là, rien. J'espère que les pluies ne vont plus tarder.

Rambo se dit qu'en effet, ils étaient bien loin de la ville. Une crainte soudaine le saisit à cette pensée, lui qui avait grandi dans les rues de Calcutta et avait appris à trancher les poches des pantalons et les lanières des sacs avec des lames de rasoir avant de savoir écrire son nom. C'était la rue qui l'avait élevé ; elle avait pris un pauvre garçon qui ne connaissait rien à rien par la peau du cou, et lui avait appris à ruser, tricher et voler. Dans les rues de Calcutta, il savait qui il était. Mais ici, dans ce parc interminable où régnait un fou tout-puissant, plus près de la mer que de la ville, Rambo était perdu, comme un chien qui ne sait pas nager.

34

Deepa devait retrouver Malini devant le kiosque à thé de Bappa. Elle se pressa pour rattraper son retard, accélérant le pas tout en se retenant de courir. On trouvait difficilement à se garer par ici, et la plupart du temps elle prenait un taxi. Aujourd'hui, c'était Vishal qui l'avait déposée. Avec les embouteillages et les interminables feux rouges, le trajet s'était éternisé, et Deepa n'avait pas ouvert la bouche une seule fois. Quand elle arriva enfin devant le Lotus bleu, elle aperçut Malini, le regard dans le vide, les sourcils froncés.

Les deux femmes entrèrent et se mirent à parcourir les couloirs de la maison close en passant en revue la liste des filles, du moins celles qu'elles connaissaient, notant à côté de certains noms le mot « disparue ». Elles entrèrent dans la chambre qui avait été jusqu'à présent celle de Nimmi. Malini chercha son nom dans la liste. Il était inscrit en bengali, dans sa belle écriture ronde aux lettres entrelacées comme une broderie.

– Où sont les enfants ? Ils les ont emmenés aussi ? demanda-t-elle.

Deepa haussa les épaules. Des citrons verts et des piments gisaient par terre. Quelqu'un les avait piétinés en laissant de grosses traces de semelles sales. Nimmi devait juste avoir fini de déjeuner, ou peut-être qu'elle avait eu la flemme de faire la vaisselle. Une casserole traînait dans le coin de la pièce, couverte de moisissures, même si la nourriture avait été raclée jusqu'à la dernière miette.

Certaines chambres étaient fermées de l'extérieur à l'aide de gros cadenas qui pendaient aux portes. D'autres étaient ouvertes et avaient déjà de nouvelles occupantes. Sonagachi était parmi les quartiers les moins chers de Calcutta au mètre carré, alors les chambres ne restaient jamais longtemps vides.

– Elles ont des préservatifs dans leur sac, et de l'argent ; elles appelleront quand elles seront prêtes à revenir, dit Malini.

Deepa se contenta de hocher la tête.

– Les plus anciennes savent que c'est la routine. C'est leur *atyachaar*, leur manière de nous torturer. Quel droit ont-ils de faire ça, de les chasser de leur *shongshaar*, le foyer qu'elles se sont créé à la sueur de leur front ? s'écria Malini en tremblant, les poings fermés.

Deepa savait que Malini avait raison. C'était le seul véritable foyer que la plupart de ces femmes avaient connu. Elles y avaient trouvé l'amitié, l'amour, quelqu'un pour veiller sur elles quand elles tombaient malades. Deux décennies plus tôt, quand Deepa avait mis le pied à Sonagachi pour la première fois, elle avait été horrifiée. Elle voulait les secourir toutes – les femmes, les adolescentes, les enfants qui la regardaient les yeux écarquillés. Puis elle avait compris, au fil des années, au fil des anecdotes et des rires ou des pleurs qui les ponctuaient, que c'était le seul endroit où elles pouvaient vivre avec un semblant de dignité, et même de fierté, le seul endroit qui était à elles ; pas à leurs maris, leurs pères ou leurs maquereaux ni à aucun autre bon à rien de ce monde, mais à elles. C'était une drôle de dignité, fragile, malmenée, avec des traces de semelles un peu partout, mais parfois, même ça, c'est déjà beaucoup.

– Et Amina ? dit Malini en fronçant les sourcils, son bloc-notes à la main. Ça fait un moment que je ne l'ai pas vue, mais on ne sait pas si la police l'a embarquée… et Lalee. En tout cas, elles ne sont plus là.

Au bout d'un long moment, Deepa se rendit compte qu'elle regardait fixement Malini. Savait-elle quelque chose ? Il allait falloir qu'elle lui en parle, à un moment donné. Mais Deepa redoutait sa réaction. Malini avait-elle remarqué que quelques mois plus tôt, elles avaient eu la même conversation au sujet de Maya, quand elle avait soudain disparu de Sonagachi ? La porte de sa chambre était restée fermée par un cadenas tout neuf pendant plusieurs semaines. Il n'y avait pas eu de descente de police, cela dit. Connaissant Maya, son assurance et sa relative aisance financière, Malini s'était moins inquiétée. Avant sa disparition temporaire, Maya avait pris soin de dire à son entourage qu'elle voulait devenir escort-girl auprès de riches clients qui pouvaient se payer un appartement dans le centre-ville de Calcutta. Deepa n'avait alors rien dit à Malini, même si cela la mettait mal à l'aise. Après la mort de la jeune femme, le non-dit s'était transformé en mensonge. Mais comment pouvait-elle lui avouer maintenant qu'elle savait où s'était rendue Maya, et qu'elle savait à présent où se trouvait Lalee ? Pour ce qui était d'Amina, en revanche, elle n'en avait pas la moindre idée. Elle n'était pas censée partir avec Lalee et Sonia. Après chaque descente de police, les femmes étaient éparpillées aux quatre coins de la ville, comme après le passage d'un cyclone. Peut-être qu'Amina était dans un de ces bâtiments aux chambres sans fenêtres, ces fameux centres de réhabilitation où on forçait les filles à coudre ou à faire des pickles ? Ou bien elle proposait ses services aux passants quelque part, à un autre coin de rue ? Il y avait encore d'autres possibilités, mais Deepa préférait éviter d'y penser.

– Je vais aller au commissariat pour savoir où ils les ont emmenées. Avec Kamalesh – il nous faut l'aide des avocats.

Malini garda le silence, toujours concentrée sur son bloc-notes. Elles travaillaient côte à côte aujourd'hui, mais quinze ans plus tôt, quand Deepa n'était encore qu'une jeune éducatrice inexpérimentée auprès des femmes de Sonagachi, Malini avait été l'une de ses élèves les plus assidues. Admirant Deepa comme un modèle inaccessible, Malini avait fini par devenir à son tour formatrice auprès de ses pairs. Deepa ne voulait pas la décevoir.

Mais elle ne voyait pas comment lui expliquer. En 1997, la coopérative de Sonagachi, première en son genre dans le pays, avait organisé une conférence nationale rassemblant quelque cinq mille personnes, femmes, hommes et trans échangeant du sexe contre de l'argent. Dans les moments difficiles, Deepa fermait les yeux et essayait de se rappeler cette époque grisante, le contact des corps, la sueur, l'espoir, les slogans chantés en chœur, épaule contre épaule, main dans la main. Qui était-elle alors ? Une fille impressionnable, idéaliste et privilégiée qui avait obtenu son diplôme haut la main dans sa très respectable université catholique du

Loreto College quelques années plus tôt. Mais elle était venue, et elle avait senti son cœur battre à l'unisson d'un millier d'autres et ses veines se remplir d'une joie féroce et indomptable. N'était-ce pas cette même liesse, cette même communion qu'elle recherchait chaque fois qu'elle participait à un rassemblement ? Elle se souvenait de la question qui avait été posée ce jour-là : pourquoi les personnes qui se prostituent, qui dispensent un service contre de l'argent, ne pourraient-elles pas prétendre aux mêmes droits du travail, aux mêmes droits humains que les autres ?

Il y avait eu des victoires. Là où de puissantes structures avaient échoué, des petites organisations de quartier comme la coopérative avaient réussi à ralentir drastiquement la circulation du virus du sida. Il y avait aussi eu de terribles échecs. Des jeunes filles et des femmes étaient mortes ou avaient disparu. Avec le temps, Deepa avait commencé à comprendre qu'il y avait des forces invisibles qui œuvraient dans l'ombre et auxquelles elle se heurterait toujours. Alors, quand des femmes comme Maya, parce qu'elles constituaient des investissements rentables, entraient dans les rouages de ces structures, la tentation devenait grande d'en profiter pour les infiltrer et les faire éclater de l'intérieur, malgré les risques insensés. Deepa ne savait pas si elle avait bien agi. Elle n'avait pas bien mesuré à quel point elle avait impliqué Maya, ni jusqu'où celle-ci était d'elle-même allée. Quoi qu'il en soit, elle n'avait pas su la protéger. Peut-être que si elle ne s'était pas mêlée de cette affaire, Maya ne serait pas morte. Mais quelques années plus tôt, une femme avait adressé une lettre anonyme au Premier ministre : *Le maharaja m'a enlacée et il m'a dit qu'il m'aimait du plus profond de son cœur, qu'il voulait faire l'amour avec moi, que je lui appartenais, mon corps, mon esprit et mon âme.* Après avoir longtemps erré dans les recoins tortueux de la bureaucratie, la lettre était parvenue entre les mains d'un ministre, qui l'avait transmise au ministre de l'Intérieur, avant d'atteindre enfin le Bureau des enquêtes criminelles et la Cour suprême. Cette femme n'était pas seule ; bien d'autres continuaient d'être violées et brutalisées par le même homme saint dans sa forteresse. Deepa savait que les nombreuses femmes du maharaja venaient souvent de Sonagachi, et que certaines disparaissaient à jamais. Cela remontait à plusieurs années, mais les enquêteurs du Bureau étaient en train de toucher au but, et des femmes comme Maya y étaient pour quelque chose. Elles pouvaient se rendre là où les enquêteurs de la police, les ONG et les journalistes n'avaient pas accès. Deepa devait maintenant attendre et redoubler de précautions, surtout depuis que Maya était morte. Certaines des femmes qui avaient réussi à s'échapper de la communauté se cachaient à présent dans des endroits tenus secrets. C'était là que Maya aurait dû se trouver après s'être enfuie de l'ashram, quand elle avait appelé Deepa. Une journaliste avait été assassinée, et le contact de Deepa au sein du Bureau était persuadé que de violentes émeutes éclateraient dès que l'intervention serait déclenchée. Elle se demandait si elle reverrait un jour Lalee. Mais ce serait tout de même une victoire – une simple lettre anonyme, écrite par une femme désespérée, allait finir par renverser un homme immensément puissant. Tout cela, Deepa ne pouvait pas en faire part à Malini, d'autant qu'elle se sentait en partie responsable de la mort de Maya.

– C'est cette descente de police, reprit Deepa en fouillant inutilement dans son sac à main. C'est toujours la même histoire. Lalee et Amina se cachent probablement quelque part, à moins que la police ne les ait emmenées dans un centre. Elles seront de retour dans quelques semaines quand les choses se seront tassées.

Malini ne répondit pas, et les deux femmes poursuivirent leur inspection sans plus parler des disparues.

35

Lalee et Sonia se trouvaient au dernier rang d'une immense assemblée de fidèles qui priaient assis par terre, les mains jointes. Sonia semblait parfaitement détendue dans ses vêtements amples, souriant étrangement, le visage tourné vers les rayons du soleil qui perçaient à travers les petites fenêtres de la grande salle et illuminaient ses longs cheveux blonds. Le maharaja était sur son trône en velours. De loin, Lalee ne distinguait qu'une silhouette carminée. Mais l'écran géant à gauche de l'estrade permettait de suivre ses moindres gestes en haute définition. Il souriait à la foule d'un air bienveillant, la tête légèrement penchée sur le côté, comme s'il se trouvait face à une bande d'enfants. Une armée d'hommes et de femmes en *kurtas* et saris blancs allaient et venaient entre le trône et les fidèles, efficaces dans leurs gestes et impassibles dans leurs expressions.

– Joie, dit le maharaja d'une voix de baryton qui résonna à travers d'invisibles haut-parleurs. Qu'est-ce que cela signifie, être joyeux ?

Tout en regardant intensément les personnes rassemblées devant lui, il inclina la tête de l'autre côté et esquissa un sourire, comme s'il s'apprêtait à leur révéler un secret, à la fois drôle et immense.

– La joie, c'est de trouver le sens de sa vie, annonça-t-il. (Il sourit largement et marqua une pause pour laisser à tout le monde le temps d'apprécier la profondeur de ses paroles.) Le fermier laboure son champ, le forgeron martèle son enclume, le médecin soigne ses malades – cela leur donne un but, et donc de la joie. Sans but, leurs vies seraient vides, comme une faucille qui ne faucherait plus.

Lalee songea que si elle ne connaissait pas grand-chose aux docteurs, elle en savait suffisamment sur les fermiers et les forgerons pour savoir que leur travail n'était pas toujours joyeux et qu'ils gagnaient souvent à peine de quoi survivre.

– Alors comment donner un but à notre vie, si c'est ce qui lui donne du sens et nous procure de la joie ? dit-il en dodelinant de la tête. Le but se révèle à nous par l'abandon au brahman, la conscience suprême qui régit l'univers. Nous devons nous en remettre à sa volonté si nous voulons atteindre la plénitude dans notre vie terrestre.

Le maharaja n'était pas gros, mais il avait une carrure imposante. Son large torse était couvert de poils noirs qui sortaient sous sa tunique rouge, entre les chaînes en or et les chapelets en perles de *rudraksha*. Il semblait irradier de lui une force magnétique. Les femmes et les enfants assis à ses pieds buvaient chacune de ses paroles. Lalee avait l'impression de sentir sa voix grave chatouiller sa nuque, comme s'il lui adressait à elle seule une confidence, en même temps qu'un ordre. Non loin d'elle se trouvait une jeune femme qui tenait fièrement ses deux enfants sur les genoux.

L'assemblée se mit à entonner « *Hare Krishna, hare Krishna, hare Rama, hare hare* », d'une même voix puissante qui résonnait dans toute la salle. Lalee leva les yeux vers le plafond. Mais que faisait-elle ici ? Et Durga et Lakshmi ? Elle ferma les yeux et repensa à cette fois où elles avaient célébré *Kartik puja* dans la petite cour du Lotus bleu. Le prêtre qui officiait était le *babu* de l'une des filles. Elles avaient passé la matinée et le début de l'après-midi à couper des fruits, à fabriquer des guirlandes et à peindre le sol de toutes sortes de motifs. Lalee était surprise de l'émotion avec laquelle elle repensait au Lotus bleu ces derniers jours : son ancienne chambre aux murs rose foncé, la petite alcôve avec ses figurines de divinités et sa panière remplie de pièces de monnaie ; les épaisses colonnes donnant sur la cour au rez-de-chaussée et les balcons depuis lesquels les femmes hélaient les maquereaux ou les clients. Autour de la cour rectangulaire, les étages s'empilaient comme des boîtes. Lalee se souvenait comme le bâtiment lui avait semblé imposant la première fois qu'elle était entrée et avait levé la tête, malgré la peinture qui s'écaillait et les stores cassés. Le grillage n'avait pas encore été installé autour des balcons. On l'avait ajouté plus tard, quand une femme avait été retrouvée dans la cour un matin, le crâne brisé en deux.

Lalee repensa à son coup de fil avec Amina la veille au soir. Amina parlait d'une voix étouffée, comme si elle avait peur qu'on ne l'entende. Il y avait eu une descente au Lotus bleu et dans d'autres maisons closes voisines. Lalee soupira. C'était sans fin, ces intrusions de la police chez elles. Sous prétexte de les sauver, on les mettait en cage ou on les laissait sans abri, à travailler dans des conditions encore plus hasardeuses. Elle avait ressenti un léger soulagement en apprenant la nouvelle ; au moins, elle avait évité ça. Et pourtant, il y avait quelque chose qui clochait. Cela faisait plusieurs jours qu'elle était ici et elle n'avait encore vu aucun client. Elle tombait directement sur la boîte vocale de Rambo à chaque fois qu'elle essayait de le joindre pour lui dire le fond de sa pensée, évacuer cette colère qui ne la quittait plus depuis qu'elle s'était réveillée à moitié droguée dans cet endroit inconnu. De l'argent avait bien été transféré sur son compte. Vingt mille roupies, d'après ce que l'écran affichait. Lalee avait du mal à le croire. Elle aurait voulu demander à Sonia, mais l'idée de lui montrer son argent la rebutait. Difficile de se défaire de ses vieilles habitudes.

Tôt ou tard, on l'appellerait. Peut-être pour l'imposant homme poilu sur l'estrade. Lalee secoua la tête en esquissant un sourire. Peut-être qu'il faisait partie des riches clients dont Rambo se vantait. Quand son frère était venu lui demander de l'argent, elle ne savait pas où le trouver, mais si ces chiffres sur l'écran étaient bien réels, cela résoudrait beaucoup de problèmes.

Quelques mois plus tôt, Lalee avait été surprise par son reflet dans le miroir. Il y avait de la dureté dans sa bouche, de la froideur dans son regard, ses cheveux étaient drus et décoiffés comme un champ de bataille. Elle ne savait pas quel âge elle avait exactement. Ses parents, déjà atterrés d'avoir donné naissance à quatre filles avant elle, n'avaient pas pris la peine de compter les années. Elle approchait la trentaine, sans doute, et elle ne s'attendait pas à ce que son corps lui fasse de cadeaux, pas plus que la vie ne lui en avait fait. Vivre à Sonagachi se faisait difficile pour les femmes à partir d'un certain âge.

Certaines devenaient maquerelles, d'autres s'investissaient corps et âme dans la coopérative comme Malini, et des milliers d'autres mouraient dans la pauvreté. Plusieurs fois par an, de nouvelles filles arrivaient. Au début, Lalee éprouvait de la tristesse pour elles. Elles pleuraient toute la nuit en attendant désespérément qu'un amoureux, un père, un frère, un mari ou une mère vienne les chercher et les ramène à la maison. Maintenant, à chaque nouvel arrivage, Lalee se regardait dans le miroir.

De nouvelles maisons closes ouvraient périodiquement. Elles n'employaient que des filles grandes, avec une forte poitrine et la peau claire en provenance du Pendjab, du Rajasthan ou du Cachemire. Il se disait que les clients riches préféraient ces filles-là, plus désirables et plus chères.

Plusieurs fois, quand Chintu avait eu le dos tourné, Lalee s'était occupée des clients de Rambo. Elle en avait d'abord pris un ou deux à titre exceptionnel. Ils donnaient de bons pourboires et acceptaient de se protéger. Madame Shefali était au courant, mais tant qu'elle touchait sa part, elle ne disait rien. D'autres filles comme elle travaillaient dans le quartier de Kalighat, le plus fameux temple de Calcutta, à Hatibagan, Bagbazar, Park Circus ou Park Street. Pour les maquereaux et les dealers, la ville entière était jalonnée de points rouges. Rambo lui avait aussi parlé de filles telles que Sonia – des Russes, des Chinoises, des étudiantes, des mannequins – qui portaient de plus beaux vêtements et des talons hauts, et qui accompagnaient les clients en boîte de nuit ou dans des hôtels de luxe. Lalee se sentait à la fois intriguée et intimidée par ce monde. Quand Madame Shefali elle-même lui en avait offert la clef, elle n'avait pas pu refuser.

Lalee ferma les yeux en écoutant les gens chanter autour d'elle. Si elle était patiente, elle saurait qui était ce fameux client. Elle ferait bien son travail, serait payée et pourrait partir. Ils ne voudraient pas éternellement d'une fille comme elle. Elle s'en irait et, avec le temps, elle quitterait aussi Sonagachi, peut-être pour un appartement dans le centre-ville de Calcutta, près de tous les restaurants où elle…

– C'est un dieu, chuchota une femme assise devant elle à sa voisine.

Le maharaja se balançait au rythme des chants, les yeux fermés, les mains tournées vers le ciel, un sourire béat sur les lèvres. Aux voix humaines venait s'entremêler le son des tambours, des cymbales et de l'harmonium. La foule entière oscillait, les yeux fermés, les mains en l'air, plongée dans une plénitude spirituelle à laquelle Lalee n'avait pas accès. Elle regarda Sonia qui lui sourit en lui décochant un clin d'œil. La femme assise devant elles se retourna, le visage brillant de sueur :

– C'est un avatar de Krishna, dit-elle.

– Il est Krishna, dit sa voisine, hypnotisée.

Dans la sueur et le rythme entêtant des tambours, les corps continuèrent d'onduler à l'unisson et les voix de projeter leurs accents fiévreux jusqu'à l'extase.

36

Lalee attendait dans l'antichambre. Elle s'était douchée selon les instructions, avait peigné ses longs cheveux noirs et enfilé un sari rouge et blanc tout neuf, puis s'était agenouillée comme on le lui avait demandé, en direction de l'est.

Deux femmes vêtues de blanc entrèrent. Elles lui tapotèrent l'épaule ; Lalee garda les yeux fermés. Alors qu'elle avait passé sa vie à envelopper ses souvenirs d'un voile opaque, elle se mit à penser à sa mère. Lorsque son mari avait sombré dans l'alcool, elle avait voué toute son existence à ses dieux. Elle se lavait trois fois par jour et passait sa journée à prier. C'étaient les parfums d'encens et de fleurs qui avaient fait ressurgir ces souvenirs. Quand les Hare Krishnas arrivaient dans le village, Lalee accourait en entendant la voix des chanteurs et les accords traînants de l'harmonium. Elle fredonna tout bas la mélodie. Elle n'avait jamais connu chose plus parfaite. Tant pis si son père était ivre mort, s'il avait levé la main sur elle et sa mère, ou si le village, moitié musulman, moitié hindou, était toujours au bord de l'implosion. Les Hare Krishnas au torse nu revenaient chaque mois, cinq jours avant la pleine lune, danser et chanter des *bhajans*, vêtus de leur *dhoti* safran et blanc, un long *tilak* tracé sur le front.

Les deux femmes aidèrent Lalee à se relever en silence. Elle se sentait plus nue que jamais dans ce sari simplement drapé autour de son corps, sans rien dessous. En attendant devant la porte close, les deux épouses du maharaja se contentèrent de lui rappeler les instructions à suivre pour la cérémonie de purification.

À l'extérieur, Lalee apercevait la pleine lune à travers les hauts feuillages des cocotiers. En ville, dans la clameur des ruelles de Sonagachi, la lune lui était indifférente. Mais ici, elle avait une brillance étrange qui faisait ressortir le blanc éclatant de son sari. Non loin de là, un jasmin en fleur dégageait un parfum entêtant. Quand le jasmin fleurit, les serpents sortent, disait sa mère. L'atmosphère avait quelque chose d'inquiétant à l'approche de la mousson. Dans la chaleur et la poussière, les nuages se gorgeaient d'eau, tandis que les serpents et autres créatures dangereuses étaient aux aguets, cachés dans les plis de la terre. Tout le village attendait avec impatience ces premières gouttes de la fin juin. La pluie était ce qui séparait la vie de la mort : d'un côté la sécheresse et la famine, de l'autre une terre grasse, collante et boueuse qui faisait croître le riz, le jute et les pommes de terre.

Lalee leva les yeux vers la lune. Cela faisait longtemps qu'elle ne l'avait pas regardée, cette chose autrefois si familière, quand elle habitait au village.

Deux gardes armés de fusils étaient postés de chaque côté de la porte close, la tête droite et le regard immobile, ignorant la présence des femmes. L'une d'entre elles frappa à la porte tandis que l'autre tenait Lalee par le bras.

– Entrez, fit une voix d'homme.

Elles poussèrent la lourde porte grinçante et firent entrer Lalee.

Un imposant homme poilu, vêtu d'un simple caleçon en soie rouge foncé, était allongé sur un immense lit à baldaquin, en train de regarder un film. Il appuya sur pause et Lalee aperçut sur l'écran plat accroché en hauteur deux femmes nues. L'une était penchée au-dessus d'un homme à la peau sombre, l'autre agenouillée, les mains liées derrière le dos et les yeux bandés, le visage figé dans un interminable instant de douleur. La gorge nouée par une peur familière, Lalee ne pouvait détacher ses yeux de ce visage.

L'homme gratta sa longue barbe touffue du coin de la télécommande puis il sourit et la regarda attentivement de bas en haut. Au milieu de cette chambre, il paraissait radicalement différent de celui que la foule vénérait tel un dieu dans l'immense salle de prière.

Il chassa d'un geste les deux femmes qui encadraient silencieusement Lalee. Elles se retirèrent sans un mot et refermèrent derrière elles. De l'autre côté de la porte, les vigiles reprirent leur poste.

Le maharaja fit quelques pas en direction de Lalee. Elle se raidit. Elle avait pourtant fait ça des centaines de milliers de fois, et beaucoup d'hommes l'avaient traitée bien plus mal dès le début. Elle essaya de se détendre, mais un bras puissant l'enveloppa, et l'homme l'attira contre son torse. Quand il desserra enfin son étreinte, elle se rendit compte qu'elle n'avait pas repris sa respiration. Toute la journée, elle n'avait cessé de se demander en quoi consisterait cette fameuse cérémonie de purification. Il devait s'agir d'une sorte de rituel religieux qui l'élèverait hors de sa condition de femme déchue. Mais dans ses tripes, elle pressentait ce qui allait réellement se passer. Et maintenant qu'elle était dans cette chambre, avec ces images pornographiques et le verre de whisky qui traînait à côté du lit, elle savait qu'elle ne s'était pas trompée. S'il s'agissait d'un rituel, il ne lui était pas étranger.

Le maharaja se mit brusquement à rire, sans raison apparente, comme s'il venait de se souvenir d'une mystérieuse plaisanterie qui l'amusait au plus haut point. Il s'approcha de la porte et tourna la clef dans la serrure. Le simple bruit métallique la paralysa. Elle ferma les yeux. Il suffisait de faire comme si ce n'était qu'un client et qu'elle était chez elle, dans sa vieille chambre aux murs tachés. Il ne s'agissait que d'un homme en compagnie d'une prostituée, qui voulait faire ce que tous les autres font avec les corps qui leur appartiennent pendant un court laps de temps. Mais au plus profond d'elle, quelque chose lui disait que cette fois-ci serait différente.

Elle balaya la pièce des yeux. Les murs étaient recouverts de boiseries sombres et le lit à baldaquin, avec ses nombreuses tentures, occupait la plus grande partie de la pièce. Un meuble orné de symboles religieux contenait tout un assortiment de bouteilles d'alcool. Un portrait grandeur nature du maharaja bénissant ses fidèles trônait au mur. Au pied de cette colossale monstruosité était posé un grand plateau en cuivre rempli de pétales de fleurs. La chambre était imprégnée d'effluves d'alcool et d'une odeur de fauve, entêtante et musquée, que Lalee ne parvenait pas à identifier. Elle se sentait prise au piège dans la tanière d'un animal qui allait jouer avec elle puis finir par la dévorer.

– Regarde autour de toi, mon enfant, dit le maharaja depuis le lit. Vois un peu comment la scène a été préparée, sourit-il. C'est ici que tu seras purifiée.

Lalee baissa la tête, ne sachant que répondre.

– Apporte-moi ces fleurs.

Elle ramassa le lourd plateau et le déposa sur le lit.

– Répands donc les pétales autour de moi, mon enfant, puis viens t'agenouiller auprès de moi. C'est le moment où tu me pries de t'accorder la purification.

Lalee s'exécuta en silence. Elle se demandait si Sonia aurait à se plier au même rituel. Mais cela faisait peu de doute. Un homme comme lui ne laisserait pas de la chair blanche lui filer entre les doigts. Et cette pensée en fit naître une autre – qu'est-ce qu'un homme comme lui ferait subir aux deux filles ? Elle s'agenouilla par terre à ses pieds, mais il lui fit signe de le rejoindre sur le lit. Elle s'assit au bord du matelas sans un bruit, en essayant de se faire la plus petite possible. Les seins nus sous son sari, elle se sentait fragile et vulnérable.

Le maharaja appuya sur un bouton de la télécommande et la laissa tomber à côté de lui. Les corps momentanément figés reprirent leurs contorsions et leurs étreintes serpentines. Lalee jeta quelques regards furtifs vers l'écran. Un sourire en coin se lisait sur le visage du maharaja.

– Tu as déjà visité les temples de Khajuraho ? demanda-t-il.

Elle secoua la tête.

– Leurs murs sont sculptés de corps semblables à ceux-ci, engagés dans le sport éternel de la chair. Les gens ne comprennent pas le sexe. Nous sommes faits de sexe. Même les dieux. Ce que tu fais, c'est l'essence même de la vie. Maintenant, montre-toi telle que tu es.

Le maharaja attrapa son sari et tira avec force. Sa demande, si rapprochée de son sermon, la prit par surprise. Elle commença à se défaire de l'ample vêtement et du modeste sentiment de sécurité qu'il lui procurait. Elle remarqua que le maharaja la regardait faire, sans détourner les yeux vers l'écran. Elle lui sourit. Si elle parvenait à capter son intérêt, elle survivrait à cette nuit.

Nue face à lui, elle essaya d'adopter une posture flatteuse puis elle baissa les yeux, se souvenant qu'elle devait feindre la pudeur.

– Comment t'appelles-tu ? demanda le maharaja.

Les bruyants gémissements des acteurs du film emplissaient la pièce.

– Mohamaya, répondit Lalee, consciente du pouvoir pervers qu'il y avait à habiter un nom, une histoire qu'elle pouvait transporter avec elle comme un talisman.

Son nom et son histoire n'appartenaient qu'à elle. Son corps pouvait être acheté et vendu, mais pas son nom, pas son histoire. Comme pour Shéhérazade, raconter des histoires était pour Lalee un moyen de survie. Certaines morts sont invisibles. La colonisation de son histoire, la manière dont elle était disséquée par ceux qui l'écoutaient, avides de tragédies et de traumatismes, la révoltaient. Alors elle s'était réapproprié le pouvoir de raconter. Les noms qu'elle donnait étaient ceux de mortes. Les histoires, des histoires de mortes. Et elles étaient toutes véridiques. Elles étaient les siennes, et celles de quelqu'un qui lui ressemblait beaucoup. Lorsqu'une personne a tout perdu, il ne lui reste plus que son nom et son histoire pour seul territoire.

Lalee était parvenue à répondre au maharaja sans ciller. Mais elle ne s'était pas préparée au violent coup de poing qui s'abattit soudain sur sa joue gauche. Le maharaja regarda sa main, remua les doigts et rit. Un petit gloussement, comme celui d'un enfant cruel découvrant le plaisir d'arracher les ailes d'un insecte pour la première fois. Puis dans la fraction de seconde avant que la douleur ne l'assaille, elle vit le visage du maharaja se transformer. Le rire s'était évanoui aussi vite qu'il était venu et il la regardait fixement, sans cligner des yeux.

Il s'étendit en s'appuyant sur un bras, et Lalee vit ses larges muscles se fléchir comme une menace.

– J'ai connu une Mohamaya, dit-il. Elle venait aussi de chez Madame Shefali. Malheureusement, elle est morte. Mais elle avait été purifiée. Elle est morte en femme chaste.

Sa voix était calme, presque monocorde. Lalee espéra que l'expression de son visage ne la trahissait pas. Il y avait peu de chances qu'il s'agisse d'une autre Mohamaya. Ce n'était pas un nom très répandu. La gorge tranchée et le visage bouffi de la jeune femme lui revinrent brusquement à l'esprit. Elle s'efforça de rester souriante et se rapprocha de lui.

Elle avança doucement la main vers le caleçon en soie rouge, et souleva délicatement le tissu. Elle avait du mal à déchiffrer son expression. Il avait un air de curiosité amusée, comme devant un numéro de singe savant. Elle soutint un moment son regard puis abaissa la tête vers son entrejambe. Une main s'abattit sur elle et lui enserra la gorge. Le maharaja souriait. Au bout d'un long moment, il libéra son emprise et Lalee toussa en essayant de reprendre son souffle.

– Je t'accepte telle que tu es, Mohamaya, dit-il d'un ton moqueur. Tu t'es offerte à moi, corps et âme. J'accepte ton offrande.

– Je ne me suis pas offerte à vous, rétorqua-t-elle.

L'étranglement avait libéré quelque chose en elle. Mais elle ne pouvait pas se permettre de laisser tomber le masque maintenant. Il fallait d'abord survivre à cette nuit, et peut-être à celles qui s'ensuivraient.

– Quand tu as posé le pied dans mon domaine, tu t'es donnée à moi, exactement comme tes sœurs avant toi, dit le maharaja en lui soulevant le menton.

Sa voix était douce, mais il serrait fort et lui faisait mal.

Lalee s'efforça de sourire et posa sa main sur celle du maharaja pour l'écarter de son visage. Puis elle tendit de nouveau le bras vers son entrejambe. Il l'agrippa par la nuque et lui mordit la bouche.

Puis il la fit basculer sur le ventre et s'introduisit en elle. Lalee essaya de bouger la tête, s'attendant à voir un flot de sang surgir entre ses jambes et inonder le lit. Elle ne savait pas, elle n'arrivait plus à savoir si c'était réel, s'il s'agissait bien de son sang ou du sang fantôme de Mohamaya, mêlé au sien dans une étrange alchimie. Il lui attrapa les cheveux par la racine, et son crâne vint buter plusieurs fois contre la tête de lit. Elle ferma les yeux, et un peu avant de perdre connaissance, elle sentit son visage s'enfoncer dans une mer de coussins.

Aux premières lueurs du jour, Lalee avait les yeux grands ouverts. Allongée sur le dos, elle observait les symboles *aum* gravés dans les boiseries au-dessus de sa tête. Sa joue avait enflé. Elle essaya de bouger ses lèvres, mais c'était comme si de la colle ou des points invisibles les maintenaient fermées. Sentant l'effroi monter en elle, elle força et parvint à entrouvrir la bouche. Elle effleura sa joue, et une douleur aiguë transperça toute la partie gauche de son visage. Elle retint un cri mais ne put empêcher ses larmes d'inonder ses tempes. Quelques heures plus tôt, lorsque le maharaja en avait eu fini avec elle, il avait avalé une poignée de pilules. Mais même s'il était évident qu'il dormait profondément, elle était restée immobile, n'osant bouger ou même respirer trop fort de peur de le réveiller.

– Je suis un dieu, avait-il chuchoté avant de s'endormir. Les dieux tuent les mortels. Cette nuit, tu peux disparaître. Te perdre dans le noir comme un nuage de fumée.

Puis il s'était mis à rire, avec le plaisir enfantin de l'innocence même.

37

Étendue sur son petit lit, Lalee fixait le plafond. Toute la moitié gauche de son visage était boursouflée, son œil auréolé de noir, et chaque tentative de mouvement lui arrachait une grimace de douleur. Un gros gecko sortit de sa cachette derrière le spot lumineux. Une libellule s'était posée sur le tube blanc, énamourée de lumière. Le gecko attendit patiemment, sans quitter sa proie des yeux, puis il avança de quelques pas sur son ventre blanc. Lalee retint son souffle. Lorsqu'il fut assez près de sa victime, il allongea le cou et saisit la libellule dans sa bouche. Elle se débattit en agitant les pattes, en remuant les ailes, mais le gecko tint bon. Puis il finit par mordre vigoureusement et la libellule cessa de bouger. Lalee ferma les yeux.

Quand la porte de la chambre du maharaja avait été déverrouillée quelques heures plus tôt, elle avait péniblement enveloppé son sari autour de sa poitrine, meurtrie par les coups et les morsures. Elle s'était ensuite glissée hors de la pièce en jetant un regard au garde qui avait tourné la tête de l'autre côté.

Les yeux baissés, elle avait traversé pieds nus les allées de terre et de gravier, en priant pour se souvenir du chemin jusqu'à la petite chambre. Elle sentait les regards se poser sur elle. Une ou deux fois, elle leva la tête en croisant un groupe de *sevikas*. Pas un centimètre de leur peau n'était visible, excepté leurs visages et leurs mains. L'une d'elles regarda Lalee avec une telle pitié qu'elle dut se mordre la main pour ne pas fondre en larmes.

Depuis son retour dans la chambre, Sonia et les jumelles n'étaient pas revenues. Elle se leva et alla éteindre la lumière, puis elle s'approcha de la fenêtre et regarda les corbeaux s'envoler en croassant dans la chaleur immobile de l'été, jusqu'à ce que le ciel finisse par s'assombrir.

Elle entendit soudain quelqu'un entrer dans la chambre à tâtons et s'arrêter au milieu de la pièce. Elle ne bougea pas. Au bout de quelques instants, elle sentit une main sur son épaule. Elle ouvrit les yeux et reconnut la pâleur des longs bras de Sonia. Aucune d'elles n'ouvrit la bouche. Lalee ne ressentait plus rien, pas même de la colère. Sans ce refuge rassurant, elle se sentait perdue. Elle se demandait si Sonia savait.

Celle-ci releva la tête et regarda les arbres au loin. Avec la crise financière de 2008, les Ouzbèkes avaient commencé à quitter Dubaï pour l'Inde, où les maquereaux savaient qu'elles attireraient la clientèle. Certaines Indiennes travaillaient pour deux mille roupies, voire cinq cents quand les temps étaient durs, mais d'autres pouvaient gagner beaucoup plus, comme celles qui figuraient sur le site de Charlie, le maquereau de Sonia. Un temps, elle avait cru que Maya ferait une bonne recrue pour Charlie. Elle avait du potentiel, et avec quelques conseils, elle aurait pu développer le genre d'élégance que les clients attendaient quand ils déboursaient entre vingt-cinq et cinquante mille roupies. Mais pour les « Russes » comme Sonia, les tarifs grimpaient tout de suite beaucoup plus haut ; une nuit pouvait se chiffrer entre soixante-dix mille et un *lakh* de roupies. Combien des filles qu'elle avait rencontrées à Sonagachi savaient ça ? Sa sœur, Daria, ne le savait pas. Sonia était épuisée. Ça n'aurait pas dû se passer comme ça. En regardant Lalee, qui s'était silencieusement rallongée sur le côté, et en pensant aux deux petites, elle avait envie de faire quelque chose qu'elle n'avait pas fait depuis longtemps, si longtemps qu'il semblait s'agir d'une autre vie. Elle avait alors une sorte de rituel, avec des lames de couteau ou des éclats de verre. De belles traînées rouges apparaissaient sur sa peau et formaient des zébrures sur ses bras pâles, ses cuisses, son ventre. Sonia frissonna. Après la disparition de Daria, elle s'était promis de ne plus s'adonner à ce jeu macabre. La vie était trop précieuse. Mais dès que les jumelles étaient entrées dans la voiture, la stratégie qu'elle avait mis tant de temps à élaborer pour se sortir de cette vie avait vacillé.

Sonia observa le visage de Lalee, ses sourcils froncés, la manière dont elle gardait son bras appuyé contre sa joue pour éviter l'apparition des bleus.

– Tu ne devrais pas gâcher une si belle opération de sauvetage, dit Sonia avec un sourire sardonique.

Lalee ouvrit les yeux.

– Les gens adorent les histoires de sauvetage, pas vrai ? rit Sonia. Et le maharaja est là pour sauver les femmes déchues que nous sommes.

Lalee se tourna en grimaçant de douleur. Son absence de réaction agaçait Sonia. *Il y a de la complaisance chez ces filles*, pensa-t-elle ; *une foi inébranlable dans le « destin » auquel elles attribuent les malheurs comme les bonheurs de la vie.* Au début, Sonia ne comprenait pas quand les femmes lui disaient que c'était « leur front ». Puis quelqu'un lui avait expliqué qu'elles parlaient du destin. Comme un scénario inscrit sur leur front à l'aide d'une encre invisible au moment de leur naissance. « Je l'aurais brûlé, ce front », avait répondu Sonia. C'est ce que les femmes disent quand leur mari meurt, lui avait-on expliqué. Cela l'exaspérait, cette insulte à la liberté. C'était comme une attaque personnelle. Daria, sa sœur, croyait au destin, et Sonia n'avait jamais vraiment su vers quel enfer cela l'avait menée.

– Tu avais dit qu'on partirait loin. Qu'est-ce que ça voulait dire ? Qu'est-ce qu'on fait ici ? murmura Lalee, et Sonia se demanda si elle était bien réveillée.

Durga et Lakshmi n'étaient toujours pas revenues. Cela arrangeait Sonia. Il y a des confidences plus faciles à faire entre adultes. Lalee était assez grande pour se débrouiller toute seule, comme elle. Un souvenir fugace lui revint, celui de Lalee qui la suivait d'un pas hésitant dans le hall de l'hôtel, ignorant qu'elle était observée et testée par des gens qui la feraient transiter par cette communauté avant de l'emmener loin d'ici.

Lalee aurait voulu poser d'autres questions, mais elle n'arrivait pas à les formuler. Au plafond, le vieux ventilateur continuait à tourner en grinçant. Sonia rompit le silence.

– Je ne gagne rien à te mentir. Je ne suis pas Rambo, je ne suis pas Madame Shefali, et je ne suis certainement pas cet autre dingue, dit-elle en pointant du doigt le grand portrait du maharaja sur le mur. Je n'ai rien non plus à gagner à te dire la vérité, mais maintenant qu'on est ici, on ne peut plus faire marche arrière.

Lalee devait faire un effort pour comprendre le singulier mélange de bengali, hindi et anglais qu'utilisait Sonia.

– Madame Shefali a conclu un accord avec le maharaja, expliqua Sonia. Je ne sais pas qui a eu cette idée, mais toujours est-il que le demi-dieu qui règne ici vient au secours de filles comme toi, puis il organise de faux mariages, généralement avec des hommes comme Rambo et Chintu. Les journalistes viennent prendre des photos, et le bruit se répand que le maharaja est le sauveur des femmes déchues. Ils ont développé toute une stratégie commerciale, avec Madame Shefali. Elle fournit les filles, et lui les envoie en voyage à l'étranger. Dans quelques jours, on nous emmènera au port, on nous fera monter dans un grand conteneur avec de l'eau, de la nourriture et un pot pour pisser, si on a de la chance. Au bout d'un moment, on atteindra Bangkok, et là, un genre de Rambo prendra le relais. Tout le monde sera payé, sauf nous. Et on n'entendra plus jamais parler de nous.

Lalee se redressa en position assise et grimaça de douleur. Elle se sentait bête, plus bête que jamais. Sa vie à Sonagachi… était ce qu'elle était, et comme beaucoup d'autres, elle l'aurait volontiers abandonnée si elle avait eu le choix. À une époque, quand elle était encore très jeune, une vie pareille lui paraissait pire que la mort. Mais elle avait réussi tant bien que mal, en se battant de toutes ses forces, à se faire une place. Elle avait trouvé des amies, des sœurs, elle était tombée amoureuse et avait eu le cœur brisé ; elle avait connu la faim et la tristesse, la joie et la satiété. Ce n'était pas une vie exceptionnelle, mais c'était une vie humaine. Et c'était la sienne. Maintenant, elle avait l'impression que ce maigre bout de terre pour lequel elle avait travaillé si dur se dérobait sous ses pieds. L'idée même d'être envoyée dans un pays étranger contre sa volonté, de se retrouver à la merci de ces gens qui échangeaient les êtres humains comme de vulgaires peaux de bêtes, était inconcevable. Les longues peaux de serpent translucides qu'elle avait aperçues un jour dans des fourrés autour de son village lui revinrent en mémoire. Elle aurait voulu pouvoir se débarrasser de la sienne, ne laisser qu'une enveloppe vide aux chasseurs.

Elle regardait Sonia avec de grands yeux, sans savoir quoi dire.

– Les gardes sont en train de patrouiller devant notre chambre, dit Sonia en écartant les rideaux. C'est qu'on représente un paquet de pognon pour eux.

– C'est vrai ? Ils vont nous envoyer à Bangkok ?

Sonia rit tout bas.

– Tu crois que ta maquerelle a le moindre scrupule ? Elle empochera beaucoup plus en t'exportant qu'en te gardant à Sonagachi. Tes clients ne rapportent pas tant que ça.

– Ils pourraient lui rapporter plus, dit Lalee au bord des larmes. Si elle m'avait laissée travailler à l'étage, j'aurais pu avoir de gros clients, comme ce M. Ray.

Sonia gloussa, et l'impression de vide que Lalee ressentait se transforma instantanément en colère. Elle détestait cette fille qui savait tant de choses qu'elle ignorait. On l'avait achetée et vendue, et tout le monde était au courant, sauf elle.

– Mais enfin, Lalee, tu n'as toujours pas compris ? dit Sonia avec un peu plus de chaleur que d'habitude. Il n'y a pas d'étage. C'est juste un endroit pour stocker les filles à exporter. Pour que ça ne soit pas trop visible, pour éviter les questions. Mieux vaut les garder toutes au même endroit. Elles sont évaluées par les gens du réseau, puis elles sont livrées ici. M. Ray n'était pas un client ; il était là pour vérifier... la marchandise. Ils ne peuvent pas envoyer n'importe qui. Prends-le comme un compliment – tu as passé le test de l'export haut la main.

Lalee se leva, prit une profonde inspiration et gifla Sonia avec toute la rage dont son corps était capable. Une empreinte rouge se dessina sur le visage de la jeune femme, comme un feu trop longtemps contenu. Elle resta bouche bée, une pointe d'indignation dans le regard.

– Et toi ? C'est quoi ton rôle dans tout ça ? demanda Lalee entre ses dents, le souffle court. Pourquoi... Qu'est-ce que tu fais là, toi ?

Sonia laissa passer un long moment avant de répondre. Les grincements du ventilateur au-dessus de leurs têtes ne faisaient qu'intensifier le silence.

– Je veux me casser de cet endroit horrible, lâcha-t-elle.

Les deux jeunes femmes laissèrent échapper un soupir, et la tension ambiante sembla soudain se dissiper, comme si une chute vertigineuse venait d'être évitée.

– Je connais des gens à Bangkok. Madame Shefali est au courant, et elle s'est dit que je pourrais l'aider à garder un œil sur vous – toi et les filles. Ce qu'elle ne sait pas, c'est que je vais me faire la malle pour de bon.

– Mais pourquoi tu es venue dans ce pays ? insista Lalee qui manqua perdre l'équilibre et se laissa choir sur les genoux, rompue.

– C'est une longue histoire. Vous n'êtes pas les seules à avoir des vies difficiles. Pour nous non plus ce n'est pas toujours rose. Je n'en parle pas parce que franchement, ça ne regarde que moi. Mais si je suis venue ici, c'est pour une bonne raison, ajouta-t-elle dans un murmure à peine audible.

Des chants parvenaient jusque dans la chambre, emplissant tout le bâtiment et résonnant entre les murs de la vaste enceinte. Profitant de la fenêtre ouverte, de gros moustiques commençaient à tourner autour des deux silhouettes qui se faisaient face dans l'obscurité.

– Tu veux partir, Lalee ? demanda Sonia.

Lalee ouvrit la bouche pour répondre, mais les commissures de ses lèvres étaient comme collées ensemble, et articuler lui demandait un effort douloureux.

– Écoute, c'est pas aussi simple que ça, dit Sonia. Si tu pars d'ici, tu ne pourras pas retourner dans ton quartier de Sonagazi. Tu sais ce qui est arrivé à cette autre fille ? Il ne faut pas qu'ils te retrouvent. Il faut que tu disparaisses. C'est beaucoup de travail, de disparaître.

Lalee comprenait mal ce que Sonia disait, avec son bengali approximatif parsemé d'anglais. Comme elle ne répondait pas, Sonia réessaya du mieux qu'elle le pouvait en bengali.

– Mais comment je fais ? demanda Lalee.

Sonia secoua la tête avec impatience.

– Je vais te faire sortir d'ici, mais après, quand on sera à l'extérieur, si on arrive jusque-là, je ne pourrai plus rien pour toi. Pour le moment, tout ce que tu as à faire c'est de venir avec moi quand je te le dirai. Mais réfléchis bien.

Lalee la regarda comme si elle avait perdu la raison.

– C'est tout réfléchi, répondit-elle. Je n'ai pas envie de mourir ici.

– Mais non, tu ne mourras pas, ricana Sonia. Tu vaux beaucoup plus vivante. Ça ne sera pas agréable, mais ils finiront par t'envoyer quelque part, une fois qu'ils auront reçu leur argent. Et puis… avec le temps, tu t'habitueras, comme on le fait toutes.

Lalee sourit et sentit aussitôt une décharge électrique lui traverser le visage.

– Alors, tu veux venir avec moi ? demanda Sonia. Mais que ce soit bien clair : une fois dehors, ce sera chacune pour soi.

– Certaines choses sont pires que la mort, dit Lalee.

– Je ne crois pas, dit Sonia. Non, rien n'est pire que de mourir. On vit ; comme on a appris à le faire.

– Je ne partirai pas sans les filles, dit Lalee.

Dans l'étrange lumière bleutée du crépuscule, Lalee vit Sonia hocher la tête.

Daria savait si peu de choses, songea Sonia. Des deux sœurs, Daria était la gentille, l'innocente. Et l'idiote. Quelqu'un lui avait proposé un travail très bien payé de secrétaire auprès d'un riche homme d'affaires de Dubaï. Daria avait préparé tous les papiers nécessaires, fait ses valises et quitté Khwarazm. De là, elle avait rejoint Tachkent puis Dehli. D'après les informations qu'avait pu glaner Sonia, Daria n'était jamais parvenue à Dubaï. Dès son arrivée en Inde, son passeport lui avait été retiré et elle avait été enfermée dans un appartement avec d'autres filles, où on lui envoyait six ou sept clients par jour. Du moins, c'était ce que Sonia avait entendu dire. Mais la même histoire lui avait été répétée tant de fois par des femmes de son pays que ça devait se rapprocher de la vérité. Au cours des neuf années qu'elle avait passées en Inde, Sonia avait appris beaucoup de choses : de Mumbai au Pendjab, les hommes n'avaient qu'un coup de fil à passer pour se procurer une « Russe », et si elle était suffisamment maligne et prudente, elle s'en sortirait, et pourrait même au passage se faire de l'argent. Elle avait appris des erreurs de Daria.

– Ma sœur, dit Sonia en agrippant les barreaux de la fenêtre… Ma sœur s'est enfuie avec une secte. En Inde. Elle croyait trouver la paix en venant au pays des hommes saints et de la spiritualité, laisser tous ses problèmes derrière elle. Je suis venue ici… pour voir si c'était aussi paisible que ça, pour comprendre pourquoi elle était partie.

Son regard se perdit dans l'obscurité.

Lalee releva la tête. La grande femme blonde semblait être ailleurs, comme si elle voyait quelque chose au loin. Lalee repensa à la première fois qu'elle avait rencontré cette étrange créature venue de nulle part. Sonia lui avait raconté des anecdotes, certaines affreuses, d'autres plus drôles, sur son expérience de fiancée sur catalogue, et sur la fois où elle avait failli épouser un riche Américain. Lalee s'était sentie incroyablement jalouse ; comment pouvait-on tourner le dos à une telle opportunité ?

– Tu es vraiment venue ici pour ta sœur ? demanda-t-elle.

Sonia ne répondit pas. *Après tout*, songea Lalee, *elle a le droit de s'inventer des histoires elle aussi, des explications à donner*. Combien de fois s'était-elle sentie acculée par les questions, les interrogations faussement innocentes qui cherchaient un morceau de tragédie humaine à se mettre sous la dent ?

La porte de la chambre s'ouvrit. Lalee aperçut un éclair de tissu blanc dans l'obscurité. Escortées par deux *sevikas*, Durga et Lakshmi entrèrent et se glissèrent dans leurs lits en silence. Après un long moment, Sonia se tourna vers Lalee et murmura :

– Il va y avoir une cérémonie de purification, tu sais.

Le regard fixé sur le plafond, Lalee regardait le ventilateur poursuivre sa ronde infinie et les longues ombres dessinées par les lampadaires du jardin. Des bruits de klaxon en provenance de l'autoroute leur parvenaient jusque dans la chambre, mais ils semblaient appartenir à un autre monde, si éloigné que Lalee se demandait si elle en retrouverait un jour le chemin.

– Non, il n'y en aura pas, répondit-elle.

38

En se rapprochant de chez Ma Tara Publishing Works, Tilu aperçut Chakladar qui était une fois de plus en train de s'agiter dans tous les sens en haranguant ses employés. Tilu alla se cacher dans une ruelle, le cœur battant. Il s'inquiétait pour Lalee. Il avait essayé de la joindre, mais il tombait toujours sur son répondeur. La voix snob de la messagerie l'agaçait, surtout quand il attendait assez longtemps pour qu'on lui répète la phrase en trois langues différentes, comme s'il était une sorte d'idiot polyglotte, mais il n'avait pas d'autre moyen de la contacter. Il pouvait lui être arrivé n'importe quoi. Elle avait peut-être besoin d'aide, elle était peut-être en danger ; et c'était son devoir de la protéger. Il sortit une cigarette tordue de la poche de sa chemise et l'alluma d'une main tremblante. Il se sentait comme son héros, Job, en mission pour sauver sa princesse exotique. Il ne savait plus très bien s'il frémissait de peur ou d'excitation. Il laissa échapper un soupir. Impossible de se lancer seul là-dedans, et il ne voyait pas à qui d'autre demander. Il faudrait se contenter de Bhoga. Il lui donnerait de l'argent plus tard, s'il réclamait, mais ce serait encore mieux si le sujet n'était pas évoqué.

Tilu s'avança au coin de la ruelle pour voir si Chakladar était toujours là. Quand il vit enfin l'éditeur franchir la porte et s'éloigner, laissant Bhoga fermer derrière lui, il sortit de sa cachette.

Bhoga, comme à son habitude, était content de voir Tilu Shau.

– *Syaar !* s'écria-t-il.

Tilu se retourna aussitôt, craignant que Chakladar n'ait entendu. Mais l'homme avait déjà disparu dans la cohue de College Street et ses innombrables bus, trams et piétons. Tilu fut soulagé. Il devait maintenant trouver un moyen de convaincre Bhoga de l'accompagner. Le sort de Lalee en dépendait.

Il mit son index devant sa bouche en fronçant les sourcils. Bhoga cligna des yeux plusieurs fois, surpris par son étrange attitude.

– J'ai besoin de ton aide, chuchota Tilu, le visage grave.

– Hein ? dit Bhoga qui n'entendait rien dans le vacarme ambiant.

Tilu jeta un coup d'œil autour de lui, puis le tira par le bras et le poussa à l'intérieur du local.

– *Ai, syaar*, qu'est-ce qui se passe ?

– Chut, je vais t'expliquer.

Tilu prit une profonde inspiration, hésitant sur la meilleure manière d'exprimer ce qui le tracassait.

– Je suis amoureux d'une femme, chuchota-t-il.

Un large sourire se dessina sur le visage de Bhoga.

– Là j'ai tout compris, *syaar*. Qu'est-ce que vous voulez qu'on fasse ? Qu'on la suive ? Qu'on tabasse ses frères ? Hein ? Vous n'avez qu'à demander.

– Non, non, ce n'est pas ça, Bhoga. Elle a été kidnappée. Il faut que j'aille la sauver, et j'ai besoin de ton aide. Il pourrait lui arriver n'importe quoi sans nous.

– On va leur montrer un peu à ces bâtards, *syaar*. Comment ils osent s'en prendre à *boudi* ? Je vais leur faire manger leur merde à ces enculés de leur mère. Ils vont voir de quel bois je me chauffe.

– Oui, oui, dit Tilu en essayant de tempérer les ardeurs de Bhoga.

L'excitation du jeune homme risquait de faire capoter sa mission. Mais il n'y arriverait pas sans son aide. Et puis, le cœur de Tilu chavirait à chaque fois que Bhoga appelait Lalee « *boudi* ». Ce qui faisait d'elle la femme de Tilu.

– Où ont-ils emmené *boudi*, *syaar* ?

– Je ne sais pas.

– Quoi ?

– Non, enfin j'ai une idée. Mais c'est un endroit dangereux.

Le visage de Bhoga s'éclaira.

– C'est pas grave, *syaar*. Je suis avec vous.

– C'est dans ce grand ashram qui s'appelle Nandankanan, à l'extérieur de la ville, sur la route de Diamond Harbour. J'ai entendu dire qu'elle était détenue là-bas par un…

Il s'interrompit avant de prononcer le mot « maquereau ». Il ne voulait pas que Bhoga sache qui était Lalee, ce qu'elle faisait.

– Par un homme, et il ne m'a pas fallu longtemps pour comprendre ce qui se tramait, dit Tilu qui ne pouvait masquer une pointe de fierté, malgré les circonstances.

– Vous avez un véhicule, une voiture, une moto ? On

pourrait prendre le train mais c'est trop bondé à cette heure-ci, avec tous les gens qui repartent du centre-ville.

Tilu se rendait compte qu'il n'avait peut-être pas très bien planifié sa mission. Bhoga venait déjà de pointer du doigt un problème central auquel il n'avait pas pensé. La mine déconfite, il marcha en silence jusqu'à la grand-rue, Bhoga à ses côtés.

– J'ai un ami, *syaar*, un très bon ami. Il est chauffeur de bus pour un centre d'appel où des dames répondent au téléphone toute la nuit, vous savez ? C'est son jour de repos aujourd'hui, alors il a probablement laissé le bus au garage pour aller boire. Je vais voir si on peut le lui emprunter. Il faudra peut-être lui laisser un peu de *mallu* pour arrondir les angles.

– De *mallu* ? répéta Tilu.

– Oui, de l'argent quoi, expliqua Bhoga. Vous en avez ?

Tilu avait péniblement réussi à obtenir de Chakladar mille roupies l'autre jour ; il en avait dépensé environ deux cent cinquante pour acheter de la nourriture, des cigarettes et la bouteille de *bangla* qu'il avait bue le soir même. Il ne lui restait plus que sept cent cinquante roupies, mais c'était déjà ça.

– J'ai à peu près cinq cents, chuchota-t-il à Bhoga.

– Ah, c'est pas grand-chose mais ça ira. (Bhoga s'immobilisa.) Attendez, ce n'est pas un billet de cinq cents roupies, au moins ? Parce qu'aucun poivrot n'est assez saoul pour accepter un billet qui ne vaut plus rien.

– Non, bien sûr, dit Tilu en agitant la main. Ce salaud de Chakladar a essayé de m'en refiler deux, mais je ne suis pas bête à ce point.

Ils arrivèrent au grand carrefour à cinq branches avec ses immeubles décrépis envahis de panneaux publicitaires et d'une multitude de câbles électriques et téléphoniques. Un rickshaw jaune déboucha, diffusant à plein volume une publicité pour les saris Banarasi, manquant de faucher Tilu au passage.

Bhoga héla un bus et poussa Tilu à l'intérieur. Le chauffeur, qui n'avait fait que ralentir, tendit le bras vers le marchepied pour aider Tilu à monter, tout en criant sa destination aux passants par la fenêtre.

– Quoi ? demanda Bhoga en voyant le regard mécontent de Tilu. On ne va quand même pas marcher jusqu'à Salt Lake ? Tenez-vous à la barre. Plus vite on y sera, plus vite vous retrouverez *boudi*, dit-il avec un petit clin d'œil en direction de la zone assise réservée aux femmes.

Tilu se rendit compte que si jamais Bhoga décidait tout à coup de le laisser tomber et de partir, il serait complètement perdu. Ils finirent par arriver à Salt Lake et descendirent au pied d'un château d'eau. Bhoga se mit en route, traversant à grands pas les rues désertes. Tilu avait du mal à le suivre et ne cessait de lui poser des questions, mais Bhoga se contentait d'avancer sans répondre. Finalement ils atteignirent un petit terrain vague derrière un parking de la fourrière, et Tilu comprit enfin où son compagnon l'emmenait.

Il avait déjà entendu parler de ce bar clandestin mais ne s'était jamais aventuré dans cette partie de la ville. Il y en avait déjà assez au nord et au centre de Calcutta pour ne pas avoir besoin de venir jusqu'ici. Cela dit, ce quartier désert à la nuit tombée avait un côté étrange qui n'était pas pour lui déplaire. Il se dit qu'il reviendrait, en hiver. L'air pollué et poussiéreux de Calcutta, mêlé à la brume hivernale, créerait une atmosphère pleine de charme et de mystère. Il s'imagina traversant le brouillard, au bras de Lalee peut-être, comme dans ce film noir qu'il avait vu un jour au cinéma.

– Hé ! Gorment ! héla Bhoga.

Un gros homme était étendu par terre sur le dos et montrait les étoiles du doigt. Plusieurs autres étaient accroupis, buvant un liquide translucide dans des gobelets et des tasses en argile. Tilu connaissait bien cette scène ; une part de lui aurait voulu rejoindre le cercle avec un verre. Même avec cette chaleur écrasante, il se serait bien accommodé de la brûlure que le *bangla* laissait dans la gorge. Mais il avait une tâche à accomplir. Sa dame était en danger et elle avait besoin de lui.

– Lequel est ton ami ? Je ne vois de bus nulle part, dit-il.

– Là, c'est Gorment, celui qui est sur le dos, rit Bhoga. On l'appelle Gorment parce qu'il est tout le temps en train de critiquer le gouvernement. Il parle tout le temps de politique, mon ami.

– Oh, le gouvernement, dit Tilu qui venait seulement de comprendre.

Le gros homme tourna la tête vers Bhoga.

– Et qu'est-ce que tu fais là toi, petit salopard ? T'as fini de lécher le cul de Chakladar ? s'écria-t-il en partant d'un rire gras qui fit grimacer Tilu. Ce putain de pays est au bord du trou, on est prêt à tomber dedans la tête la première, et toi, qu'est-ce que tu fais, Bhoga ?

Bhoga rit et chuchota à l'oreille de Tilu :

– Gorment est à la gauche de la gauche. Il n'aime pas le nouveau parti. Ne dites rien qui pourrait le faire réagir, sinon on est bons pour passer la nuit ici.

– On a besoin de ton bus, Gorment, cria Bhoga en s'approchant des buveurs rassemblés sous les lumières jaunâtres des lampadaires.

– Quel bus ? J'ai pas de bus, marmonna Gorment.

Le pouls de Tilu s'accéléra. Il leur avait fallu près d'une heure pour faire le trajet. Mille choses pouvaient être arrivées à Lalee entre-temps.

– Quoi ? lâcha-t-il, paniqué. Pas de bus ? Qu'est-ce qu'on fabrique ici ? Qu'est-ce qu'on va faire ?

– Mais non, ne vous inquiétez pas, dit Bhoga.

Il s'assit dans l'herbe à côté de Gorment.

– Il y a une femme en danger, la femme de cet homme, expliqua-t-il à Gorment en montrant Tilu. Elle a été kidnappée, chuchota-t-il. On doit aller la sauver, c'est pour ça que j'ai besoin de ton bus.

Gorment essaya de donner une tape à Bhoga, mais il manqua magistralement sa cible. Il recommença plusieurs autres fois, et bien que Bhoga restât immobile, Gorment continuait de manquer son coup.

– Le pays va droit dans le mur et toi, tout ce qui t'intéresse, c'est de sauver une femme ? bredouilla-t-il.

– Regarde un peu cet homme ! s'écria Bhoga d'une voix passionnée qui impressionna Tilu. L'amour de sa vie lui a été enlevé. Qu'est-ce qu'il va faire maintenant tout seul, hein ? Une femme innocente est en danger, et tu refuses de nous aider ?

Gorment se mit à pleurer toutes les larmes de son corps. Tilu était stupéfait de voir ce gros homme aussi chamboulé, comme s'il venait d'apprendre le décès d'un proche.

– Partout, ce sont les petites gens qui se font baiser, gémit Gorment entre deux hoquets. Du matin au soir. Prends mon bus, fiston, prends-le, va.

Il tâta la poche de sa chemise, mais sans succès. Bhoga aperçut les clefs par terre et les ramassa avant que Gorment ne change d'avis.

Trottinant derrière Bhoga, Tilu se sentait à la fois excité et ébahi par la tournure que prenaient les événements. Quelques heures plus tôt, il n'était qu'un homme seul, sans amis ni argent. S'éloignant des buveurs et de l'odeur d'urine, ils atteignirent le parking plongé dans l'obscurité. Des chiens errants se mirent à aboyer. Bhoga marchait d'un pas vif. Tilu l'avait toujours pris pour un garçon simplet, et il n'avait fait appel à lui qu'en désespoir de cause. Mais Bhoga le surprenait. Tilu essaya de presser le pas, gêné par ses claquettes en caoutchouc qui manquaient constamment de le faire trébucher.

Bhoga s'arrêta devant une camionnette blanche à la peinture écaillée.

– Ne cherchez plus, lança-t-il.

– Mais je croyais que c'était un bus ?

Bhoga tapota la carrosserie et fit signe à Tilu de monter.

– C'est ça qu'on appelle « le bus », clarifia-t-il.

Ils grimpèrent dans la camionnette. Bhoga trouva une paire de lunettes de soleil sur le tableau de bord. Il l'enfila, admira son reflet dans le rétroviseur et émit un petit sifflement.

– On va où, boss ?

39

Il ne restait plus que quelques jours avant la manifestation, et la coopérative des travailleuses du sexe était en pleine effervescence. Malini se tenait debout au milieu de la grande salle, les mains sur les hanches. De nombreuses femmes de tous âges s'affairaient, préparant des affiches et des banderoles tout en bavardant et en échangeant des ragots et des blagues. Cette marche rappelait à Malini le défilé que la coopérative organisait chaque année le jour de la fête du Travail, le premier mai. C'était toujours pour elle comme un rêve éveillé, une commémoration vivante de chacun des combats durement menés. Celui pour la légalisation et la reconnaissance de leurs droits était toujours en cours. Mais il y avait aussi eu beaucoup de victoires : elles avaient maintenant des cartes d'électrices à leur nom, leurs enfants pouvaient aller à l'école sans devoir justifier d'un autre tuteur légal, et les infections au VIH avaient considérablement diminué à Sonagachi. Malini laissa échapper un long soupir. Cette fois la manifestation était dédiée à Maya, pour pousser les autorités à enquêter sur sa mort. Son visage, sa mémoire, son nom s'affichaient sur chacune des banderoles confectionnées. Dans un coin de la pièce, une jeune fille se leva pour admirer le grand M qu'elle venait de remplir soigneusement avec de la peinture pailletée.

Malini commençait à avoir de l'expérience, elle savait que, malgré tous les efforts déployés pour organiser ce genre d'événement, il n'y avait aucune certitude d'obtenir ce qu'elles demandaient. Mais il fallait bien faire quelque chose, puisque la police ne voulait pas bouger le petit doigt, excepté pour arracher des innocentes à leur foyer. Elle regarda sa montre. Amina avait dit qu'elle voulait lui parler et elle aurait déjà dû être là.

Elle sortit sur la terrasse. Sur le trottoir d'en face, elle repéra une jeune femme qui agitait le bras dans sa direction. Elle était dans un recoin obscur entre le Lotus bleu et le salon de beauté qui le jouxtait. Plusieurs filles attendaient les clients dans la rue, debout ou assises sur les marches, le visage maquillé avec un fond de teint deux fois trop clair pour leur peau. Malini descendit et traversa la rue.

Une vague de culpabilité la submergea en reconnaissant Amina, plongée dans le noir entre les deux bâtiments. Malini avait d'abord cru que la police l'avait embarquée ou qu'elle s'était enfuie pendant quelques jours. Mais la jeune femme au visage émacié était restée là. À voir ses yeux gonflés, elle avait pleuré. Il y avait dans son regard une vigilance, une crainte que Malini ne connaissait que trop bien. Sous ses vêtements, son corps devait porter sans doute encore les marques des coups qu'elle avait dû encaisser.

– Je t'attendais, chuchota Amina en regardant autour d'elle. J'attendais que tu sortes. Je ne peux pas venir à la coopérative, ils me surveillent.

– Qu'est-ce qui s'est passé ?

– Prends ça, tu veux ? dit Amina en sortant un petit sac en plastique des plis de son étole.

– Qu'est-ce que c'est ? demanda Malini.

– Mets-les dans ton sac, ou sous tes vêtements, la pressa Amina. Et cache-les quelque part, en lieu sûr.

– C'est quoi ? Pourquoi tu me donnes ça ?

– Avant de mourir, Maya m'avait confié le sien. Et celui-là… c'est le mien, ajouta-t-elle en glissant deux téléphones dans les mains de Malini.

Malini la regarda, abasourdie. Amina jeta un coup d'œil par-dessus son épaule en se tordant les mains. Deux filles les observaient devant le salon de beauté. Malini aurait voulu pouvoir l'emmener, la mettre en sécurité et lui parler calmement.

– Qu'est-ce que tu veux que j'en fasse ?

– Regarde dedans, et tu sauras quoi faire. Quand Maya est revenue… de cet endroit, de l'ashram, elle m'a montré ce qui se passait là-bas. Tout est dans les vidéos et les photos. Elle a dit que si quelque chose lui arrivait, je devais contacter Deepa, mais je ne peux pas, je suis surveillée.

– Mais le téléphone ? Je croyais que son *babu* l'avait pris ?

– Non, j'ai été la première à entrer dans la chambre, avant que toi, les autres filles et Madame Shefali n'arrivent. Mohamaya était par terre. Je te jure, je n'ai pas pris d'argent. Mais j'avais déjà son téléphone. Quand elle est morte, je l'ai caché.

Malini regarda les deux téléphones dans ses mains.

Amina se pencha vers elle. Un instant, Malini eut peur. Il y avait du désespoir dans les yeux de la jeune femme.

– Tu te souviens quand je suis partie ? Il y a trois mois ? demanda Amina en agrippant les bras de Malini, les mains tremblantes.

Malini ne se souvenait pas de son absence. Il y avait des milliers de filles à Sonagachi, et elle n'avait jamais porté une attention particulière à Amina Bibi. Cette fille frêle et timide semblait se fondre dans le décor. Elle était toujours cachée derrière Mohamaya, plus jolie.

– Oui, oui, dit Malini.

– J'y suis allée, moi aussi, chuchota Amina à l'oreille de Malini. Avec Maya. Ils nous ont envoyées toutes les deux là-bas mais... ils m'ont renvoyée ici.

– Où ça ? Où étais-tu ?

– À l'ashram, à Nandankanan, murmura Amina. Il faut que j'y aille maintenant. Prends les téléphones, s'il te plaît. S'ils me trouvent avec, ils me tueront... cette fois-ci, ils me tueront.

Amina se retourna pour partir, mais Malini la retint par le bras. Quelques mètres plus loin, les filles commençaient à leur jeter des regards curieux.

– Attends. Pourquoi ils t'ont renvoyée ? Qu'est-ce qui se passe exactement, là-bas ?

Amina s'immobilisa, regarda Malini et rit. Il y avait dans ses yeux un éclair de folie.

– Ils ne peuvent pas exporter certains produits, Malini-*di*. Les filles enceintes, c'est pas bon pour les affaires.

Malini baissa les yeux vers le ventre d'Amina.

– Plus maintenant, confirma Amina. Ils s'en sont occupés. C'est pour ça qu'ils m'ont ramenée.

– Et Maya ?

– Malini-*di*, Maya n'était pas comme moi. Elle savait ce qu'elle voulait, et elle avait plus de courage que moi, plus d'ambition. Elle voulait aider les autres et elle savait comment faire pour obtenir ce qu'elle voulait. Enfin, voilà où ça l'a menée, rit Amina. Et maintenant, ils essaient de mettre ça sur le dos de Salman, son *babu*.

– Ce n'est pas lui qui l'a tuée ?

Pour la première fois depuis le début de la conversation, le visage d'Amina se détendit. Un sourire moqueur se dessina sur ses lèvres. Avec une assurance que Malini lui avait rarement vue, elle déclara :

– Cet homme, il lui faudrait un GPS pour trouver son cul ! Il leur sert d'alibi. (Elle inclina la tête vers le Lotus bleu.) Salman voulait ce que veulent tous les *babus*, et Maya le gardait juste parce que ça l'arrangeait. (Amina jeta un dernier coup d'œil derrière elle.) Il faut que j'y aille, sinon Chintu va me chercher. Ils me tueraient s'ils trouvaient ça. Dès que je sors, Madame Shefali envoie ses filles et les domestiques fouiller mes affaires. Je n'ai pas arrêté de changer les téléphones de cachette. Quand Mohamaya est morte, elles ont passé la nuit à retourner sa chambre. Et j'ai entendu Madame Shefali parler au téléphone, quand elle était dans la chambre de Maya. Il devrait y avoir un nouvel arrivage de filles, d'après ce que j'ai compris.

Malini sentait le poids des deux téléphones dans ses mains. Elle aurait voulu dire à Amina d'être prudente, de faire attention, mais c'était inutile. Elle ne pouvait rien faire pour elle.

– D'accord, je vais regarder ce qu'ils contiennent, et je ferai ce que je peux. Je ferai tout ce que je peux, Amina, je le jure sur la tête de ma mère. De ton côté, essaie de tenir le coup. Ne leur dis rien.

Amina s'essuya les yeux.

– Il faut que j'y aille. Si je ne rejoins pas les autres filles, ils vont se douter de quelque chose.

– Ça va aller, dit Malini qui aurait aimé pouvoir croire à ses propres paroles.

Elle regarda la maigre jeune femme repartir vers le Lotus bleu puis se perdre au milieu des autres filles, le visage hagard et tuméfié sous la lumière blafarde des lampadaires.

La main gauche glissée sous un pan de son sari, Malini rejoignit la coopérative en affichant un air nonchalant qu'elle n'avait pas eu autant de mal à déployer depuis ses débuts dans le métier. Elle se demandait ce que pouvait contenir le téléphone de Maya – s'il s'agissait simplement de scènes de sexe, pourquoi les garder et les confier à Amina ? Elle soupira. Amina n'avait presque rien dit, mais Malini savait certaines choses. Fédérer un groupe de femmes tantôt ambitieuses, tantôt mesquines, tout à la fois désespérées, déterminées, terriblement vulnérables et formidablement courageuses n'était pas toujours facile. Elle gardait toujours une oreille attentive aux conversations qui faisaient le tour de Sonagachi. Elle avait glané des informations ici et là, mais rien dont elle était encore certaine. Il se disait qu'avant la mort de Maya, plusieurs personnes s'étaient rendues dans sa chambre pour lui parler, que Madame Shefali y était allée aussi, et que personne d'autre n'avait le droit d'entrer.

Une fois remontée dans le local de la coopérative, Malini traversa la salle en évitant les regards, longea les piles de chaises en plastique rouge et les micros stockés dans le coin, et entra dans le petit bureau du fond en refermant doucement la porte derrière elle. Elle tira les rideaux et s'assit sur un tabouret, dos à la porte, la tête penchée vers les deux écrans de téléphone, deux petits rectangles noirs identiques. Malini en alluma un. En fond d'écran, elle reconnut Maya avec un petit garçon – son fils, qui tendait un bras potelé vers l'objectif. Malini resta un instant figée devant l'image. La batterie était entièrement chargée, et elle se demanda si c'était Amina qui y avait veillé. Elle se mit à explorer le contenu de l'appareil et passa en revue quelques messages. La plupart étaient des notifications et des publicités sans intérêt. Les autres se résumaient à quelques mots – des dates, des heures et des lieux. Il n'y avait aucun message personnel. Elle passa aux photos. C'étaient essentiellement des clichés de Maya sous différents angles. Visiblement, elle aimait se prendre en photo. Sur certaines, elle était entièrement vêtue de blanc – sari, blouse à manches longues et voile sur la tête. Malini avait déjà entendu des rumeurs au sujet de cet endroit où les filles du Lotus bleu étaient envoyées, mais elle était surprise de voir Maya dans cet étrange accoutrement.

Quand elle eut enfin trouvé le dossier contenant les vidéos, Malini se leva et ferma la porte à clef. Elle dut reprendre sa respiration avant de pouvoir continuer à regarder. Elle essaya d'abord d'identifier les visages, les voix. Elle revint en arrière plusieurs fois, cherchant des indices, s'efforçant de discerner des mouvements, des silhouettes dans l'ombre. Jusqu'à ce que l'écran devienne noir et qu'elle entende la voix de Maya, son murmure glaçant. Son visage était si proche de l'écran que Malini avait l'impression de sentir son souffle sur sa peau. Serrant le poing, elle écouta attentivement ce que Maya avait à dire.

40

En approchant de l'enceinte, Bhoga et Tilu remarquèrent qu'un attroupement s'était formé devant le haut portail où une bagarre avait éclaté. Un garde en uniforme s'avança vers deux hommes qui s'empoignaient et cogna sur l'un d'eux avec la crosse de son fusil. Derrière le pare-brise de la camionnette, Tilu aperçut un jet de sang s'écraser dans la poussière. Il frémit et verrouilla sa portière. Le visage de Bhoga, en revanche, s'illumina comme si c'était la fête de Diwali.

– *Uri saala !* s'exclama-t-il.

– Allez, allez, le pressa Tilu. Démarre, on s'en va. *Uff baba*, imagine si ça avait été mon crâne au lieu de celui de cet homme…

– Voyons un peu ce qui se passe, chef, dit Bhoga en sortant la tête par la vitre de sa portière.

– Tu es malade ? s'écria Tilu.

Deux gardes s'avancèrent vers la camionnette et firent signe à Bhoga de sortir. Tilu se couvrit la tête des deux mains. Bhoga remit aussitôt le contact et s'empressa de faire demi-tour, laissant le tumulte derrière eux.

Lorsqu'ils se furent suffisamment éloignés, Bhoga arrêta la camionnette derrière un bosquet. Tilu se retourna pour voir si personne ne les avait suivis. Son cœur battait à se rompre, et il sentait son pouls cogner dans ses oreilles. Il ferma les poings pour tenter de chasser son angoisse.

– Partons, Bhoga, sinon ils vont nous tuer. Tu as vu leurs fusils ?

Bhoga le regarda.

– Vous n'avez pas d'honneur, *syaar* ? Vous voulez vraiment laisser *boudi* ici, avec ces vermines ? On est venus la secourir, on ne peut pas partir sans elle.

– Oui, oui, bien sûr, bredouilla Tilu qui se sentit honteux de sa lâcheté. Mais comment faire ?

Les sourcils froncés, Bhoga réfléchit en mâchonnant la branche de ses lunettes de soleil.

– C'est peut-être une chance à saisir, *syaar*. On pourrait profiter de tout ce remue-ménage pour entrer. Vous êtes sûr qu'elle est là-dedans ?

Tilu hésita. En réalité, il n'en savait rien. Rambo avait lâché le fameux nom de Nandankanan lorsqu'il l'avait vu chez Chakladar, mais c'était tout. Il regarda autour de lui sans oser sortir la tête de la camionnette de peur qu'une balle ne lui transperce le crâne. L'immensité de l'enceinte avait quelque chose de terrifiant. Si jamais Lalee était bien à l'intérieur, il ne voyait pas comment ils feraient pour la trouver et la faire sortir.

Mais Bhoga n'était pas prêt à abandonner son histoire de sauvetage.

– Les enculés, marmonna-t-il entre ses dents. Kidnapper une femme respectable en plein jour. Sales culs bénits. Je vous le ferai bouffer, votre putain de dieu...

Tilu n'avait pas le courage de lui dire qu'il n'était que

vaguement sûr d'être au bon endroit. Si Bhoga le laissait tomber, non seulement il se retrouverait seul, mais il ne savait pas comment il rentrerait en ville.

– *Syaar ? Syaar ?* dit Bhoga. Allez, on ne va pas rester plantés là, il faut qu'on se sorte les doigts du…

– Ah, Bhoga, lâcha Tilu d'un ton irrité. Ton langage est trop vulgaire.

Bhoga le regarda d'un air étonné et se mit à rire.

– Oh, *syaar* ! *Aar parina*, *syaar*, vous êtes vraiment trop drôle !

– Chut, Bhoga ! Tais-toi un peu. Quelqu'un va nous entendre.

– J'ai une idée, *syaar*, dit Bhoga en reprenant son sérieux. On devrait aller voir ce qui se passe là-bas.

Il sortit de la voiture et claqua bruyamment la portière. Tilu ne voyait pas comment refuser sans avoir l'air d'un lâche. Il finit par sortir lentement de la camionnette.

– Peut-être que ça paraîtrait moins louche si seulement l'un de nous deux y allait ? proposa-t-il.

Bhoga réfléchit.

– OK. Vous restez ici et vous essayez de trouver un endroit par où entrer. Et moi, je vais voir ce qui cause tout ce *jhamela*.

En quelques enjambées, Bhoga disparut dans la pénombre. Tilu se mit à tourner la tête de tous les côtés, croyant discerner partout des formes suspectes. Puis quand son imagination galopante s'épuisa, il se concentra sur sa mission : trouver un passage à l'intérieur, derrière l'enceinte en béton. Il essaya de grimper au mur. Mais après plusieurs tentatives, ses vieilles claquettes rendirent l'âme. Tilu jura et réessaya pieds nus. Cette fois-ci, il parvint à agripper le rebord du mur en évitant de peu les barbelés qui le surmontaient. Pendant quelques instants, il réussit à se hisser suffisamment pour passer la tête au-dessus du mur, mais il ne voyait rien dans la pénombre. Puis il entendit quelqu'un courir derrière lui et se laissa maladroitement retomber à quatre pattes.

Martelant le bitume de ses claquettes, Bhoga se précipitait vers lui.

– Courez, *syaar*, *bnara*, courez ! cria-t-il. Nandankanan est en feu !

Tilu n'osa pas se relever. Derrière Bhoga, il apercevait des flammes monter vers le ciel, illuminant l'autoroute. Il se mit à ramper. Bhoga l'attrapa par le col de sa chemise et le traîna jusqu'à la camionnette.

– C'est la merde, *syaar* !

– Qu'est-ce qui se passe ? demanda Tilu en remettant ses lunettes.

– C'est des terroristes, *syaar*. Ils ont foutu le feu à une voiture.

– Des terroristes ?

– Façon de parler, *syaar*, façon de parler. C'est tous des adeptes de ce *babaji*. Cette espèce de maharaja, là. Enfin, pas vraiment des adeptes, c'est plus comme une armée en fait.

– Arrête de hurler ! le coupa Tilu. Tu veux mourir ici ou quoi ?

– Pardon, pardon. Apparemment, il y a une femme... qui vit ici... et qui a écrit une lettre aux médias. Où elle dit que ce *babaji*, il les utilise pour les violer. Le monde entier croyait que c'étaient des femmes saintes, qui servaient leur maharaja. Et maintenant, il y a des gens dehors qui sont en train de péter un plomb, *syaar*. Ils disent que les médias vont arriver, et la police. Et que le maharaja est à la tête d'un trafic sexuel.

– Mais qu'est-ce qu'on va faire ? demanda Tilu avec une anxiété croissante.

– Je ne sais pas, *syaar*. Ça ne rigole pas en tout cas. Les familles de certaines de ces femmes sont arrivées ; elles disent que le maharaja a déjà tué des gens qui essayaient de récupérer leur fille. Et les autres, les gardes et les hommes qui sont venus leur prêter main-forte, ils disent que le maharaja est leur dieu et que ceux qui racontent toutes ces choses dégoûtantes sur lui insultent les hindous et qu'ils vont les tuer. Ils ont frappé un jeune avec des battes de cricket, *syaar*, et je ne l'ai pas vu se relever.

– Qu'est-ce qu'on fait maintenant, Bhoga ?

Bhoga regarda derrière lui.

– Il n'y a personne ici, ils sont tous occupés là-bas, *syaar*. On n'a qu'à faire le tour avec la camionnette, et voir s'il n'y aurait pas un endroit par où on peut entrer de l'autre côté.

Tilu hocha la tête. Ça valait toujours mieux que de rester plantés là, cachés derrière le véhicule.

Bhoga démarra et longea lentement l'enceinte. En revenant devant l'entrée, ils constatèrent que la foule était encore plus nombreuse. Bhoga fit un détour et s'éloigna vers l'autoroute pour éviter de se faire remarquer par les gardes.

Lorsqu'ils passèrent une seconde fois, un mastodonte flanqué de jeunes hommes armés de battes de cricket leur fit signe de s'arrêter. Bhoga ralentit.

– Mais enfin, qu'est-ce que tu fais ? s'écria Tilu sidéré.

Il n'y avait plus qu'un maigre espoir de sortir vivant de cette folle nuit, et voilà que Bhoga allait au-devant de leurs futurs bourreaux ?

– Ah, *syaar*, on aura l'air suspect si on ne s'arrête pas. Laissez-moi leur parler.

Le mastodonte s'approcha de la portière de Bhoga.

– Qu'est-ce que vous faites ? Où allez-vous ? demanda-t-il.

Bhoga afficha un air d'innocence imbécile.

– Oh, *syaar*, j'emmène juste mon *jamaibabu* à la maison, *syaar*, pour la fête de Jamaishoshti. Vous savez, *syaar*, la fête des beaux-frères ?

L'homme fronça les sourcils, regardant tour à tour Bhoga et Tilu.

– Quelle fête de Jamaishoshti ? C'est pas le mois du Jamaishoshti, espèce d'abruti.

Bhoga entrouvrit niaisement la bouche d'un air d'absolue confusion. L'homme leur jeta un dernier coup d'œil puis leur fit signe de circuler, prêt à arrêter la prochaine voiture.

Redémarrant la camionnette, Bhoga décocha un petit clin d'œil à Tilu, assourdi par les battements de son cœur dans ses oreilles.

– Vous voyez ? Avec mes talents d'acteur, aucun souci à se faire, dit Bhoga.

Il s'adressa un baiser dans le rétroviseur.

– Contentons-nous d'essayer de retrouver Lalee, répondit Tilu.

Et tout en cherchant de quoi s'éponger le front, il se mit à prier les dieux, n'importe quel dieu qui voudrait bien l'écouter, de le laisser sortir de là en vie, avec Lalee à ses côtés.

41

Lalee tenait l'une des deux filles dans ses bras. L'autre était recroquevillée contre elle, un poing sous le menton. Il ne faisait pas encore nuit noire, et d'épaisses bandes grises et bleues s'étalaient dans le ciel, luttant contre la lumière jaune des lampadaires. Les chants de l'*aarti* du soir filtraient jusqu'à la chambre. D'ici, Lalee pouvait faire comme s'ils n'avaient pas plus d'existence que le générique d'une série télévisée s'échappant de la fenêtre d'une voisine. Elle ne voulait pas penser à cet homme, au mélange putride d'alcool, de sueur et d'encens baignant dans une mer de fleurs pourrissantes et de prières. Au contact des corps humides, se cognant comme des cymbales durant les prières, à l'obscénité de toutes ces prières reçues, de ce pouvoir, de cette croyance. Son visage pressé, écrasé contre la tête du lit, jusqu'à en perdre le souffle.

– Dans un pays lointain, très lointain… commença-t-elle à raconter, il y avait une princesse, seule au monde. Et à un autre endroit, il y avait deux braves frères, l'un vêtu de rouge et l'autre de bleu. Ils rêvaient de partir à l'aventure, de dénicher des monstres et de les tuer. Un jour, ils se mirent en route pour le pays des monstres, à la recherche de la princesse. Ils traversèrent la forêt enchantée, la terre des cannibales, puis ils arrivèrent dans un étrange pays. Tout était calme et baigné d'une douce lumière cuivrée, mais le pays entier était endormi, comme sous l'effet d'un sortilège. Les frères avaient emporté deux baguettes magiques, l'une argentée et l'autre dorée. L'une avait le pouvoir de réveiller les gens, l'autre de les plonger dans un profond sommeil. Face à eux se trouvait la princesse enlevée par les monstres, qui dormait du sommeil des morts. Tandis qu'ils se disputaient pour savoir qui allait la réveiller, des bruits de pas se firent entendre. Ils eurent à peine le temps de se retourner. Le monstre était gigantesque, il cachait tout le ciel et menaçait de s'abattre sur eux comme la mousson, comme le tonnerre qui rugit avant l'éclair.

– Qui va venir nous sauver ? demanda l'une des jumelles.

Qui, en effet ? songea Lalee. C'était rassurant d'imaginer que quelqu'un allait arriver, flanqué d'une armée de bons soldats. C'était aussi incroyablement frustrant, d'attendre qu'on vienne vous secourir. De s'en remettre aux imbéciles, aux obtus, aux indécis, et tout cela sans le bénéfice de l'enchantement qui vous plonge dans le sommeil, dans les limbes de l'oubli.

– On va le faire nous-mêmes, leur chuchota Lalee. Ne le dites à personne.

– Mais comment ? Pour aller où ? demanda Durga.

Lalee savait généralement broder quand elle avait des trous de mémoire. Les histoires s'achevaient toujours au moment du sauvetage, du mariage, mais que devenaient-elles ensuite, une fois sauvées ? Quelle histoire pouvait-elle leur raconter ? Celle de ces foyers qui ressemblaient à des prisons, où les filles apprenaient à coudre des jupes sur des machines Singer pour vingt-cinq roupies ? Il existait un autre pays, dont les contours étaient encore flous, indistincts derrière le nuage des possibles.

– Il faut que vous ayez quelque part où aller, si on décide de partir, murmura Lalee.

Lakshmi s'était endormie, mais Durga releva la tête vers elle. Ses grands yeux liquides brillaient dans la pénombre.

Lalee pensa à Sonagachi, à ce foyer de fortune que lui avait donné Madame Shefali. Elle s'y sentait plus chez elle qu'à l'endroit où elle était née. Où était-il, cet autre foyer-là ? Ce n'était plus qu'un souvenir lointain, quelque chose qui devait avoir existé mais n'existait plus.

Le regard d'un enfant est un test, songea-t-elle. *On peut mentir, on peut inventer, plus vite qu'on ne le peut avec des adultes.* Elle s'en remit à son imagination, aux possibilités qui se tapissent juste derrière les espoirs, les craintes et les libertés du moment présent.

– On ne peut pas encore le distinguer, mais il existe un endroit, en dehors d'ici. Ferme les yeux, et tu le verras. C'est là, pas très loin.

C'était un mélange de vrai et de faux. Mais il était difficile de ne pas croire à ses propres mensonges avec ces deux petits corps chauds blottis contre elle, qui ranimaient soudain des sentiments oubliés.

Lorsque Sonia entra brusquement dans la chambre sans allumer la lumière, Lalee sut que le moment était venu. Elle agrippa les deux filles par les épaules, serrant si fort que Durga laissa échapper un petit cri.

– Il faut qu'on parte ! murmura Sonia lorsqu'elle eut reconnu la silhouette de Lalee dans l'obscurité.

Lalee resta immobile. Tout son corps se raidit et ses mains se resserrèrent encore autour des deux filles.

– On n'a pas beaucoup de temps, Lalee. Bouge-toi ! la pressa Sonia.

Soudain, l'inertie, le désespoir dans lesquels Lalee était restée plongée toute la journée furent balayés par un élan de rage. Elle sentit la colère bouillonner dans sa gorge comme du métal brûlant, gronder dans son estomac et remonter le long de sa colonne vertébrale. Sautant du lit, elle attrapa ses longs cheveux et les noua à la hâte.

– D'accord, alors comment tu comptes t'y prendre ?

*

Lalee et les deux filles s'élancèrent derrière Sonia. Leur chambre se trouvait dans un long couloir, derrière les appartements des *sevikas*, mais il n'y avait personne en vue et toutes les lumières du bâtiment étaient éteintes. Dans la cour, le halo des hauts lampadaires délimitait les contours de l'allée.

– Mais où vas-tu ? souffla Lalee dans le dos de Sonia, excédée par son silence.

S'immobilisant brusquement, Sonia fit signe aux autres de s'arrêter et Lalee manqua de la percuter. Elles se glissèrent aussitôt dans l'ombre d'une colonne. Deux gardes passèrent à toute allure devant elles, brièvement éclairés par les lampadaires. Dès qu'ils se furent éloignés, Sonia tendit le cou pour vérifier que la voie était libre. Lalee l'attrapa fermement par le bras.

– Réponds-moi ! Je ne vais pas te suivre comme un chien.

– Tu crois vraiment que c'est le bon moment ? chuchota Sonia.

Lalee la regarda droit dans les yeux.

– Bon, alors je te donne la version courte, dit Sonia. Une des filles d'ici, les filles en blanc là, les *savakis*…

– Les *sevikas*, corrigea Lalee.

– Oui. L'une d'elles a écrit une lettre à un ministre, où elle raconte tout. Sur ce qui se passe ici, comment on les traite. Ça fait longtemps que ça existe, mais ça vient juste d'arriver aux oreilles du ministre. La dame de l'ONG, là, elle est au courant. Elle attend ça depuis longtemps, elle avait des informatrices à l'intérieur. Ce soir, la police va faire une descente. Pour nous, c'est le moment ou jamais. J'ai pas le temps de tout t'expliquer, Lalee, alors à présent, tu fais ce que je te dis, d'accord ?

Lalee s'écarta légèrement de Sonia, hésitante.

– Ah, tu ne veux pas travailler gratuitement, c'est ça ? sourit Sonia dont les yeux clairs étincelaient à la lueur des lampadaires. Écoute, je sais où ce salaud stocke une partie de son fric. Si on veut sortir d'ici, il n'y a pas de temps à perdre. Donc maintenant tu me suis, OK ?

Sonia reprit sa course féline le long des couloirs et des escaliers, Lalee et les jumelles à sa suite.

Enfin, elle entra dans une pièce obscure. Lalee resta devant la porte, tenant les deux filles par les épaules tandis que Sonia fouillait la chambre à la lueur de son téléphone. Du vacarme et des cris résonnaient au loin et dans la cour des bruits de pas se faisaient entendre. Lalee sentit son pouls accélérer à mesure que les pas se rapprochaient. Elle regarda Sonia qui continuait à fouiller la pièce, comme si de rien n'était. Lalee aurait voulu crier pour la prévenir, mais aucun son ne sortait de sa bouche. Puis, aussi soudainement qu'ils étaient venus, les bruits de pas se dissipèrent. Le souffle haletant, Lalee se rendit compte que les deux filles tremblaient dans ses bras. Elle ne pouvait s'empêcher de se demander si elle avait raison de s'en remettre à Sonia, si elle pouvait lui faire confiance. Si jamais les choses tournaient mal, Sonia ne risquait-elle pas de les trahir ?

– C'est par ici. Venez, murmura Sonia.

Lalee se remit à courir, tirant par la main Durga et Lakshmi qui peinaient à suivre. Elle venait de comprendre que Sonia n'avait pas simplement l'intention de fuir. Elle cherchait quelque chose. Elle ne partirait pas d'ici sans avoir volé ces gens. Le maharaja. Mais dans cet endroit ultra surveillé, comment Sonia comptait-elle s'en tirer ?

Sonia s'arrêta devant une large porte à double battant. Lalee reconnut les motifs *aum* gravés dans le bois. Elle avait passé une nuit entière à les regarder fixement. C'était la chambre du maharaja. Elle sentit son cœur s'emballer. Si un trésor se trouvait derrière ces portes, le maharaja et ses hommes de main ne l'auraient jamais laissé sans surveillance. Sonia souriait. Soudain, Lalee se demanda si elle n'était pas tombée dans un piège et si elle n'allait pas être sacrifiée, comme dans un dernier rebondissement avant la fin de l'histoire. Sonia sortit de sa poche un objet métallique. Lalee laissa échapper un soupir de soulagement en réalisant qu'il s'agissait d'une clé et non d'un couteau. Sonia fronça les sourcils, un doigt sur la bouche. Toutes les quatre restèrent un moment immobiles, respirant à peine derrière les larges colonnes encadrant la porte. Lorsque les cris en provenance du parc se furent de nouveau dissipés, Sonia tourna la clef dans la serrure. Le battant s'ouvrit en émettant un léger grincement et elle entra.

Devant la porte, Lalee avait le sentiment que le seuil était une montagne infranchissable. Elle n'entendait plus qu'un bourdonnement aigu dans ses oreilles et ne voyait plus que le grand lit au milieu de la chambre, et l'image de son corps écrasé par un autre. Tandis qu'elle restait interdite, Sonia se mit à retourner des objets, d'abord silencieusement puis avec une urgence croissante, se déplaçant d'un côté à l'autre de la chambre telle une tornade. Une main serra doucement celle de Lalee, la ramenant au moment présent. Elle baissa la tête et croisa le regard de Durga. Prenant une profonde inspiration, elle entra.

Dans la chambre obscure, seule une ampoule rouge luisait dans un coin de la pièce, éclairant une large statuette dorée de Ganesh qui trônait sur un autel. Lalee regarda fébrilement autour d'elle, persuadée que quelqu'un allait surgir dans le noir, croyant discerner partout des silhouettes. Elle vit Sonia enjamber quelque chose. En y regardant de plus près, Lalee eut un sursaut. Puis son cœur se mit à battre à tout rompre. Deux jambes s'étalaient par terre, dépassant de derrière le canapé. Même dans le noir, Lalee comprit qu'il ne s'agissait plus d'une personne, mais d'un cadavre. Le cadavre d'un garde vêtu de l'uniforme noir et rouge de l'ashram gisait sur le sol. Une flaque s'était formée autour de lui. Lalee n'avait jamais vu du sang sous une lumière rouge. Les caillots visqueux ne ressemblaient à rien qui pût provenir d'un corps humain. Elle glissa et se rattrapa de justesse au mur, puis remarqua les longues traînées qu'elle avait laissées en marchant dedans. Imperturbable, Sonia poursuivait ses recherches, tâtant les étoffes et ouvrant les tiroirs qui entouraient l'autel. Pourquoi met-elle tant de temps à trouver ce qu'elle cherche ?

se demandait anxieusement Lalee. Elle se rapprocha de Sonia sans parvenir à quitter le corps des yeux, persuadée qu'il allait se mettre à bouger d'un instant à l'autre. Sonia se retourna et lui fit signe d'aller faire le guet à la porte. Lalee regarda tour à tour Sonia, le cadavre et la porte, ne sachant que surveiller en priorité. À la lueur rougeoyante de l'autel, elle discerna soudain une silhouette qui s'avançait vers Sonia. Elle était sur le point de crier lorsqu'elle reconnut le visage de Rambo. Lalee se figea, incapable de bouger ou d'émettre le moindre son. Rambo abaissa le bras. Il tenait dans sa main un petit pistolet.

Il s'essuya le front.

– C'est où ? siffla Sonia en levant la tête vers lui.

Un éclair de colère traversa le regard de Rambo, et les yeux de Lalee se fixèrent sur le pistolet.

– J'ai fait ma part du boulot, dit-il en indiquant le cadavre d'un signe de tête. J'ai pris des risques et maintenant c'est à toi de faire la tienne.

– Je suis sûre que c'est quelque part par là, dit Sonia sans cesser de fouiller l'autel, soulevant les statuettes et éparpillant les fleurs. Moi aussi, je prends des risques, je te signale. Je vais trouver. Où sont les filles ? demanda-t-elle soudain.

Dans la panique, Lalee avait oublié Durga et Lakshmi. Elle était sur le point de sortir les chercher quand un fracas la fit se retourner. La statuette dorée de Ganesh venait de s'écraser par terre. Ce qui dans l'obscurité ressemblait à du métal s'était brisé en mille morceaux, aussi fins que du verre. Au milieu des éclats gisait une multitude de petits lingots d'or. Pendant un instant, Rambo et Sonia restèrent interdits. Puis Rambo s'agenouilla et commença à attraper les lingots par poignées, imité par Sonia. Lalee était paralysée. Sonia et Rambo ne semblaient pas se rendre compte que le bruit avait dû attirer l'attention dans le bâtiment. Elle se précipita vers la porte pour faire le guet. Sonia déplia un petit sac à dos qu'elle avait accroché à sa ceinture et commença à le remplir, puis elle s'interrompit pour remplir un second petit sac qu'elle lança à Lalee. Surprise, Lalee le manqua, et le sac s'écrasa par terre.

– Ça, c'est ta part, dit Sonia avant de se remettre à la tâche.

Rambo la repoussa, l'empêchant de se servir davantage.

– Je ne suis pas venu ici pour récolter des miettes ! dit-il.

Un instant, Lalee crut qu'ils allaient se battre, mais soudain des cris retentirent dans la cour, et Sonia et Rambo se turent. Sonia se releva et saisit Lalee par la main.

– Rejoins-nous au point de rendez-vous, lança-t-elle à Rambo.

Courbé en deux à la recherche des lingots restants, Rambo ne prit pas la peine de répondre. Sans attendre, Sonia et Lalee s'élancèrent vers le parc, suivies de près par les deux filles. Lalee se retourna brièvement, étendant le bras vers elles dans l'obscurité. Elle aperçut au loin un groupe de femmes en blanc se diriger vers les dortoirs, escortées par des gardes.

Lalee courait de toutes ses forces derrière Sonia. Le parc arboré s'étendait à perte de vue, et elle craignait de ne pas avoir le temps d'atteindre les hauts murs séparant le domaine de l'autoroute. Lalee ne voyait plus devant elle que de vagues points de lumière qui clignotaient et oscillaient de bas en haut au rythme de ses foulées.

Elle avait perdu Sonia de vue. Elle devait être quelque part devant elle, probablement plus habile pour trouver son chemin et se cacher au milieu des arbres. Serrant le petit sac contre sa poitrine, Lalee atteignit un bosquet qui dessinait un halo sombre jusqu'au mur d'enceinte. Une main sortie de nulle part l'agrippa à la taille. Sans lui laisser le temps de crier, Sonia passa son maigre bras autour de la bouche de Lalee, l'étouffant presque.

– Tais-toi, tais-toi ! Arrête de souffler comme un cheval, chuchota Sonia sans cesser de maintenir son emprise, jusqu'à ce que Lalee se calme. Où est ton sac ?

Lalee étendit le bras et secoua le sac rempli de lingots sous les yeux de Sonia. Dans la précipitation, elle avait oublié sa méfiance envers Sonia. Elle cacha le sac derrière son dos. Sonia ne fit pas de commentaire. À peine Lalee avait-elle repris son souffle qu'une nouvelle vague de panique s'empara d'elle. Le chaos régnait derrière l'enceinte, où un incendie avait démarré. Les flammes étaient visibles au-dessus du mur, au milieu des cris des émeutiers et des crissements de pneus sur l'autoroute.

– On va attendre un peu, c'est trop dangereux, dit Sonia.

Lalee la regarda avec agacement. Sa voix semblait trop forte. Elle sortit la tête de derrière sa cachette pour scruter le parc.

– Qu'est-ce qu'on fait maintenant ? demanda-t-elle.

Sonia ne répondit pas. L'inquiétude se lisait sur son visage.

– Ce con de Rambo devrait déjà être là.

Lalee n'y tenait plus.

– Qu'est-ce qui se passe ? Qu'est-ce que vous avez fait, avec Rambo ?

– C'est pas le moment, répondit sèchement Sonia.

Lalee savait qu'elle n'en tirerait rien de plus. Les explications devraient attendre.

Au bout de quelques minutes, Sonia serra le poing et tapa sur le tronc d'arbre à côté d'elle.

– Tant pis, je ne vais pas attendre cet abruti éternellement. On n'a pas le temps. Si jamais ils nous trouvent...

Lalee préférait ne pas imaginer ce qui leur arriverait. Elle se rapprocha de Sonia.

– Où sont les deux filles ? demanda-t-elle soudain.

Sonia lui fit signe de se taire.

– Ne perds pas ton sac, dit-elle en gardant un œil sur l'enceinte. Rambo va nous rejoindre. On patiente encore quelques minutes.

Elle posa une main sur son épaule.

– C'est quoi ton plan maintenant ? demanda Lalee.

Sonia soupira.

– À cette étape, il n'y en a plus.

Elles entendirent tout à coup quelqu'un se rapprocher en courant. Instinctivement, elles se baissèrent et s'immobilisèrent. Durga s'arrêta à quelques mètres, courbée en deux, les mains sur les genoux, essayant de reprendre son souffle. Un peu plus loin, des voix résonnaient dans le parc. Des faisceaux de lumière apparurent à travers les feuillages. Durga releva la tête et scruta l'obscurité d'un air effrayé.

– Durga, Durga, par ici ! lança Lalee de derrière un arbre.

Sonia jura.

– Allez ! lança-t-elle à son tour avant de se remettre à courir.

Lalee et Durga s'élancèrent à ses trousses en essayant de suivre sa silhouette dans la pénombre. Sonia grimpa à un arbre, s'aidant des branches pour se hisser au sommet du mur. Lalee et Durga l'imitèrent, s'agrippant aussi vite que possible aux branches, tandis que les voix se rapprochaient.

– Vite ! cria Sonia en enjambant les barbelés. Vas-y, saute ! fit-elle en pointant du doigt Durga.

Durga et Lalee la regardèrent, puis se retournèrent. Les gardes n'étaient plus très loin maintenant. Ce n'était qu'une question de minutes. Elles sautèrent de l'autre côté du mur, l'une après l'autre. Gênée par son sac, Lalee retomba lourdement sur son poignet et sentit une intense douleur le traverser. Sonia, de son côté, s'était déjà remise à courir et traversa l'autoroute en évitant de justesse un camion. Lalee tourna la tête et vit une voiture brûler sur le bord de la route. Un peu plus loin, des hommes criaient, un turban orange sur la tête. Elles avaient heureusement atterri dans un recoin obscur, dépourvu d'éclairage. Au pied du mur, Lalee remarqua que Durga s'était mise à pleurer. Ce n'était pas le moment de craquer. Si les gardes les rattrapaient, ou si ces hommes sur la route les apercevaient, c'en était fini d'elles. Lalee passa son bras autour de l'épaule de Durga, qui sanglotait.

– Regarde là-bas ! cria-t-elle presque. Tu les vois ? Ce sont des sabres qu'ils ont à la main. Qu'est-ce que tu crois qu'ils feront, s'ils nous trouvent ?

Durga tourna ses yeux rougis vers Lalee. C'était le regard de quelqu'un qui avait tout perdu.

– Ma sœur, murmura-t-elle. Elle a dû s'égarer dans le noir. Elle est encore à l'intérieur.

La jeune fille rampa jusqu'au mur et tenta vainement de s'y agripper. Lalee se précipita vers elle et l'empoigna des deux mains, malgré la douleur à son poignet. Durga gémit, cria et se débattit de ses bras frêles. Lalee regarda anxieusement autour d'elle pour voir si on les avait repérées. Elle tira Durga par le bras de toutes ses forces, et traversa la route en la portant presque, priant pour atteindre l'autre côté sans se faire remarquer. Une chance, elle ne demandait qu'une petite chance de s'en sortir.

Une fois de l'autre côté, Lalee traîna Durga au milieu des broussailles et des herbes hautes. Sonia sortit de sa cachette derrière un rocher. Lâchant la main de Durga, Lalee s'arrêta, haletante, et s'accroupit pour reprendre son souffle. Durga continuait à pleurer tout bas, et ses gémissements transperçaient Lalee, faisant remonter dans sa mémoire le sombre souvenir des lamentations funèbres des femmes de son village.

– Il faut qu'on bouge ! dit Sonia avec une expression terrifiée que Lalee ne lui avait encore jamais vue, déformant le dessin parfait de son visage. Ils savent qu'on s'est enfuies et peut-être qu'ils ont découvert... l'autre truc, ajouta-t-elle en tenant fermement son sac rempli d'or.

Lalee se releva avec peine et dut insister plusieurs fois pour que Durga se redresse. Sonia s'était remise en marche, piétinant les brindilles et les feuilles qui jonchaient le sol. Agrippant Durga par la main, Lalee la suivit aveuglément, tel un phare dans la nuit. Elle croyait entendre confusément les hommes se rapprocher, mais elle ne savait plus si c'était le fruit de son imagination ou s'ils étaient bien à leurs trousses, torches et sabres à la main.

Lorsqu'elles atteignirent le bout de la parcelle embroussaillée, Durga cessa de pleurer. Lalee était à bout de forces. Elle avait envie de se laisser tomber sur place, de s'allonger sur un lit de feuilles mortes et de tout oublier. Mais elle savait qu'elles n'étaient toujours pas en sécurité. Si elle fermait les yeux, il lui semblait encore entendre les pas de leurs poursuivants. Sonia gardait le silence.

– Où est Rambo ? demanda Lalee, haletante.

– Il ne faut pas qu'on reste ici, se contenta de répondre Sonia.

Elle s'avança au bord de la route pour tenter d'arrêter un camion. Lalee entendit plusieurs véhicules passer en attendant sur le bas-côté, accroupie dans l'ombre avec Durga. Elle regarda Sonia lever les bras en l'air pour essayer d'attirer l'attention des conducteurs. Une femme blanche et blonde au bord d'une autoroute déserte était certaine de se faire remarquer. Et Lalee savait les risques que cela pouvait aussi impliquer. Elle espérait qu'après tout ce qu'elles avaient traversé, elles n'allaient pas au-devant d'un nouveau danger. Le camion qui finit par s'arrêter était conduit par un vieux Sikh. Elles grimpèrent à l'arrière et se blottirent les unes contre les autres, partiellement cachées par de larges pans de bâche noire. Lalee n'avait qu'entraperçu le visage du chauffeur dans son rétroviseur en montant. Il lui semblait que le tumulte s'était calmé. Le chauffeur avait-il emprunté une route secondaire, évitant par la même occasion de passer devant l'ashram et d'être arrêté et fouillé par les gardes ? Pendant un long moment, les trois femmes attendirent en silence.

Enfin, Sonia soupira et se tourna vers Lalee.

– Tu as quelque part où aller ? demanda-t-elle.

Lalee hocha la tête.

– Cette peau de vache, ta Madame Shefali, elle est impliquée jusqu'au cou là-dedans. Si tu retournes à Sonagazi, t'es morte. Va ailleurs.

Lalee acquiesça et ramena ses genoux sous son menton. Malgré la chaleur étouffante, Durga était parcourue de frissons. Il fallait trouver un endroit où se réfugier. Toute sa vie, Lalee s'était imaginée fuir, tantôt pour le simple plaisir de rêver, tantôt parce qu'elle le souhaitait de toutes ses forces. Mais elle ne s'était jamais demandé concrètement où elle irait. Lorsqu'elle sortait de Sonagachi et marchait dans les rues de la ville, elle regardait par les fenêtres des maisons, surtout le soir. Ces petits tableaux du quotidien, ces tranches de vie qu'elle ne connaîtrait jamais avaient quelque chose de fascinant et d'irréel. Une femme dans sa cuisine, devant le journal télévisé, des enfants jouant ou assis à leur bureau, les yeux lourds devant leur manuel scolaire – la routine de gens ordinaires, un soir comme les autres. Il y avait toutes ces fenêtres, toutes ces portes, et nulle part où aller dans cette ville suffocante. Lalee tourna la tête vers Durga, qui fixait l'interstice entre les bâches, les yeux dans le vide. La jeune fille non plus n'avait nulle part où aller, elle qui constituait une marchandise plus chère, plus recherchée. La même pensée traversa l'esprit de Sonia.

– Je peux la prendre avec moi, dit-elle. Je sais où l'emmener, elle sera en sécurité. Tu peux venir aussi, si tu veux.

Lalee la regarda. Sonia ne s'était jamais montrée aussi gentille envers elle. Et pourtant il restait une âpreté dans sa voix, comme si elle proposait quelque chose qu'elle n'avait pas vraiment envie de faire.

Lalee secoua la tête. Elle n'avait pas l'intention de partir avec Sonia, et elle ne voulait pas abandonner Durga. Mais comment inviter quelqu'un à vous suivre lorsque l'on n'a nulle part où dormir ?

– Où vas-tu l’emmener ? murmura Lalee.

– Cette Deepa, tu lui fais confiance ? demanda Sonia.

Lalee acquiesça.

– C’est la meilleure solution, dit Sonia.

Lalee sentit l’air de la nuit lui caresser les cheveux tandis que le camion poursuivait son chemin sur la route déserte.

42

La pièce était plongée dans le noir. Rambo était assis sur une chaise au dossier rigide. *Ça doit être un siège en bois, pas en plastique*, pensa-t-il. Il sourit, oubliant un instant la douleur aiguë qui émanait de son visage tuméfié. Peu importait le type de siège sur lequel il était assis. L'homme qui lui faisait face tenait un pistolet. Rambo en était instinctivement persuadé, même s'il ne voyait quasiment rien. Il essaya de remuer ses poignets, forçant sur la cordelette en Nylon qui lui sciait la peau. Incapable de bouger, il se mit à tirer rageusement. Puis il finit par se calmer et se laissa aller contre le dossier.

L'homme se racla la gorge.

– Tirez les rideaux, commanda-t-il.

Rambo vit une silhouette passer devant lui, puis la lumière jaune des lampadaires pénétra dans la pièce. Le vacarme s'était dissipé depuis un bon moment devant l'ashram, mais quelques cris et slogans se faisaient encore entendre.

Rambo redressa le buste et regarda le directeur de l'ashram en s'efforçant de sourire.

– Vous ne devriez pas être là-bas, plutôt ? En train de gérer la crise ? demanda Rambo, montrant l'extérieur d'un signe de tête.

– Il n'y a pas de crise. Ce n'est qu'une poignée de têtes brûlées et de bons à rien. Le terreau de toutes les émeutes. Certains donneraient leur vie pour défendre le maharaja, les autres sont simplement attirés comme des mouches dès qu'il y a du grabuge. Quoi qu'il en soit, on est loin de la crise. Personne n'entrera.

Rambo continua à sourire. Il aurait voulu faire comprendre à son interlocuteur qu'il s'agissait d'un malentendu, d'une erreur bénigne. Mais l'homme restait imperturbable au milieu de la pièce étrangement silencieuse. Dans une tentative désespérée, il essaya la provocation. Il se mit à rire.

– Et cette lettre, hein ? Cette femme qui a écrit au président et mis les enquêteurs sur votre piste ?

À la grande surprise de Rambo, l'homme se fendit à son tour d'un grand sourire.

– Ce n'est un secret pour personne. Elle a accusé le maharaja de viol, de trafic sexuel et d'enlèvement. Tout ça pour quoi ? On a deux Jeep de la police qui attendent devant les portes, et de l'autre côté, cinq cents fidèles. Les *yoddhas* du maharaja, c'est comme ça qu'ils se désignent. Ils tueront chacune des femmes de cet ashram avant de laisser quelqu'un toucher à un cheveu du maharaja. Vous ne comprenez rien à la religion, Maity. Le maharaja est leur dieu. Et comment un dieu pourrait-il faire une chose pareille à son épouse ?

Rambo s'agita sur sa chaise. Il sentait le goût du sang dans sa bouche. Un sentiment de panique s'empara de lui. Sous le regard des hommes qui l'entouraient, il se mit à tirer frénétiquement sur ses liens. Puis il s'immobilisa, découragé et, baissant la tête, il remarqua que son entrejambe était trempé.

– On ne vous a pas recruté parce que vous étiez un bon maquereau, Maity. Mais parce qu'on pensait que vous étiez trop bête pour faire autre chose que ce qu'on vous disait de faire. Et voilà où ça nous a menés.

Une larme roula le long de la joue de Rambo sans crier gare. Il ne s'était pas senti aussi terrifié depuis des années. Entre deux sanglots, il se mit à supplier le directeur de le laisser en vie. Tout ce qu'il voulait, c'était gagner un peu d'argent. Quand Sonia avait croisé sa route, il avait vu une occasion de tenter sa chance, de puiser un peu d'eau dans l'océan. Mais maintenant qu'on lui avait enlevé toute envie de fanfaronner, il aurait voulu plaider sa cause, demander pardon, mais il ne trouvait pas les mots pour s'expliquer.

Le directeur posa le pistolet sur ses genoux et retira ses lunettes. Rambo sentit son regard attiré par les lunettes et non par le pistolet. *Comme c'est étrange*, se dit-il. Il n'arrivait pas à croire qu'il allait mourir.

Il se mit brusquement à vomir. Il fixa d'un air horrifié la flaque jaune striée de sang, puis ferma les yeux.

Juste avant de perdre connaissance, il entendit :

– Maintenant, tu vas me retrouver cette salope et l'argent qu'elle a volé.

43

Tilu aurait accepté de vendre un de ses reins à cette heure tardive, si cela lui avait permis de s'acheter une pinte de *cholai* ou même de *bangla*. Il examina ses claquettes ; celle de droite avait une lanière cassée. Il devrait rentrer chez lui en boitillant. Il était parti en mission de sauvetage, et tout ce qu'il avait réussi à accomplir, c'était de casser ses *chappals*. Il ne s'était pourtant jamais senti plus homme, plus maître de lui-même qu'en partant avec Bhoga au secours de Lalee, bravant la mort et les dangers. Ses maigres épaules s'étaient redressées, son torse creux et ses bras émaciés s'étaient gonflés d'espoir. La bande de chiens errants qui gardait l'entrée de sa ruelle à la nuit tombée avait repris son poste. La cheffe de la meute, une chienne galeuse aux yeux clairs que Tilu avait surnommée Maagi, baissa la tête et agita la queue en le voyant approcher. Il mit un genou à terre et gratta le crâne de l'animal en enfonçant ses doigts dans l'épaisse fourrure. Maagi frotta sa truffe contre lui. Il resta là un moment, respirant la chaleur de cette créature qui n'attendait rien de lui. Un éclair traversa le ciel, atténué par le brouillard. Puis le tonnerre se mit à gronder, comme si une immense colonne vertébrale venait de craquer.

– Maagi, un *kalboishakhi* se prépare, dit-il en prenant la tête de la chienne entre ses mains. Toi et tes amis, vous feriez mieux de vous mettre à l'abri ce soir.

Maagi le fixa de ses grands yeux humides et brillants à la lueur des lampadaires. Puis elle s'ébroua et trotta dans la direction opposée, suivie de près par sa petite troupe.

Tilu ramassa sa claquette cassée et fit quelques pas pieds nus.

Comme à leur habitude, les premières pluies de la mousson se mirent à tomber soudainement. En quelques secondes, Tilu fut trempé jusqu'aux os. Il leva la tête vers le ciel. Il lui suffisait de faire quelques mètres et de tourner au coin de la ruelle pour être chez lui. Mais il n'avait pas envie de s'abriter. Il resta debout sous le déluge à regarder les câbles électriques se balancer au-dessus de sa tête en imaginant qu'il s'agissait de cocotiers et de palmiers, enfin arrosés par cette pluie que toute la ville attendait avec impatience. Puis il se remit lentement en marche avec ses claquettes à la main, espérant pouvoir les rafistoler une fois de plus.

Là, sur le seuil de sa porte, devant la rigole qui longeait son immeuble, il découvrit Lalee, les genoux repliés, les cheveux plaqués autour de son visage, son sari collé contre sa peau. Tilu crut d'abord qu'il rêvait. Il n'avait pourtant pas bu une goutte d'alcool – mais peut-être qu'avoir le ventre vide suffisait à vous donner des hallucinations ? Cela devait être une sorte de mirage, à force de penser à elle. Il approcha tout doucement, craignant que l'illusion ne se dissipe, balayée par la pluie. Lalee leva les yeux vers lui sans un mot, et Tilu s'assit à côté d'elle, hésitant à toucher ce qui ne pouvait être qu'une invention de son cerveau surchauffé, infesté par l'amour.

*

À l'étage, dans la chambre et le bout de balcon dont Tilu avait hérité, Lalee semblait plus réelle, reprenant corps à mesure que les gouttes dégringolaient à ses pieds, inondant le petit univers misérable de Tilu. Subjugué, il la regarda éponger ses cheveux, sa peau couverte de bleus, l'ensemble de son corps.

– Tu veux du thé ? lui demanda-t-elle après avoir revêtu une de ses vieilles chemises.

Croisant son regard hébété, Lalee lui sourit et Tilu en fut tout chamboulé. Il la suivit jusqu'au petit coin cuisine sur le balcon, où la bâche luttait à armes inégales contre les assauts de la pluie et du vent. Lalee parvint à allumer le réchaud et à dénicher du thé et du sucre au milieu des boîtes cabossées. Tilu remercia les dieux en constatant que la petite bouteille de Mother Dairy Milk achetée la veille n'avait pas tourné. Lalee lui tendit une tasse fumante que Tilu enveloppa de ses mains calleuses avant de se rapprocher d'elle jusqu'à ce que leurs épaules se touchent. Ils s'assirent là, sous l'héroïque bout de bâche qui risquait à tout moment de rompre et de les laisser à la merci des éléments, et regardèrent le panneau publicitaire pour les matelas qui continuait de clignoter. Lalee approcha sa main de celle de Tilu, et celui-ci s'empressa de l'attraper avant qu'elle ne disparût. La dame de la publicité pour les matelas se mit à trembloter puis brusquement, les lumières s'éteignirent.

– Fichues coupures, marmonna Tilu en se levant pour aller chercher des bougies.

Mais Lalee ne voulait pas lui lâcher la main. Il se rassit.

– Les étoiles vont bientôt apparaître, murmura-t-elle.

Tilu savait que non. Pas avec le temps qu'il faisait. Il n'y aurait pas d'autres étoiles cette nuit que celles du panneau publicitaire. Mais cela n'importait guère, et ils continuèrent à regarder la pluie tomber une bonne partie de la nuit, frissonnant sous les gouttelettes qui aspergeaient leurs vêtements et les trempaient de nouveau jusqu'aux os.

Quand on aime un jour, on aime toujours, songea Tilu avec satisfaction. Il avait le sentiment d'avoir enfin compris quelque chose à ce tourbillon chaotique dont tout le monde ne cessait de parler. L'amour, qui avait miraculeusement traversé les âges, inchangé.

Les gens s'étaient aimés à l'ère de la radio et du télégramme, comme son propre père, qui avait courtisé sa mère à distance, et ils continuaient de s'aimer aujourd'hui, à l'ère des smartphones et d'Internet. Tilu n'avait jamais rien fait de tout cela, mais il sentait au plus profond de son cœur que l'amour était partout le même, comme de grandes majuscules en néon rouge clignotant. Qu'il soit chanté, dansé ou écrit – partout la même attente éternelle, la même union indescriptible.

Tilu craignait presque que l'histoire ne s'arrête là et qu'il n'éprouve jamais plus un tel amour. Comme une petite mort. Il avait entendu dire, par un homme très cultivé, que c'est le surnom que les Français donnent à l'orgasme. Mais Tilu savait aussi que l'amour peut réellement vous terrasser. Et que si l'on ne meurt pas un petit peu une bonne centaine de fois, ce n'est pas vraiment de l'amour.

Lorsque Lalee le toucha, il eut l'impression qu'un océan était sur le point de le submerger. Le simple contact de sa peau le laissait sans voix. S'il ouvrait la bouche et tentait d'exprimer ce qu'il ressentait, l'immense vague risquait de l'engloutir, le noyer, le balayer de la surface de la Terre. *À bien y réfléchir*, pensa Tilu, *Lalee elle-même risque de disparaître, noyée par son amour.* Mais qu'elle partage ou non son sentiment, personne ne pourrait le lui enlever, pas même elle. Lalee était aimée, et c'est ainsi qu'elle resterait – aimée pour toujours.

Mais quel genre d'amour nie la personne aimée ? Tous, répondit son cœur aguerri. Jusqu'à se nier soi-même, et qu'il n'y ait plus personne pour aimer. Dans un petit recoin de son âme, un endroit qui lui était étranger, Tilu se sentait incroyablement chanceux de connaître un tel amour. Combien de personnes étaient nées, avaient vécu et travaillé, fait des enfants et disparu sans jamais connaître ce genre d'anéantissement ? Il soupira ; il aurait pu passer sa nuit à disséquer ses sentiments. Il n'avait qu'à fermer les yeux et se laisser engloutir, anéantir par la vague. Mais il devait d'abord se tourner vers Lalee, s'adresser à elle, la toucher une dernière fois, même si cela signifiait que rien de lui ne subsisterait dans le déluge qui s'ensuivrait.

– Quand on aime un jour, on aime pour toujours, murmura Tilu, comme une prière.

Sans dire un mot de plus, il lui prit les mains et les serra fort dans les siennes. Pendant un long moment, elle garda la tête baissée, le visage enfoui dans ses genoux. Il l'embrassa. D'abord ses poignets, puis ses bras, son front moite et son visage tuméfié. Il l'attira contre lui. Lalee ne protesta pas, ne résista pas, et se laissa enlacer. Dans ses bras, elle se mit à pleurer.

Ils s'assirent côte à côte sur le lit, dans la pénombre. La lune était montée haut dans le ciel, au-dessus de la petite fenêtre poussiéreuse. La pluie fendait le halo des lampadaires, chaque goutte distinctement visible et magnifique. Tilu avait l'impression d'être dans un film ; tout ce qu'il savait de l'amour était là, sous ses yeux. Le fou qui vivait au bout de la rue se mit à entonner un air. Il semblait d'humeur joyeuse, même s'il chantait faux. Tilu se tourna vers Lalee et posa les mains sur ses épaules. Elle leva les yeux vers lui, et vit qu'il était au bord des larmes.

– Épouse-moi, dit-il d'une voix tremblante. Je n'ai pas grand-chose mais tout ce que j'ai, tout ce que je suis est à toi si tu le souhaites. Il n'y a rien que je ne ferais pour toi.

Sa voix se brisa et il attendit la gorge nouée, le souffle court.

Au bout de quelques instants, Lalee éclata de rire. Ce fut d'abord un étrange gloussement, puis un ample fou rire, irrépressible.

Il la regarda bouche bée, la mâchoire légèrement pendante. Elle dut s'essuyer les yeux avant de répondre.

– Pourquoi ? demanda-t-elle. Pourquoi, vous les hommes, vous pensez toujours que le mariage est la solution, la réponse à l'amour ?

– Je ne cherche pas de solution, répondit Tilu d'une voix offensée. Je veux vraiment t'épouser.

– Et ma réponse est non, Tilu. Ne me regarde pas comme ça. Ce n'est pas une tragédie.

Elle lui prit la main.

– Tu as été gentil avec moi. Et moi… je ne l'ai pas été avec toi. Je suis touchée par ta proposition, dit-elle en le regardant dans les yeux, mais nous n'avons pas besoin de nous marier. Et je ne crois pas que ce serait sage.

Tilu resta sans voix.

– Et maintenant, tu veux bien venir avec moi ? demanda-t-elle. Il faut que je m'en aille, mais j'ai plusieurs choses à régler avant de partir.

– Est-ce que tu peux rester encore un peu ?

Lalee tourna la tête vers la fenêtre et le panneau publicitaire. *Pourquoi pas ?* pensa-t-elle. Elle acquiesça d'un murmure.

– On ira pique-niquer quelque part, dit Tilu en regardant dans la même direction. On ira au cinéma, on fera une promenade au parc et on mangera dans un restaurant.

Il serait allé n'importe où avec elle. Il s'imaginait marcher fièrement à ses côtés, sa main dans la sienne. Ils entreraient dans un restaurant chinois où il y aurait la climatisation et des lumières tamisées. Au serveur malpoli, il laisserait un pourboire extravagant avant de sortir en passant son bras autour des épaules de Lalee.

– Tu sais, après toutes ces années ici, je n'ai encore jamais visité le Victoria Memorial, dit-elle.

– Il faut absolument y aller. C'est une part importante de notre histoire. Ils ferment à 18 heures. Après la tombée de la nuit, il n'y a plus que des dealers, des proxénètes et…

Tilu s'arrêta net.

– Et des prostituées. J'ai vu tous ces endroits de l'extérieur. Ça a l'air beau, dit-elle avec une pointe d'excitation enfantine qui ne manqua pas de le toucher. Et tous les gens à Chowringhee et New Market. Quand le bus passe sur le pont au-dessus de l'autoroute, on aperçoit le Maidan, et le dôme blanc du Victoria Memorial avec l'ange au sommet… on voit tout.

– L'ange tournait sur lui-même autrefois, dit Tilu.

– Qu'est-ce qui lui est arrivé ?

Il haussa les épaules.

– J'ai entendu dire qu'ils avaient essayé de le réparer...

Mais il lui semblait que l'ange avait cessé de tourner, suspendant ses incessantes révolutions pour admirer, émerveillé, la ville bouillonnante à ses pieds. Mais peut-être que lorsque personne ne regardait, au cœur de la nuit, il tournait sur lui-même, dansait et faisait des pirouettes avec les fantômes des *sahibs* blancs depuis longtemps disparus. Il aimait bien cette idée, ça lui donnait de l'espoir. Il sourit.

– Tu l'as déjà vu tourner ?

– Oui, quand j'étais petit. Mon père m'y emmenait jouer le dimanche. Le jour de la fête de l'Indépendance et de la fête de la République, on montait sur une calèche, on mangeait des cacahuètes et des pois chiches grillés, et on jouait au foot. C'était quand ma mère était encore en vie. (Tilu marqua une courte pause.) On y va ?

– Oui.

– Il faut que je te dise, fit-il d'une voix hésitante. Je n'ai pas beaucoup d'argent. Je veux dire... J'en avais un peu, mais... j'ai tout dépensé.

Lalee observa son visage, son regard inquiet, son front plissé, cet air toujours soucieux de sa propre insignifiance dans ce vaste monde plein de complexité et d'indifférence.

– Ne t'en fais pas pour ça. J'en ai, moi.

– Non, non, s'empressa-t-il d'ajouter. J'ai de l'argent, mais je ne crois pas que je puisse t'emmener dans un restaurant ou ce genre de choses... Je voulais juste que tu le saches.

Lalee sourit et laissa Tilu s'inquiéter un peu plus longtemps.

– Qui a construit le Victoria Memorial ? demanda-t-elle en se tournant sur le côté, ramenant les couvertures sous son menton pour se protéger de la brise humide qui entrait par la fenêtre.

– C'est une histoire fascinante, répondit Tilu.

Et il la lui raconta.

Dans son petit lit, allongé à côté de Lalee, Tilu avait le sourire aux lèvres. Il s'endormit paisiblement, d'un sommeil sans rêves, ses jambes entremêlées avec celles de Lalee, tandis que la pluie continuait de murmurer par la fenêtre ouverte.

44

Malini sortit de la coopérative et s'empressa de rejoindre le Lotus Bleu. Chanda était dehors, consolant une jeune femme en pleurs. Un peu plus loin, le vieux serviteur de Madame Shefali et plusieurs autres hommes s'affairaient autour d'une camionnette.

Malini s'approcha des deux jeunes femmes.

– Que se passe-t-il ? demanda-t-elle.

– Amina s'est suicidée, répondit Chanda à voix basse.

Malini la dévisagea, interdite. Chanda répéta. Il y avait de la désolation dans sa voix, mais aussi une étrange pointe d'excitation. Sous le choc, Malini mit plusieurs secondes avant de pouvoir reprendre la parole.

– Comment ? demanda-t-elle, prise d'un léger vertige.

Elle faillit dire qu'elle avait parlé avec Amina la veille au soir, mais se ravisa.

– Elle a pris des somnifères. Madame Shefali l'a trouvée ce matin.

Malini n'en croyait rien, mais de nouveau, elle se retint de tout commentaire. Il aurait été injuste de faire de Chanda la cible de sa colère, elle qui n'avait eu qu'un sourire macabre. Elle devait contenir sa rage, la garder intacte jusqu'au moment venu.

– Où est-elle ? Je veux la voir, dit Malini.

– Ils sont en train de sortir le corps. Ils vont l'emporter directement au *ghat* pour la crémation. Je ne savais pas que vous étiez amies ? ajouta Chanda avec une pointe de surprise.

– Je n'ai pas besoin d'être son amie, rétorqua Malini en fusillant Chanda du regard. Elle était l'une des nôtres.

Chanda fit la moue. En se tournant vers l'entrée, Malini aperçut les porteurs arriver avec le corps. Chintu n'est pas parmi eux, nota-t-elle. En guise de civière, ils avaient pris un grand drap blanc dans lequel le cadavre balançait légèrement.

Les bras croisés à côté des autres femmes, Malini regarda le cortège descendre les marches et fixa le corps d'Amina jusqu'à ce qu'il ait disparu de sa vue. Son visage, livide et gonflé, retourna Malini plus violemment que ne l'aurait fait un carnage sanglant. L'indifférence dans laquelle la jeune femme était morte, la manière même dont on se débarrassait de son corps avaient quelque chose d'ignoble – comme s'il ne s'agissait que d'un vulgaire tas de poussière.

Amina avait les yeux clos. *Ceux qui parlent du visage paisible des morts doivent avoir eu beaucoup de chance ou n'en avoir jamais vu pour de vrai*, songea Malini. Puis elle aperçut des marques autour du poignet droit d'Amina qui était replié sur sa poitrine. Des zébrures violettes l'encerclaient comme des bracelets. Elle suivit le convoi jusqu'à la camionnette en essayant d'entrevoir l'autre main d'Amina. Lorsqu'elle se courba au-dessus du corps et avança le bras, Chanda s'interposa.

– *Arrey*, mais qu'est-ce que tu fabriques ? Ne touche pas, ou tu devras aller te plonger dans le Gange. Tu ne connais pas les règles ou quoi ?

Malini se retourna vers elle.

– Pourquoi ses poignets sont comme ça ? Qu'est-ce qui s'est passé ?

– Je ne sais pas. Peut-être qu'elle s'est fait ça toute seule ?

– Ça m'étonnerait, marmonna Malini en touchant délibérément le corps. Et on ne peut pas prendre une boîte de somnifères quand on a les poignets attachés, Chanda. Qui l'a vue en dernier, hier soir ?

– Madame nous a dit qu'elle dormait, et que personne ne devait la déranger.

Malini sentait que l'histoire ne tenait pas. Elle avait parlé à Amina moins de douze heures plus tôt, et même si elle ne semblait pas aller bien, elle ne paraissait pas prête à se tuer.

Les hommes enveloppèrent le corps dans le drap avant de le déposer sur un lit en bois à l'arrière de la camionnette. Quelques tubéreuses dépassaient des quatre coins du lit. Des ficelles attachées aux lattes en bois maintenaient le corps en place. Le drap était tiré jusqu'au cou, de sorte qu'on ne voyait plus que le visage tourmenté et boursouflé d'Amina.

– Pousse-toi ! lança rudement un des hommes à Malini.

– Où allez-vous ? s'enquit-elle avec inquiétude. Il faut prévenir la police. Vous ne pouvez pas la brûler comme ça !

Les hommes la dévisagèrent comme si elle avait perdu la raison.

– La police ? répéta Chanda, restée en arrière. Pour

quoi faire ? Pour qu'ils l'emmènent à la morgue et l'ouvrent en deux ? Qu'est-ce que ça va apporter ? Il faudra attendre une éternité avant de récupérer le corps. Ce n'est pas la peine de compliquer les choses pour rien.

Elle prit Malini par la main.

– Allez, pousse-toi. Laisse-la partir en paix.

Les portières de la camionnette claquèrent et le conducteur démarra. Une fumée noire sortit du pot d'échappement, plongeant les deux femmes dans le brouillard.

– Elle n'était pas musulmane, Amina ? demanda Malini. Pourquoi brûler son corps ?

– C'est plus simple comme ça, dit Chanda en suivant des yeux la camionnette jusqu'au coin de la rue. Elle avait un *babu* hindou. Il l'a quittée il y a plusieurs années, mais parfois elle mettait un trait de *sindoor* à la racine de ses cheveux et elle portait des bracelets ; elle a toujours dit qu'elle était sa femme. C'est ce qu'elle aurait voulu. Et puis, je crois qu'il faut un mollah pour enterrer quelqu'un selon les rites musulmans, non ? On ne connaît personne qui fasse ça ici. Allez, répéta Chanda, elle sera mieux là-bas. Et nous, il faut qu'on aille se préparer.

Malini fit demi-tour vers le Lotus bleu. Plusieurs filles s'étaient rassemblées au balcon pour regarder partir Amina Bibi. Malini s'immobilisa en voyant apparaître Madame Shefali au milieu du groupe, vêtue d'un sari soigneusement repassé, la bouche encore pleine de feuilles de *paan*. Les deux femmes se toisèrent, puis Madame Shefali détourna la tête et chuchota quelque chose à l'oreille des filles. Une par une, elles disparurent à l'intérieur. Jetant un dernier coup d'œil à Malini, Madame Shefali s'éclipsa à son tour derrière son troupeau.

Malini reprit le chemin de la coopérative. Il fallait absolument qu'elle appelle Deepa. Elle sortit son téléphone, le déverrouilla, puis le rangea. Elle avait une chose à faire avant d'appeler. Dans le bureau de la coopérative, elle s'approcha d'une petite armoire métallique qu'elle fit légèrement basculer sur le côté. Derrière le meuble, elle attrapa le sac en plastique qu'Amina lui avait confié douze heures plus tôt et le glissa dans son sac à main.

*

Au kiosque de la police de Sovabazar Road, à l'entrée de Sonagachi, l'agent Biswas était en train de siroter une tasse de thé au lait lorsqu'une camionnette blanche arriva à sa hauteur. Puisque, contrairement à la coutume hindoue, personne ne chantait de lamentations funèbres, Biswas aurait très bien pu ne pas remarquer le corps à l'arrière du véhicule. Mais c'était l'heure de pointe, lorsque tous les employés de la ville espèrent déjouer les lois de la physique et rallier leur lieu de travail en moins de deux heures. La camionnette resta bloquée au feu pendant quinze bonnes minutes, pile devant le poste de Biswas.

À travers les vitres arrière, l'agent aperçut distinctement le cadavre enveloppé dans un drap. Mais il n'y attacha pas plus d'importance que ça, et ne s'en souvint que quelques heures plus tard, lorsqu'un maquereau de sa connaissance s'arrêta au kiosque pour bavarder. Biswas apprit alors qu'une fille du Lotus bleu venait de se tuer. C'était à se demander si un mauvais sort ne s'acharnait pas sur cet endroit.

– Ta Madame Shefali, commenta Biswas, elle va finir

par se sentir seule si ça continue comme ça ! Il paraît que quand les gens ne meurent pas de causes naturelles... ils appellent les autres depuis l'au-delà.

– Oh, arrête, c'est pas non plus un événement extraordinaire. Ce genre de chose arrive de temps à autre, c'est tout.

Le maquereau fit signe à un jeune garçon qui servait du thé dans des tasses en argile sur le trottoir.

– Un autre thé ? demanda-t-il à Biswas avant d'avaler une gorgée fumante. Si tu veux mon avis, c'est Madame Shefali, Chintu et le *babu* de cette fille qui ont fait le coup.

– Hum, dit Biswas. On est en train d'explorer la piste. Le sergent Singh et Balok-*da* sont venus l'autre jour.

– Oui, c'est ce que j'ai entendu dire, répondit le maquereau en bâillant. Mais pourquoi vous vous embêtez avec cette histoire ? Ça va bientôt se tasser, non ? Oh, t'aurais dû voir hier, il y avait des journalistes partout dans la rue. C'est pas bon pour les affaires, je peux te le dire. J'avais un nouveau client avec moi, et quand il a vu les caméras, il a flippé. La police et les médias, ça fait fuir la clientèle.

– C'est de la curiosité malsaine, tout ça, commenta Biswas avec une moue dégoûtée. (Il prit la cigarette que lui tendait le maquereau et l'alluma.) Qu'est-ce qu'ils croient ? Qu'en venant remuer la merde, ils vont réussir à tout changer ? Putain de journalistes.

Une fois le maquereau parti, Biswas réfléchit à cette nouvelle information qu'il venait de récolter et, par précaution, il décrocha son téléphone.

– Balok-*da* ? C'est Biswas, j'appelle du kiosque. Il paraîtrait qu'une autre fille du même bordel est morte aujourd'hui… Oui, chez Madame Shefali… Je ne sais pas… il s'agirait d'un suicide… des somnifères, apparemment. Je voulais juste vous tenir au courant… Ils l'ont emmenée au *ghat* il y a une heure environ… Désolé, je ne pensais pas que c'était si important… Désolé, oui, oui, bien sûr, je vous ai vu avec le sergent Singh l'autre jour mais… Non, je ne les ai pas arrêtés… J'ai parlé à Bablu, vous savez, le maquereau ?… Oui, et d'après lui, ils n'ont pas déclaré le décès, ils ne voulaient pas s'embêter avec toute la paperasse… Oui, d'accord, merci.

Biswas reprit sa contemplation paresseuse des embouteillages, content d'avoir fait plus que ce qu'on attendait de lui pour la journée.

Balok Ghosh, de son côté, resta un moment songeur après avoir raccroché. Assis en face de lui, Naskar n'avait pas perdu une miette de la conversation.

– Encore un meurtre, Balok-*da* ? C'est la saison ou quoi ? Qu'est-ce qui s'est passé, à votre avis ?

– À mon avis, vous parlez trop et sans réfléchir, Naskar, grogna Balok Ghosh. Si vous voulez arriver à quelque chose, dans ce boulot, vous avez intérêt à la fermer plus souvent.

– Mais qu'est-ce que j'ai dit de mal ? se défendit Naskar. Vous disiez la même chose que moi au téléphone, je vous ai entendu.

– Je n'ai jamais prononcé le mot « meurtre », que je sache ? C'est un suicide. Si vous ne connaissez pas la différence, vous feriez bien de l'apprendre. Vous savez ce que ça signifie, un meurtre ?

– Oui, beaucoup d'emmerdements, répondit Naskar, boudeur.

– Exactement. D'où l'intérêt de bien choisir ses mots.

– Vous allez prévenir le sergent Singh, chef ? demanda Naskar après un instant de silence.

Samsher Singh n'était toujours pas arrivé au commissariat. Avec la surcharge de travail de la veille, il devait avoir décidé de lever le pied aujourd'hui.

– Non, répondit Balok Ghosh, et je ne pense pas qu'il soit nécessaire de le déranger. Il sera mis au courant en temps voulu. Rien ne presse. La situation est sous contrôle.

– Mais ils ont emporté le corps pour le brûler, d'après ce que j'ai entendu, non ?

– Oui, oui, que ce soit une mort accidentelle ou un suicide, c'est la même chose. Ça prend beaucoup de temps de faire les rituels funéraires et la crémation comme il faut, ils n'ont pas besoin que la police aille les embêter. On ne va pas les déranger en pleine cérémonie.

– Mais Balok-*da*, dit Naskar soudain excité par la nouvelle idée qui venait de germer dans sa tête. Si ce n'était pas un suicide ou un accident, mais un meurtre ? Alors ça voudrait dire qu'ils sont en train de brûler des preuves, non ? Vous voyez ce que je veux dire ?

Balok Ghosh jeta à son jeune collègue un regard glacial.

– Remettez-vous à votre travail, Naskar. Arrêtez de couper les cheveux en quatre. La vie est déjà assez compliquée. Quand les choses peuvent être simples, laissez-les donc comme ça.

Et Balok Ghosh se leva pour aller boire une tasse de thé et se rouler une cigarette bien méritée, loin de ces jeunes recrues trop excitables.

45

Quand Lalee se réveilla, le ciel s'était éclairci, et la température avait baissé. Elle tira sur la couverture et se rapprocha du corps chaud de Tilu. Il était allongé sur le côté, une main sous la tête, les yeux fermés. Il était encore tôt, mais on entendait déjà des voix dans la rue, les bruits du quartier qui commençait à se réveiller. Elle ferma les yeux, grappillant les derniers instants qui restaient avant d'être submergée par le poids de sa conscience. Elle tenta de chasser les images qui lui revenaient – l'ashram, la fuite. Le visage de Durga. Elle avait abandonné une enfant dans le besoin. Elle s'efforça de penser à Tilu, à cette journée magique qui s'annonçait – pluvieuse et humide, fraîche. Ils se rendraient au Victoria Memorial et à New Market, et iraient manger dans un restaurant chinois. Lalee soupira. L'aiguille de l'horloge avança, et le jour se leva à pas de loup. Elle s'assit au bord du lit et écouta la respiration paisible de l'homme qui dormait à ses côtés. Un rayon de soleil se posa sur son visage. Il avait un nez aquilin, avec deux petites marques laissées par ses lunettes de chaque côté de l'arête, et des cernes sous les yeux. Ses cheveux clairsemés étaient plaqués sur son front, sa bouche entrouverte, et il dormait légèrement recroquevillé sur lui-même, comme pour se protéger du monde. Lalee caressa doucement sa joue, et il inclina la tête sur le côté. Laissant sa main au creux de l'épaule de Tilu, elle leva les yeux vers la fenêtre, où un groupe de corbeaux s'était installé, perché sur les câbles électriques. Elle ferma les yeux et repensa à cette chambre d'hôtel dans Park Street. Elle se souvenait des motifs du couvre-lit et des fauteuils, mais elle n'arrivait plus à se voir elle, dans cette pièce. C'était comme si une autre femme avait été là, à sa place. Et pour la première fois depuis bien des années, tandis que sa main se réchauffait contre la joue de Tilu, Lalee se demanda ce qu'elle ressentirait si elle rassemblait ses quelques affaires et ne revenait jamais.

Tilu ne voulait pas laisser Lalee y aller seule, mais elle était décidée et il savait qu'il n'était pas homme à remporter une dispute contre elle. La tête cachée sous son *dupatta*, les yeux baissés, elle zigzagua à travers les ruelles tortueuses en empruntant des détours inutiles. Lorsqu'elle atteignit le local de la coopérative, la rue était envahie de femmes. Certaines installaient des sièges ou parlaient à des journalistes, tandis que d'autres apportaient une dernière touche à leurs banderoles. Lalee se faufila à travers la foule, camouflée sous son voile, et se dirigea vers l'arrière de la coopérative où se trouvait une entrée secondaire.

À l'intérieur, Malini distribuait ses consignes, telle une matriarche à une fête de famille, et tout le monde travaillait activement de concert. Lalee resta cachée derrière une porte, à l'abri des regards. Lorsque Malini sembla avoir enfin un moment de répit, Lalee sortit de l'ombre et s'approcha d'elle. Pour la première fois depuis que Lalee la connaissait, Malini resta sans voix. Elle dévisagea Lalee pendant quelques secondes, puis la prit dans ses bras.

– Viens défiler avec nous aujourd'hui ; ne dis pas non, murmura-t-elle à son oreille. Il y aura des voitures de police et des journalistes partout, tu ne risqueras rien. Et après…

Malini ne put terminer sa phrase. Elle ne savait pas ce qu'il pouvait se passer ensuite. Le simple fait d'y penser la terrifiait.

– D'accord, répondit Lalee.

46

Deepa regardait les voitures avancer comme des escargots. S'agrippant au dossier du chauffeur de taxi, elle se redressa. Elle s'efforçait de maîtriser le sentiment de panique qui s'était emparé d'elle depuis qu'elle avait reçu le coup de fil, quittant son bureau dès qu'elle avait pu. Elle avait envie de crier au chauffeur de se dépêcher, excédée par ses bâillements nonchalants.

– *Bhai*, il n'y a pas un raccourci ? s'écria-t-elle en peinant à couvrir le vacarme ambiant.

Le chauffeur de taxi baissa sa vitre, cracha, puis se renfonça dans son siège. Deepa se mit à compter en silence, priant pour que les embouteillages se dissolvent rapidement.

Lorsque le taxi ne fut plus qu'à quelques mètres du café, Deepa ouvrit la portière et sauta sans attendre qu'il se soit immobilisé et sans que le chauffeur lui ait rendu la monnaie. Elle avait reconnu les deux visages à l'intérieur de l'établissement, à travers la vitre embuée. Elle traversa la route sans faire attention aux voitures, poussée par la crainte irrépressible que les deux silhouettes ne se volatilisent sous ses yeux. Sonia leva la tête en la voyant entrer, puis elle se détourna d'un air indifférent, comme si le rendez-vous n'avait aucune importance. Mais Deepa s'approcha et prit la jeune femme dans ses bras, à leur surprise mutuelle.

– Comment as-tu réussi à t'enfuir ? lâcha Deepa.

Sonia jeta un coup d'œil autour d'elle pour vérifier que personne ne les observait. Deepa se tourna vers la jeune fille de onze ou douze ans qui la regardait avec de grands yeux, la main devant sa bouche encore pleine.

– Voici Durga, dit Sonia.

Deepa s'assit à côté de la jeune fille silencieuse et lui adressa un sourire qu'elle espérait rassurant. Les années passées au contact des maquereaux, des policiers et de la violence quotidienne qui engluait cette ville avaient laissé des marques sur son visage, le couvrant d'un masque d'irritation perpétuelle. Elle s'en rendait compte parfois, lorsque l'émotion menaçait de faire voler en éclats la carapace qu'elle s'était construite.

– Il faut que tu la prennes avec toi, dit Sonia en inclinant la tête vers Durga.

La jeune fille regarda tour à tour les deux femmes.

– Où l'as-tu trouvée ? demanda Deepa.

– À l'ashram, bien sûr.

– Mais comment as-tu fait pour en sortir ? la pressa Deepa. Et pourquoi venir ici ? Tu sais ce que tu risques si quelqu'un te voit ?

– T'en fais pas. J'aurai disparu avant que tu aies le temps de dire ouf.

Deepa éprouvait simultanément de l'inquiétude et une pointe d'aigreur envers Sonia. Elle n'avait jamais compris sur quel pied danser avec cette fille ; elle semblait toujours si détachée, d'un humour si caustique, si acide.

– Je ne peux pas l'emmener là où je vais, reprit Sonia. C'est pour ça que je suis venue te la confier.

– Et toi, tu vas où ? insista Deepa.

Sonia se contenta de la regarder froidement.

– D'accord, je m'occupe d'elle, pas de problème, dit Deepa.

– Très bien, dit Sonia.

Elle se leva et attrapa son sac.

– Attends, s'exclama Deepa en se mettant en travers de son chemin. Dis-moi ce que tu as vu là-bas – qu'est-ce qui t'est arrivé ?

– Je te fais la version courte ? Les filles sont envoyées par Shefali, elles arrivent directement chez le maharaja, puis les meilleures du lot vont à Bangkok, parfois à Dubaï. D'après ce que je sais, en tout cas. Je ne suis pas non plus au courant de tout, dit-elle en souriant. Prends soin d'elle, s'il te plaît.

Sonia sortit sans se retourner, pas même une fois.

Elle plongea une main dans son sac, derrière le lourd paquet enveloppé de plastique, et sortit une étole dont elle se couvrit la tête avant d'enfiler ses lunettes de soleil. Malgré la pâleur de sa peau, elle passait maintenant presque inaperçue au milieu de la foule. Elle héla un taxi et grimpa dans le premier qui s'arrêta, avant même que le chauffeur ait eu le temps de lui demander sa destination. D'un air revêche, il enclencha le compteur en annonçant le double du tarif habituel. Sonia se contenta de balayer l'air de la main en soupirant derrière son voile. Ce drôle de pays pouvait vous noyer sous les gentillesses et la minute d'après vous écorcher vive. *Tout comme mon pays*, songea-t-elle. Lorsque le taxi s'arrêta devant un petit immeuble de Ballygunge Circular Road, Sonia resta un moment immobile sur la banquette arrière, observant attentivement le troisième et dernier étage. Le chauffeur, qui avait déjà éteint son compteur, était sur le point de récriminer quand Sonia sortit l'argent et le déposa sur la banquette avant de refermer la portière.

Elle suivit le taxi des yeux jusqu'à ce qu'il ait disparu au coin de la rue. Elle aimait bien ce quartier, avec ses rues arborées et ses maisons anciennes au style art déco. Le vieux monsieur qui tenait un stand de repassage sur le trottoir faisait chauffer son fer tandis que l'adolescent décharné qui lui servait d'assistant éventait les braises au-dessus du réchaud. Ils levèrent les yeux vers elle lorsqu'elle ôta son voile, mais se remirent aussitôt à la tâche. Au milieu des innombrables allées et venues, sa présence leur importait peu. Sonia sortit une clef de son sac et ouvrit une grille. Puis elle frappa à une porte verte. Trois coups seulement, espacés d'un court intervalle.

Un mince jeune homme en pyjama ouvrit la porte. Il leva les yeux de son téléphone, esquissa un léger sourire et retourna à son écran.

– Salut, Maxo, ça va ? demanda Sonia d'une voix faussement enjouée.

– Ouais, les filles sont sorties. Mais Anna et Maria sont là.

Sonia tira le rideau donnant sur le salon et entra dans la pièce. Deux jeunes femmes à la peau claire et aux cheveux bruns étaient assises sur le canapé, en train de regarder une rediffusion de *Friends* en russe. Sonia se laissa tomber sur le vieux fauteuil d'à côté, enleva ses chaussures et posa ses pieds sur la table basse. Elle ferma les yeux tout en gardant la main nonchalamment posée sur son sac. Elle avait des choses à faire. Et il fallait qu'elle quitte Calcutta le plus vite possible. Elle repensa à la jeune fille qu'elles avaient laissée derrière elles à l'ashram. Mais elle en avait ramené une, ce qui la rachetait un peu.

– Où est Charlie ? demanda-t-elle aux deux autres femmes.

Anna ne bougea pas d'un cheveu.

– Il va rentrer, dit Maria. Il organise un rendez-vous pour Maxo ce soir. Les garçons sont de plus en plus demandés, il a même de meilleurs clients que nous.

Sonia gloussa doucement. Elle avait quitté l'Ouzbékistan pour la Russie toute seule, puis avait rencontré sur son chemin cette petite bande d'Ouzbeks. Le robuste Pendjabi qui se faisait appeler Charlie était leur maquereau. Il s'occupait de trouver les clients, de louer les chambres et de régler les services des chauffeurs qui les conduisaient un peu partout. Il avait aussi beaucoup de contacts. Sonia l'attendrait, et trouverait un moyen discret de se rendre à Bombay, puis peut-être à Dubaï, loin de Madame Shefali et du maharaja. Elle ne pouvait pas prendre le risque d'utiliser directement l'or ou les billets de l'ashram. Ça laisserait trop de traces. Mais Charlie trouverait une solution, surtout si elle y mettait le prix, et elle pourrait enfin prendre la fuite.

47

Samsher se tenait droit comme un piquet dans son fauteuil de bureau. Une fois de plus, il se retrouvait face à Deepa, à laquelle il s'efforçait de sourire poliment. Elle parlait de choses qu'il n'avait que moyennement envie d'écouter, et il était en train de se demander si elle n'allait pas finir par se lever et lui asséner une gifle. Et si cela devait se produire, serait-il assez rapide pour l'en empêcher ? Tout en faisant mine d'écouter, Samsher égraina dans sa tête les paroles de cette chanson que les agents avaient écoutée en boucle le matin même. Se concentrer là-dessus l'aiderait à supporter cette conversation jusqu'au bout.

Deepa se mit à crier. Samsher se décida enfin à l'interrompre.

– Mais ces vidéos ne prouvent rien, madame. Les images sont floues et n'importe qui aurait pu les prendre dans son salon… Que voulez-vous qu'on en fasse ?

– Cela fait de nombreuses années que je fais ce travail, sergent Singh. J'ai vu la police fabriquer des éléments de toute pièce, et égarer des preuves irréfutables de la manière la plus grotesque qui soit. On voit très clairement l'ashram dans cette vidéo, on peut même très bien lire le nom de Nandankanan. L'intervention des forces spéciales est sur toutes les chaînes de télé, alors ne me dites pas que vous n'en avez pas entendu parler. On reconnaît aussi distinctement Mohamaya Mondol sur ces images, avec des ecchymoses. Ces éléments constituent des preuves indirectes dans une enquête pour meurtre. Vous êtes censé le savoir mieux que moi.

L'enfant assise à côté de Deepa fixait un coin de la table en se tordant les mains, faisant apparaître des marques blanches sur sa peau, et Samsher avait du mal à ne pas la regarder faire.

– Je crains que ça ne soit pas suffisant pour obtenir un mandat d'arrêt, madame, dit Samsher avec une politesse exagérée.

– Ce n'est pas ce que je vous demande. Je vous demande simplement d'obtenir un mandat de perquisition dans le cadre de l'enquête sur le meurtre de Mohamaya. Qui plus est, la sœur jumelle de cette jeune fille ici présente est toujours prisonnière dans l'ashram. Nous savons de source sûre que de nouvelles filles vont arriver aujourd'hui. Cela fait des mois que nous travaillons sur cette affaire. Les forces spéciales y sont en ce moment même. La situation est en votre faveur, sergent.

Ce n'était ni de la supériorité ni de la condescendance qu'il y avait dans sa voix, mais bien une pointe de supplication, nota-t-il avec étonnement.

– Oui, madame, bien sûr. Bien entendu, dit-il avec un sourire béat.

Balok Ghosh s'approcha prudemment de son supérieur et se pencha vers lui.

– Le commissaire adjoint a appelé, chef, lui chuchota-t-il à l'oreille. J'ai dit que vous le rappelleriez.

Le sourire de Samsher s'évanouit. Il regarda Deepa. À cause de cette femme, il ne pouvait même pas s'entretenir tranquillement avec son adjoint, et elle n'avait pas l'air de vouloir bouger ses fesses. Il leva les yeux vers Balok qui lui adressa un clin d'œil entendu.

– Veuillez m'excuser un instant, madame, dit Samsher en se levant.

Puis il sortit dans le couloir, suivi de près par Balok.

– Les médias sont partout, chef, souffla Balok derrière lui. Le quartier est en ébullition.

Samsher entra dans le petit bureau du fond et cria à Naskar et aux autres agents de le laisser tranquille. Il décrocha et attendit quelques secondes, le combiné contre son oreille, avant de composer lentement le numéro.

– Monsieur le commissaire adjoint ? demanda-t-il en faisant de son mieux pour avoir l'air sûr de lui. Ici le sergent-chef du commissariat de Burtolla.

Une main pressée contre sa tempe, Samsher faisait de son mieux pour masquer le tremblement dans sa voix. Mais il n'eut pas grand-chose à dire de plus que « oui, chef », et « bien sûr, chef », entrecoupés de vigoureux hochements de tête. Non, il ne se rendrait pas à l'ashram, tout compte fait. Tout ça allait trop loin pour quelqu'un comme lui. Il n'était qu'un petit poisson après tout, avec des petits pouvoirs, et il ne pouvait pas, à lui seul, partir en guerre contre des requins. Il laissa échapper un long soupir de soulagement. Et puis, s'il se rendait à Nandankanan, il n'en sortirait pas indemne. Depuis que les médias avaient fait main basse sur la lettre de cette pauvre *sevikas*, il se doutait qu'un scandale allait éclater. Il avait beau n'être qu'un petit poisson, il avait eu vent de certaines choses, des disparitions, des menaces, et de la mort d'une journaliste qui enquêtait sur l'ashram. Mais il n'avait jamais imaginé qu'un jour, il pourrait avoir un quelconque lien avec tout ça.

Balok Ghosh attendait derrière la porte, pétrissant une boulette de tabac à priser dans le creux de sa main, lorsque Samsher sortit du bureau.

– Le commissaire adjoint veut que la situation soit sous contrôle. *Sala*, on dirait que j'ai une baguette magique qu'il suffit d'agiter pour que tout rentre dans l'ordre. Et bien sûr, dès qu'il y a une descente à faire devant les caméras, c'est Bose qu'il envoie récolter toute l'attention des médias. De toute façon, les forces spéciales sont déjà là-bas, dans la vraie cage aux fauves. Si j'y allais maintenant, ils me riraient au nez. *Sala*, il faut toujours qu'il donne ses ordres au dernier moment, comme si on était une bande de *bokachoda* qui attendaient qu'on leur chie dessus. Apparemment, cette ONG, là, elle avait une informatrice dans l'ashram. *Bnara*, même le ministre de l'Intérieur s'en mêle.

– Oui, chef, cette *sevikas*, *arrey*, elle a écrit directement au Premier ministre, au ministre de l'Intérieur, à tout le monde. À propos de ces femmes que le *babaji*… vous savez… utilisait.

Samsher retourna s'asseoir à son bureau.

– Nous serons là, madame. C'est notre devoir. On ne peut pas continuer à laisser faire ça, après tout.

Deepa se leva. Elle regarda Samsher droit dans les yeux, et il comprit qu'il était inutile de chercher à la duper. Oui, il serait là, il serait à la manifestation. Mais pas à Nandankanan. Le sergent Singh était beaucoup de choses, mais ce n'était ni un fou ni un idéaliste.

Il posterait la Jeep au grand carrefour, à la sortie de Sonagachi, avec peut-être une autre voiture et quelques subordonnés, et ils regarderaient passer le défilé. La présence de la police serait une bonne chose ; cela éviterait tout débordement. Et puis, avec un événement aussi médiatique, peut-être que quand les caméras balaieraient la foule, elles s'arrêteraient un instant sur lui. Tout ce qu'il avait à faire dans l'immédiat, c'était de repasser son uniforme, d'obéir aux ordres et de se rendre là-bas à l'heure voulue pour montrer que la police se mobilisait et œuvrait à un monde meilleur.

Un peu plus tard, tranquillement assis à l'avant de la Jeep, Samsher se retourna vers Balok Ghosh, installé sur la banquette arrière, le menton posé sur le canon de son fusil.

– Qu'est-ce que vous en dites, Balok-*da* ?

– C'est bon pour l'image, chef. Toutes les télés sont là. Ça va faire le tour des chaînes d'infos et des talk-shows dès ce soir.

– Vous croyez ?

– Oh oui, chef. Mais le vrai butin n'est pas ici, à Sonagachi ou au bordel. Il se trouve ailleurs. Cette dame de l'ONG, elle a raison, chef. Les filles qu'ils trafiquent, elles sont ailleurs. Si je volais un coffre plein d'argent, vous croyez que je le garderais dans ma chambre ? ricana Balok.

Il avait dit à sa femme qu'il passerait à la télé ce soir. Elle devait être dans le salon avec ses sœurs en ce moment même, attendant avec impatience de le voir apparaître à l'écran.

48

Lalee se mêla à la multitude des femmes qui défilaient, un flambeau à la main. Elle n'avait rien apporté, mais quelqu'un lui en avait donné un. Silencieusement, elle s'était jointe au mouvement, sans écouter les paroles mais en se concentrant sur le rythme irrégulier des pas, tous dirigés vers la même direction. Elle repéra parmi la foule des visages connus, d'autres vaguement familiers, certains qu'elle avait complètement oubliés. Elle reconnut la vieille sage-femme qui avançait courbée en deux, la démarche chancelante. En l'apercevant, celle-ci lui adressa un sourire édenté. Et brusquement, tout en marchant, les larmes vinrent et, contrairement à son habitude, Lalee les laissa couler. Les premières larmes laissèrent place à des sanglots. Elle avait du mal à respirer, mais elle continua à marcher en tenant le flambeau des deux mains, sans se préoccuper de la cire qui lui coulait sur les doigts. Elle pleura comme elle ne l'avait plus fait depuis des années ; depuis ses débuts dans le métier, lors des longs après-midis précédant l'arrivée des clients. Le soir venu, elle avait le visage bouffi et les yeux rouges. Madame Shefali la forçait alors à boire quelques verres d'alcool ou la frappait. Elle avait vite appris à pleurer en silence, aux petites heures du jour, quand il était enfin temps de dormir. Lalee avait l'impression d'être retournée dans la peau de cette jeune fille qui ne savait rien, ne comprenait rien et avait peur, peur des hommes qui la touchaient, de cette nouvelle vie, du cauchemar que son existence était devenue. La colère, la rage n'étaient plus assez puissantes pour empêcher sa carapace de voler soudain en éclats. Malini vint marcher à côté d'elle. Elle posa une main sur son dos et, touchée par ce petit acte de gentillesse, Lalee se mit à pleurer de plus belle.

Cette époque n'était jamais bien loin dans sa mémoire. Lalee continua à marcher. Elle avait des choses à faire – aller chez un revendeur et échanger un peu de son or contre du liquide, faire des courses à New Market, aller dans un restaurant chinois, s'asseoir sur les pelouses du Victoria Memorial avec Tilu. Elle avait laissé son trésor chez lui. Personne n'irait le chercher là-bas, et il était le seul en qui elle avait confiance. Un doux sentiment d'affection l'enveloppa, comme une couverture. Le visage légèrement inquiet de Tilu lui apparut. Elle lui achèterait une nouvelle paire de *chappals*, une paire en cuir de bonne qualité, qui durerait longtemps. Tilu se soucierait du prix mais Lalee le ferait taire, elle lui interdirait de dire un mot de plus et il se rassiérait, vaincu, les sourcils froncés, avant de sortir du magasin avec des sandales confortables aux pieds.

49

Lalee suivait telle une funambule le lent mouvement de la file qui s'étirait devant le guichet. Les gens qui s'impatientaient et jouaient des coudes autour d'elle, la foule qui se bousculait, les annonces des trains dans les haut-parleurs semblaient l'indifférer. Elle ferma les yeux et vit un champ, un soleil éclatant au milieu du ciel, le vieux banian, le chemin boueux qui menait à une petite rangée de maisons. Elle sentait presque la terre brûlante sous la plante de ses pieds, des petits pieds d'enfant marron, pleins de poussière. Au bout du chemin se trouvait une petite maison, de seulement trois pièces, où elle avait vécu avec ses cinq frères et sœurs. Elle ouvrit les yeux en se demandant si ce serait vraiment comme avant, dix-sept ans plus tard. Non, les choses auraient changé. Une nouvelle pièce ici, un nouveau toit de chaume là – tout comme elle avait changé. Reconnaîtrait-elle encore l'endroit ? Et elle, la reconnaîtrait-on ? Ses frères, ses sœurs ? Sa mère saurait-elle qui elle était ?

De l'autre côté de la vitre, un homme fatigué lui demanda d'un air maussade où elle allait.

Lalee cligna des yeux plusieurs fois ; elle était partie loin, en pensant à ce lieu qui avait été chez elle, un jour. Et maintenant, elle ne se rappelait plus le nom. Où était-ce ? Comment ça s'appelait déjà ?

– Puncha, finit-elle par dire.

– C'est où, ça ? demanda le guichetier en lui faisant signe de se pousser sur le côté.

– À Puruliya, s'empressa-t-elle de répondre.

L'homme remonta ses lunettes et se mit à taper sur son clavier.

– Cinquante-trois roupies et cinquante *paisas*, dit-il sans la regarder.

Lalee lui tendit un billet de cent roupies ; il lui rendit la monnaie et lui donna son ticket. Les gens dans la queue commençaient à rouspéter. Une grosse dame la poussa du coude.

Lalee glissa le ticket dans son sac à main et essaya de se souvenir du chemin pour rentrer chez elle. C'était quelque chose que son père lui avait appris quand elle était encore petite, au cas où elle se perdrait. Elle devait mémoriser le nom du village, celui du bureau de poste local, et le nom du district. Ce qui, pour son père, devait représenter le bout du monde. À quoi ressemblait-il, déjà ? Il était grand et maigre, c'était à peu près tout ce dont elle se souvenait. Il portait toujours une *kurta* blanche et un court *dhoti* blanc. Ses vêtements sentaient toujours le propre. Mais son visage lui échappait.

Quarante kilomètres depuis le croisement de Puruliya – c'était ça, le chemin. Quarante kilomètres vers le sud. Cela faisait si longtemps. Il devait y avoir aujourd'hui un chemin plus pratique, peut-être même qu'il n'y aurait plus besoin de marcher.

Elle tourna la tête à la recherche de Tilu et l'aperçut

sous une arcade, près de la grande horloge de la gare de Howrah. *Construite par les Britanniques*, se dit-elle. Son père était-il un jour venu ici ? Avait-il vu cette gare ? Elle marcha lentement jusqu'à Tilu et resta debout à côté de lui. Au milieu de la multitude qui allait et venait, ils étaient les seuls à être immobiles.

– Tu as ton ticket ? demanda-t-il.

Lalee acquiesça.

– Je peux venir avec toi, dit-il. Si ça peut faciliter les choses. Tu pourrais dire que je suis ton mari, ou… quelque chose… Ils n'ont pas besoin de la vérité.

– Moi si, murmura Lalee.

– Alors je t'attendrai. Jusqu'à ce que tu reviennes, dit-il en lui jetant un coup d'œil à la dérobée.

Il ne savait pas si elle reviendrait, mais il l'espérait de toutes ses forces. Il aurait voulu que sa phrase sonne comme une affirmation, mais un point d'interrogation flottait dans l'air.

– Et quand tu reviendras, tu n'auras pas besoin de retourner à Sonagachi. Tu pourras venir chez moi.

Lalee le regarda et ouvrit la bouche pour protester, mais Tilu la devança.

– Non, non, je ne voulais pas dire… Je ne vais pas… Tu n'as qu'à venir à la maison, c'est tout. Il y a assez de place et personne ne posera de questions. Et puis, quand tu voudras, tu pourras partir.

Il baissa les yeux vers ses vieilles sandales, incapable de rencontrer le regard de Lalee.

Elle sourit, mais Tilu ne le remarqua pas.

– On verra, dit-elle, mais c'est une bonne idée. Et pour tout ce que tu as fait…

Lalee essaya de trouver les mots. Mais cette chaleur et cette foi, c'était comme une langue étrangère.

Le visage de Tilu s'éclaira. Relevant la tête, il repéra un vendeur de thé qui déambulait avec un seau rempli de théières. Il commanda deux gobelets et en tendit un à Lalee.

En sirotant son thé, Tilu aspirait bruyamment, et Lalee lui lança un sourire amusé. Tilu n'avait jamais bu un si bon thé de toute sa vie. Lalee regarda autour d'elle, et se demanda combien des filles qui se trouvaient dans cette gare en ce moment même finiraient d'ici une semaine à Sonagachi.

Elle observa chacun des visages qui passaient devant elle en essayant de les graver dans sa mémoire.

– C'est une ville étrange, dit-elle.

– N'est-ce pas ? répondit Tilu, et Lalee remarqua que ses yeux brillaient d'une lumière nouvelle.

Il contemplait la ville au-dehors comme si c'était son propre chef-d'œuvre. *On aime de drôles de choses*, se dit-elle. Elle repensa à son ancienne chambre de Sonagachi. En dépit de tout ce qu'elle représentait, cette chambre avait été sa maison, son refuge. Elle savait qu'elle regretterait ce sentiment d'appartenance, la certitude que ça vous donnait, même dans un endroit comme celui-là. On peut se sentir chez soi dans un drôle d'endroit.

D'ici quelques minutes, elle disparaîtrait au milieu de la foule compacte, elle monterait dans un train et, avec un peu de chance, sa vie prendrait un nouveau chemin.

En attendant, dans la chaleur et la cohue de cette fin d'après-midi à la gare de Howrah, Lalee leva les yeux vers l'horizon et se mit à fredonner une chanson.

Avant

– Je n'aime pas ça… je n'aime pas ça du tout, marmonne Deepa, tandis que Mohamaya patiente à l'autre bout du fil.

Il fait lourd, et Maya sent l'écran de son téléphone coller contre sa joue. Dehors, sur le balcon, Amina est en train d'expliquer quelque chose à Lalee. Ses mains virevoltent dans l'air, et les silhouettes des deux femmes se découpent dans le soir qui tombe, contre les façades des autres maisons closes et leurs enseignes clignotantes.

Le sourire de Maya, Deepa ne peut pas le voir.

– Tu parles souvent de choix, Deepa-*di*. La première fois que je t'ai rencontrée, quand tu donnais des cours à la coopérative, tu nous as parlé de choix. Je ne comprenais pas bien à l'époque, mais maintenant, si. Il faut que tu y croies, toi aussi. J'ai fait le choix d'y aller.

– *Phir bhi*, insiste Deepa, et Maya se dit qu'elle est têtue, mais elle le pense avec affection.

Deepa-*di* est comme ça, elle ne lâche jamais le morceau.

– Je n'aurais jamais dû te laisser aller là-bas, souffle Deepa. L'enquête est sur le point d'aboutir, il n'y avait pas besoin de prendre autant de risques. J'ai peur qu'il ne t'arrive quelque chose…

Maya l'interrompt d'une voix douce, avec l'optimisme de la jeunesse.

– *Didi*, tu sais, j'ai deux enfants, loin d'ici, il n'y a que moi qui sais où ils sont. J'ai de l'argent à la coopérative, et j'en ai aussi ailleurs. J'ai tout prévu, tu sais. Il faut bien, sinon qui le ferait à ma place ? Écoute, Madame Shefali m'a demandé, elle m'a presque suppliée d'aller à l'ashram. Ç'aurait été bête de manquer cette opportunité de voir de mes propres yeux, de pouvoir dire ce qui se passe là-bas. Et puis… hésite un instant Maya. Ma fille a presque onze ans maintenant. J'en ai vu d'aussi jeunes que ça là-bas, Deepa-*di*. Il fallait que j'y aille.

Deepa garde le silence. Les bruits de la ville envahissent la ligne. Ils se baladent d'un poteau à l'autre et dansent le long des câbles téléphoniques dans la lumière du crépuscule. Il est 18 h 30, et Calcutta est bleue comme si elle s'était pendue après un chagrin d'amour. Deepa regarde au loin les taxis ocre coincés les uns derrière les autres, les minibus rouge et jaune et les hommes si tranquillement accoudés aux portières. Elle lève la tête vers le ciel, au-dessus des câbles enchevêtrés sur lesquels les corbeaux reviennent se percher dans la pénombre. Ses yeux la brûlent et elle se dit « putain de pollution », essuie ses larmes et avale furieusement sa salive pour que Maya n'entende pas sa voix qui s'étrangle.

– Où es-tu maintenant ? demande-t-elle, tremblante. À Sonagachi ?

Maya rit tout bas. À quel autre endroit pourrait-elle se trouver ? Toutes ses affaires sont ici, un peu de liquide, des vêtements achetés quand elle avait les moyens. Elle a aussi un compte à la banque coopérative, mais dans la vie, mieux vaut ne pas mettre tous ses œufs dans le même panier. Sa présence ici n'est que temporaire, mais personne ne le saura.

– Je vais venir te chercher tout de suite, Maya, c'est trop dangereux de rester là, supplie Deepa. J'arrive, j'arrive, d'accord ?

– Ne t'inquiète pas, Deepa-*di*. Viens demain et j'irai où tu voudras, OK ? Ce soir, je vais rassembler toutes mes affaires… Je sais que je ne reviendrai probablement jamais ici.

Sur le balcon, Amina est pliée en deux, et son rire se mêle aux airs de Bollywood et au brouhaha de la rue. Maya aimerait savoir ce qu'il y a de si drôle. Elle aimerait raccrocher, mais elle n'en a pas encore fini avec Deepa-*di*. Même Lalee-*di* esquisse un sourire en regardant Amina.

– Tu sais, je comprends, finit par lâcher Deepa, et Maya ne peut s'empêcher de sourire.

– Si tu me dis que c'était ton choix, je le respecte. Je sais que c'est chez toi, ici, mais c'est dangereux de rester là. Appelle-moi dès que… si jamais tu vois…

Maya repose son téléphone sur la table. L'écran est poisseux et si chaud qu'elle n'a qu'une envie, c'est de s'en éloigner. Dehors, sur le long balcon où Amina continue de glousser, le panneau publicitaire avec le grand matelas vient de s'illuminer, éclairant la moitié de son visage. D'autres filles sont accoudées à la rambarde métallique, bavardant ou hélant des passants dans la rue.

– Qu'est-ce qui te fait rire ? demande Maya.

– J'explique à Lalee-*di* qu'elle devrait demander à son *babu* le tarif spécial fantasmes ; j'ai entendu ce qu'ils font.

– C'est pas mon *babu*, dit Lalee.

– *Oi holo*, c'est un client régulier et il est tombé amoureux de toi.

Lalee-*di* fait la moue, mais Maya sent que son irritabilité habituelle s'est évaporée. Elle enlace les deux femmes et les serre contre elle un peu maladroitement.

– Ah, stop. J'ai la peau toute collante avec cette chaleur – ne me serre pas comme ça, dit Lalee en feignant une grimace.

– Oh là là ! Et quand ton écrivain de *babu* va venir et qu'il va vouloir s'allonger sur toi ? Qu'est-ce que tu vas lui dire, hein ? dit Amina en la poussant du coude.

Lalee allume une cigarette et dit très solennellement, le regard dirigé vers les filles de la maison d'en face :

– Je lui ferai payer le double, tarif spécial fantasmes.

Les trois femmes rient à en avoir les larmes aux yeux. Elles regardent le panneau publicitaire avec la femme en nuisette sur l'épais matelas blanc.

Le ciel s'assombrit dans les coins, là où l'œil ne s'attarde que lorsqu'il a peur. Au-dessus des câbles, des antennes et des poteaux électriques qui se balancent comme les branches d'arbre au premier jour de la mousson, une encre gris foncé s'amasse, dans un avenir à jamais en suspens. C'est à cela que la mort ressemble. Une goutte d'encre dans une eau tranquille. L'encre se distille, elle déploie ses tentacules le plus loin possible, dessine à l'envi des courbes et des chemins sinueux. Les trois femmes ne le savent pas encore, mais elles devinent sa présence, quelque part au fond d'elles, en un lieu encore inaccessible à leur conscience.

– *Ei shon*, vous savez ce que ce *babu* d'écrivain m'a dit ? Il a dit qu'il y avait un fakir ici, autrefois, qui s'appelait Shona Gazi. Vous savez, ce *dargah*, après Durga Charan Mitra Street, dit Lalee en agitant le doigt en direction du sanctuaire.

Les deux autres l'observent en souriant d'un air taquin.

– Il dit que c'est de là que vient le nom de Sonagachi. À une époque, c'était un endroit réservé aux *gora sahibs*. Seules les filles qui travaillaient pour eux pouvaient vivre ici, explique Lalee en tirant sur sa cigarette.

La fumée a une douce saveur métallique qui l'emplit d'une idée, d'une image de ce qu'elle pourrait être, de ce qui pourrait advenir. Un peu d'opulence, une autre version d'elle-même qu'elle pourrait envier.

Amina se met à rire et Maya l'imite. Lalee fronce les sourcils.

– Ton *babu*, il est trop drôle, dit Maya.

Lalee est un peu agacée, parce qu'elle a secrètement éprouvé de la fascination quand Tilu lui a raconté cette histoire en butant sur les mots, en parlant à voix basse comme s'il s'agissait d'un grand secret.

Dans quelques heures, Tilu marmonnera quelque chose d'inintelligible à propos de questions d'argent, juste là, devant sa porte.

– *Fantasy jinishe rate beshi aachey*, lui répondra-t-elle d'un air impatient, assez fort pour que tout le monde entende.

Maya sourira dans sa chambre, marquant du pied le rythme de l'une de ses chansons hindies préférées. Dans quelques heures, elle éteindra la lumière pour faire comme si la chambre était vide. Elle n'a pas envie de s'occuper des clients ce soir. Elle pense à ses enfants. Le garçon est calme et réfléchi, mais la fille est une pile électrique. Elle est douée pour la danse. Maya se dit qu'il faudra qu'elle se renseigne pour des leçons avec un professeur, quelqu'un de vieux et d'inoffensif.

Pour l'heure, la chaleur monte du sol en béton. Depuis la terre meuble des plaines du Gange enfouie sous l'asphalte, elle monte et serpente jusqu'aux trois femmes, accoudées à un balcon qui aurait dû être condamné depuis longtemps par une municipalité qui en aurait eu quelque chose à faire. Adossées à la rambarde, elles rient. Demain, c'est samedi, et Amina se demande si elle n'achètera pas du mouton. Au contact de leur peau, la chaleur se liquéfie et des gouttelettes de sueur roulent le long de leur nuque, se posent sur l'arrondi d'un sein, avant de se perdre dans les plis de la chair. Elles rient et tombent dans les bras les unes des autres.

Et le parfum de leur peau s'élève vers le ciel comme un nuage. C'est l'une de ces soirées vraiment bleues. La lune n'est pas encore pleine. *Encore quelques jours*, se disent-elles. Quelques mois, quelques années, quelques décennies avant la plénitude, une vie qui serait à elles, qui les épouserait parfaitement, les envelopperait de confort et de douceur. Mais c'est un espoir fugace, une pensée sans conséquence.

Remerciements

J'ai écrit ce qui allait devenir le premier chapitre de ce livre durant l'hiver 2014, dans un train reliant Norwich à Londres. Je n'avais pas d'accès Internet ; je m'ennuyais ; j'avais dans la tête une scène amusante. Je me suis mise à écrire pour me divertir, comme un enfant qui se raconte une histoire.

Un an plus tard, je me trouvais à une lecture publique organisée par l'université Nanyang de Singapour, où je préparais une thèse. C'est avec excitation que j'ai lu pour la première fois devant un public mon chapitre d'ouverture. Tout le monde a ri, et aux bons endroits. Je n'avais jamais été considérée comme quelqu'un de particulièrement drôle jusque-là. Mes premiers remerciements vont donc à la vingtaine de personnes présentes à cette lecture de 2014. Sans vous, je n'aurais jamais écrit ce livre.

J'ai écrit et réécrit le livre sur une période de six ans. Un premier roman est un pari, un saut dans le vide, et je me dois de remercier les nombreuses personnes sans lesquelles je ne serais jamais arrivée jusque-là. Mes remerciements vont, sans ordre particulier, à toutes celles et tous ceux qui ont contribué à faire de moi une écrivaine :

L'université de Nanyang qui a financé mes recherches et m'a permis d'écrire mon premier livre. La résidence d'écriture Michael King, qui m'a offert l'espace et le temps nécessaires pour travailler à ce roman.

Les femmes, les enfants, les personnes trans, les commerçants et employés de Sonagachi qui ont accepté de me parler, m'ont raconté les meilleures blagues et m'ont accueillie avec chaleur et amitié.

Merci à Neil Murphy, de l'université Nanyang, pour son soutien sans faille, et pour m'avoir dit que j'étais capable d'écrire quand j'avais le plus besoin de l'entendre.

Merci à John Tangney, pour les sandwiches et la ginger beer, pour m'avoir donné un endroit où dormir dans les moments d'angoisse, pour avoir lu tout ce que j'écrivais et m'avoir traitée comme une Vraie Écrivaine, pour les infusions d'échinacée, la franchise, les tirages de tarot, et pour avoir supporté mes commentaires sur le rugby. Merci d'avoir été là.

Merci à mon éditrice Liza Darnton pour son enthousiasme et pour m'avoir laissée libre de raconter cette histoire comme je le souhaitais.

Merci à mon agente superstar, Maria Cardona Serra, qui réussit chaque jour à faire des miracles, et auprès de laquelle j'ai hâte de poursuivre l'aventure.

Merci à Rittvika Singh, pour son amitié précieuse et sa lecture attentive et bienveillante, et pour avoir su pointer des choses que je n'aurais jamais vues sans elle.

Merci à Amit Kumar pour avoir lu mon livre avec tant d'enthousiasme.

Merci aux membres de mon groupe d'écriture à Wellington : Fiona Clark, Whitney Cox, Meryl Richards et Catherine Robertson pour avoir lu mon livre et m'avoir fait part de leurs impressions. Merci pour le vin et les discussions, pour m'avoir donné le sentiment de faire partie d'un groupe, d'une communauté. Merci de m'avoir aidée à trouver ma place dans ce nouveau pays.

Merci à Puja Bhattacharya, Koyel Khan et Suddha Prasad Bagchi pour avoir cru en moi et avoir su montrer de l'intérêt pour tout ce que j'écrivais au moment où je faisais mes premiers pas.

Merci à mon compagnon, Eric, pour avoir fait la vaisselle, le ménage et préparé les repas pendant que j'écrivais, pour m'avoir dit d'arrêter de procrastiner et fêté chaque réussite en faisant comme s'il n'était pas surpris. Merci de supporter mon mauvais caractère.

Merci à mon père, mon frère, ma belle-sœur et mon neveu.

Merci à ma mère, qui attendait de moi des choses exceptionnelles.

À propos de l'autrice :

Rijula Das est une écrivaine et traductrice du bengali vers l'anglais. Elle est titulaire d'un doctorat en création littéraire de l'université Nanyang à Singapour, où elle a elle-même enseigné la création littéraire. Rijula Das a bénéficié en 2019 d'une résidence d'écriture au centre Michael King, à Auckland, et a reçu le prix Dastaan en 2016 pour sa nouvelle *Notes from a Passing*. Sa nouvelle *The Grave of the Heart Eater* a fait partie de la sélection du Commonwealth Short Story Prize en 2019. Ses nouvelles et traductions ont été publiées dans *Papercuts* et *Newsroom*, en Nouvelle-Zélande, et *The Hindu*. *Petites Morts de Sonagachi*, son premier roman, a été sélectionné pour le prix JCB de littérature et a remporté le Tata Literature Live ! First Book Award en 2021. Le livre est actuellement en cours d'adaptation pour la télévision. Rijula Das a longtemps vécu à Wellington, en Nouvelle-Zélande et réside désormais à Aix-en-Provence. Pour plus d'informations, rendez-vous sur son site Internet, www.rijuladas.com.

RÉALISATION : NORD COMPO À VILLENEUVE-D'ASCQ
ACHEVÉ D'IMPRIMER SUR ROTO-PAGE
PAR L'IMPRIMERIE FLOCH À MAYENNE
DÉPÔT LÉGAL : MARS 2025. N° 150727 (106527)
IMPRIMÉ EN FRANCE